UOMINI E CRIMINI
I MISTERI DELLA LIBERIA NEVERMORE, BOOK 2

STEFFANIE HOLMES

Copyright © 2023: Steffanie Holmes

Traduzione copyright © 2023: Barbara Dalla Villa

Tutti i diritti riservati.

Nessuna parte di questo libro può essere riprodotta in qualsiasi forma o con qualsiasi mezzo elettronico o meccanico, compresi i sistemi di archiviazione e recupero delle informazioni, senza il permesso scritto dell'autore, a eccezione dell'uso di brevi citazioni in recensioni del libro.

Design della copertina: Jacqueline Sweet

ISBN: 978-1-99-104688-8

❋ Created with Vellum

ISCRIVITI ALLA NEWSLETTER PER RICEVERE AGGIORNAMENTI

Vuoi una scena bonus gratuita dal punto di vista di Quoth e le regole del negozio di Heathcliff? Se ti iscrivi alla newsletter di Steffanie Holmes riceverai una copia gratuita di *Cabinet of Curiosities:* un compendio di racconti e scene bonus di Steffanie Holmes.

http://www.steffanieholmes.com/newsletteritalian

Ogni settimana, nella mia newsletter, parlo di vere e proprie infestazioni, strani avvenimenti, rovine fatiscenti e fatti inquietanti che ispirano le mie storie. Con la newsletter riceverai anche scene bonus e aggiornamenti esclusivi. Adoro parlare con i miei lettori, quindi unisciti a noi per un po' di spettrale divertimento:)

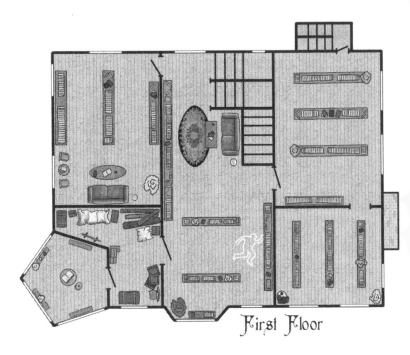

First Floor

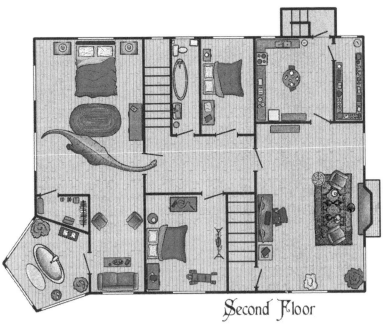

Second Floor

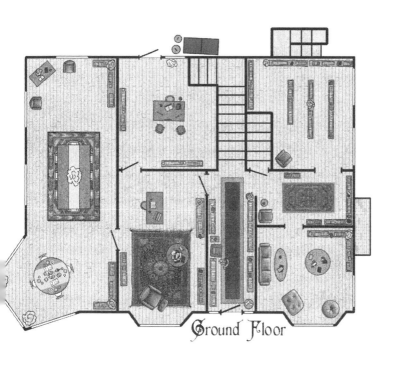

Ground Floor

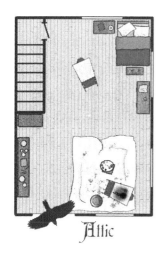

Attic

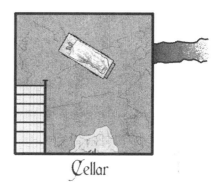

Cellar

*A tutti i miei amanti del mondo dei libri,
che mi tengono sveglia la notte.*

«C'è sempre molta gente matta in giro, e tende a gravitare intorno alle librerie.»
- George Orwell, *Memorie di un Libraio*, 1936.

I

«Che ne pensi?» urlò Morrie dalla posizione precaria in cima alla scala di legno, mentre teneva appoggiato ai pannelli scuri della parete sopra la scala il dipinto di un gatto Godzilla furioso che terrorizzava una città piena di topi in fuga.

«Mi fa venire in mente le interiora di uno dei topi sventrati da Grimalkin,» ringhiò Heathcliff.

«Miao,» fece eco Grimalkin dalla spalla di Heathcliff dove era acciambellata.

«Ehi,» disse Quoth imbronciato. Si sedette sul gradino più basso, con i capelli neri che gli ricadevano sul viso e lo avvolgevano di ombre. «Ci ho lavorato molto.»

«Ignora Heathcliff, non è di nessun aiuto.» Morrie si appoggiò al muro mentre la scala traballava. «Mina, tu che ne pensi?»

«Che quella scala non sia strutturalmente solida.»

Morrie digrignò i denti, i muscoli delle sue braccia rigidi a forza di tenere la tela. «Vorrei ricordarti che sono qua a rischiare il mio bel collo per il *tuo* piano geniale. Non è che dobbiamo per forza appendere i quadri di Quoth in tutto il negozio...»

«Bene. Spostalo di cinque centimetri in modo che sia al centro del pannello.»

Morrie si sporse, allungando le braccia ancora di un centimetro. Io annuii, lui prese il martello e...

Qualcosa di caldo mi passò sugli stivali. Una minuscola sagoma bianca si arrampicò su per le scale e lungo la struttura della scala a pioli. Un nasetto impertinente annusò l'aria e il topo studiò la mossa successiva.

«Ahiaaa!» gemette Heathcliff quando gli artigli di Grimalkin gli si conficcarono nella spalla. La gatta attraversò di corsa la stanza, sfrecciando su per i gradini e atterrando sul piolo più basso proprio mentre il topo si infilava nella gamba dei pantaloni di Morrie.

«Aiuto, mi si è infilato nei pantaloni!» Morrie si spostò di scatto in avanti, saltellando in qualche modo da un piede all'altro, battendosi il quadro sulla gamba. La scaletta traballò pericolosamente sul gradino mentre si spostava verso il bordo.

«Morrie, attento!» urlai. Morrie saltò giù dalla cima della scaletta proprio mentre il piede della stessa oltrepassava il bordo del gradino e il tutto si schiantava rovinosamente giù per le scale. Il quadro gli scappò di mano e volò in aria.

Una nuvola di piume volò in tutte le direzioni e Quoth si trasformò in corvo, sfilandosi di lì proprio nel momento in cui la scaletta andò a schiantarsi sul gradino inferiore. Io trattenni il fiato.

Quoth si alzò in volo e catturò la cornice con gli artigli appena prima che toccasse terra. Sbattendo le ali l'appoggiò al muro.

Il topo gli sfrecciò accanto. Grimalkin saltò giù per le scale e si lanciò all'inseguimento. Quoth allungò un artiglio per catturare la creatura, ma il topo sfuggì alla sua presa e scomparve sotto uno scaffale.

Le zampe anteriori di Grimalkin scivolarono sulle assi del

pavimento. Sbandando, emise un grido e andò a sbattere contro Quoth. Entrambi rotolarono in giro per la stanza in una palla rabbiosa di pelo e piume.

Io salii di corsa per le scale, poi con il cuore che batteva all'impazzata presi tra le braccia Morrie, che stava ancora sbattendo freneticamente la gamba dei pantaloni.

«Tiralo fuori, tiralo fuori, tiralo fuori!» urlava.

«Non c'è più.» Lo afferrai da sotto le braccia e lo sollevai in piedi, sorprendendomi di sentire le chiazze umide che aveva sotto le ascelle. *James Moriarty, mente criminale ed eminente professore di matematica, ha paura di un piccolo topo?*

Così sembrava. Morrie affondò il viso nel mio collo. «Aveva le zampette che graffiavano,» mi sussurrò tra i capelli.

«Non essere così drammatico. Dov'è finito?» Heathcliff separò Grimalkin e Quoth.

«Tra le cataste di libri. Sono sicura che non c'è nulla di cui preoccuparsi. È solo un minuscolo topolino.» Scostai una ciocca di capelli dal viso di Morrie. Il suo labbro inferiore tremava ed era assolutamente adorabile. «A giudicare dalla fila di piccoli trofei lungo il trespolo sulla porta, se ne occuperanno Quoth e Grimalkin prima o poi.»

«Quello non era un semplice topo,» ringhiò Heathcliff. «È la Furia Bianca, il Topo dei Baskerville, il Demone di Butcher Street.»

«Ora chi è che fa il drammatico?»

«Non hai letto le notizie?» Morrie si accasciò sul gradino dell'ingresso, incrociando le mani sulle lunghe gambe. «Questo piccoletto ha fatto il giro di tutti i negozi della città, vi si è inoltrato rosicchiando cavi elettrici e condutture, ha terrorizzato i clienti e violato il codice sanitario. Sembra che ora abbia deciso di stabilirsi nel nostro negozio. Non mi piace questa situazione. Non ho un buon rapporto con queste bestie.»

«Un *topo* è finito sulle locandine della *Gazzetta* di Argleton?»

I quattro anni a New York mi avevano fatto dimenticare quanto folle poteva essere la vita di paese.

«Non solo sulle locandine. Sulla prima pagina.» Morrie trasalì mentre si alzava in piedi e si spolverava i pantaloni. «Ora questi pantaloni sono contaminati. Dovrò buttarli via e mi sono costati quattrocento sterline.»

«Hai quattrocento sterline da spendere in pantaloni?» Non credo di aver mai avuto quattrocento sterline in vita mia.

«Lascia perdere quei maledetti pantaloni. Guarda cos'avete fatto al mio negozio!» Heathcliff incrociò le braccia e guardò la scala a pioli, che aveva spaccato un pannello di legno e lasciato un lungo graffio sulla balaustra.

«Non sono stato io,» protestò Morrie. «È stato il topo!»

«Miaoooo!» gridò Grimalkin.

Avevo le tempie che mi pulsavano. *Un giorno come un altro nella Libreria Nevermore.*

Il campanello del negozio tintinnò. Heathcliff aggrottò le sopracciglia quando un rumore pesante di scarpe ortopediche segnalò l'arrivo di un cliente anziano. Erano i clienti che odiava di più, dopo i bambini, i millennial e tutti gli altri.

Heathcliff era l'unico proprietario di negozio che conoscevo a desiderare che i clienti lo lasciassero in pace. Da quando avevo iniziato a lavorare alla Libreria Nevermore, avevamo avuto un flusso costante di clienti, ma secondo me il merito era del recente omicidio nella sezione di Sociologia. Anche se la polizia aveva risolto il caso da più di un mese (con un piccolo aiuto da parte mia, di Heathcliff, Morrie, e Quoth), gli abitanti del villaggio continuavano ad andare alla stanza al piano superiore dove era avvenuto il delitto.

Che ci si creda o no, un omicidio durante la mia prima settimana di lavoro era stato il minore dei miei problemi. Dato che la vittima dell'omicidio era la mia ex migliore amica, Ashley, e dato che io ero stata una delle persone che avevano trovato il corpo, la polizia si era convinta della mia colpevolezza. Per fortuna siamo riusciti a scagionarmi e a far rinchiudere un pericoloso assassino dietro le sbarre.

Inoltre, il mio nuovo capo e i suoi due coinquilini in realtà sono risultati essere i personaggi immaginari Heathcliff, James Moriarty e Quoth, il corvo di Poe. In seguito si è anche scoperto che la libreria che avevo amato fin da bambina non era una libreria normale, ma era colpita da una specie di maledizione, aveva una collezione di libri occulti nascosta e una stanza che si muoveva avanti e indietro nel tempo.

E *poi,* visto che la mia vita non era già abbastanza folle, ho tipo... *dormito* con Morrie. Beh, non proprio dormito. Mi aveva presa con forza contro una delle librerie del corridoio. Le mie guance arrossivano al solo pensiero. Da allora l'avevamo fatto ovunque: nel ripostiglio, sul suo letto perfettamente rifatto, sulla poltrona di Heathcliff in salotto. Il mio corpo formicolava al solo pensiero delle mani di Morrie che mi scivolavano sulla pelle. La mia vita sarà anche folle, ma non era mai stata più perfetta di così... se non si contavano alcune piccole questioni irrisolte: me che non volevo stare con un maestro del crimine, Heathcliff che mi baciava, Quoth che dichiarava di provare qualcosa per me, e io che non sapevo chi di loro scegliere...

Ah sì, e stavo diventando cieca. Anche quello era un problema.

Quoth volò a salutare il nostro cliente, mentre Morrie si affannava a sistemare la scala. Heathcliff tornò alla sua scrivania e accomodò la sua struttura muscolosa sulla sedia, per poi aprire un libro davanti a sé con un tonfo pesante.

Beh, credo che andrò ad aiutare il cliente. Mi voltai per vedere chi fosse entrato dalla porta.

«Oh, salve, signora Ellis!» La signora Ellis era una vecchia befana arrapata che era stata la mia insegnante di scuola. Aveva sostenuto il mio amore per la lettura, regalandomi sempre libri molto al di sopra del mio livello, di solito con le copertine decorate da uomini muscolosi e donne in calore, in vari stati di svestizione. Era andata in pensione anni fa e ora viveva in un piccolo appartamento sopra il fish-and-chips di fronte, cosa che le si addiceva perfettamente in quanto le offriva la postazione ideale per origliare le conversazioni in strada e raccogliere tutti i pettegolezzi del villaggio.

«Ciao, Mina cara.» La signora Ellis mi strinse in un abbraccio materno. Aspirai una boccata del suo profumo di giacinto e cercai di tenere a bada i conati di vomito. Quando mi staccai, un paio di occhi grigi e brillanti mi guardavano da sopra la spalla della signora Ellis.

Gli occhi appartenevano a una donna dall'aria acida che indossava un completo rosa fucsia, con tanto di borsetta e cappello abbinati. Si appoggiava a una stampella e mi scrutava da un paio di occhiali con la montatura in corno.

«Sei abbigliata in modo provocante per un lavoro di vendita al dettaglio,» mi disse acciglata, guardandomi con biasimo.

Io mi lisciai la parte anteriore della maglietta che avevo stampato la sera prima. Diceva: *"Adoro i books grandi, e non mento"* con le OO della parola BOOKS strategicamente sistemate sul petto. Morrie e Quoth pensarono che fosse esilarante. Heathcliff non sembrava averla ancora notata. «Che cosa intende dire, signora?» le chiesi, solare e ingenua. «Sto dichiarando il mio amore per la parola scritta.»

«Fa capire che sei sessualmente eccitata dai libri, come una specie di *lesbica* perversa,» ribatté lei, tirando su con il naso.

«Oh no,» dichiarò Morrie dalla cima delle scale. «Le posso assicurare che è una sostenitrice degli attributi maschili.»

La signora Ellis ridacchiò e mi strinse una mano. «*Sapevo* che ti saresti aggiudicata uno di questi bei ragazzotti, cara. Dimmi un po': è lungo e slanciato nei punti giusti?»

Il mio viso divenne paonazzo. *Il pavimento non potrebbe inghiottirmi ora?*

L'altra donna assunse una tonalità rosso barbabietola e, rivolta alle scale, disse: «Giovanotto, questo è un linguaggio inappropriato di fronte a persone più anziane di te, e tu...»

Prevedendo l'arrivo di una lezioncina e percependo la rabbia di Heathcliff che sfrigolava in sottofondo, intervenni. «Signora, chiedo scusa per il mio amico e per la mia maglietta. Sarò ben felice di aiutare due fanciulle così carine a trovare i libri che fanno per loro.»

La signora Ellis ridacchiò. La sua compagna invece non sembrava minimamente divertita, anche se si diede da fare a togliersi un invisibile pelucco dalla spalla.

«Oh, santo cielo, dove sono le mie buone maniere. Mina, ti presento la mia cara amica Gladys Scarlett. Facciamo parte del Comitato per la raccolta fondi della Comunità di Argleton.» La signora Ellis era raggiante quando prese per mano Gladys. «Non badare a lei. In realtà approva gli abiti provocanti e gli uomini affascinanti che amano i libri, vero Gladys? È solo che oggi è un po' sottotono.»

«Io *presiedo* il comitato, prego,» la corresse Gladys Scarlett.

«Sì, certo. Gladys è davvero molto impegnata nella comunità: fa parte di molti comitati, anche se ora non ricordo quali.»

«Piacere di conoscerla, Gladys.» Le porsi la mano e l'anziana donna la strinse. Aveva una presa salda. «Mi chiamo Wilhelmina Wilde. Ero una delle studentesse della signora Ellis...»

«Wilde?» Gli occhi della signora Scarlett si illuminarono. «Sei parente del nostro Oscar?»

«Ehm, non credo proprio.» Il mio cuore ebbe un sussulto. Mia madre era scappata di casa a sedici anni per mettersi con mio padre, che l'aveva abbandonata poco dopo, incinta di me.

Ancora oggi non aveva riallacciato i rapporti con nessuno della sua famiglia e io non avevo mai conosciuto nessun parente. «Non conosco nessuno con questo nome...»

«No, no, no, *Oscar Wilde*, il grande scrittore e provocatore vittoriano. Il mese scorso abbiamo studiato *Il ritratto di Dorian Gray* nel club del libro, vero Mabel?»

«Certamente. Anche se devo ammettere che era meno volgare di quanto mi aspettassi.»

«La scelta di questo mese dovrebbe essere più adatta ai tuoi gusti,» dichiarò la signora Scarlett. «È uno dei libri più banditi in America sin dalla sua uscita, nel 1962, a causa della sua volgarità e del suo linguaggio. È questo che lo rende così *stimolante*.»

«Siete entrambe in un club del libro?» chiesi, interessata.

«Ma certo! Mi sorprende che Heathcliff non te ne abbia parlato.» La signora Ellis era intenta a scrutare i libri sugli scaffali di Narrativa, probabilmente alla ricerca di altri libri strappamutande che lei adorava. «Gladys gestisce da un anno il Club dei Libri Banditi di Argleton.»

«Club dei Libri Banditi? Quindi leggete solo libri vietati?» L'idea mi incuriosiva. Heathcliff mi pestò il piede nel tentativo di farmi accelerare la conversazione, ma io lo ignorai.

«Sì, è stata una mia idea. Riteniamo che sia importante garantire che la censura continui a essere sfidata,» spiegò la signora Scarlett. «Ogni mese scegliamo un libro diverso che è stato in qualche modo bandito, lo leggiamo e ne discutiamo i meriti e i personaggi, davanti a un tè in grande stile.»

«Ogni mese veniamo a prendere i libri per i nostri membri,» spiegò la signora Ellis mentre salutava Heathcliff con un gesto. «Il signor Heathcliff è così gentile da metterci da parte i libri che gli chiediamo. È per questo che siamo qui, per le nostre sei copie di *Uomini e Topi*.»

«Non parlate di topi!» gridò Morrie dal piano di sopra.

«È un po' sensibile in questo momento,» sussurrai a voce abbastanza alta da farmi sentire da lui. «Un topolino gli è entrato nei pantaloni e da allora non è più lo stesso.»

«Non era un topolino. Era enorme, come tutte le cose nei miei pantaloni!»

«Capisco perché ti senti a casa in questo negozio, Mabel,» sbuffò la signora Scarlett, battendo la stampella a terra. «Signorina, dimmi che avete tutte e sei le copie. Non posso permettere che vada storto qualcos'altro.»

Heathcliff scaricò una pila di libri sulla scrivania. «Ecco. Sei copie in condizioni quasi perfette. Se trovate degli escrementi di topo, potrete averli a metà prezzo. Ora, possiamo procedere? Questa è una libreria, non un cazzo di club sociale.»

«Cos'altro è successo?» le chiesi mentre davo una gomitata a Heathcliff per farmi strada verso la cassa con i libri in mano.

«Di solito ci riunivamo nella sala comunitaria, ma alcuni operai che stavano lavorando al progetto King's Copse hanno perso il controllo della macchina per il movimento terra e l'hanno fatta sbattere contro il muro.» La signora Ellis si illuminò, divertita. «Quindi, ovviamente, il posto è in uno stato pietoso e l'Ufficio Sanitario non ci permetterà di tornare là a fare le nostre riunioni finché non sarà sistemato.»

«Abbiamo chiesto di utilizzare la sala del gruppo giovanile, ma alcuni membri del comitato della parrocchia si sono opposti,» aggiunse la signora Scarlett. «A quanto pare, il nostro club del libro ha un'influenza negativa sulla comunità. Personalmente, penso che sia un tentativo di estromettermi dal mio posto e sostituirmi con quella carogna di Dorothy Ingram.»

«Beh, stiamo effettivamente leggendo dei libri che la Chiesa considera discutibili,» confermò la signora Ellis. «Anche se non capisco come si possa essere contrari a Harry Potter. Il giovane Harry non fa mai sesso...»

«Sì, e non capisco nemmeno come possano essere contrari a

opere di letteratura e sostenere invece quell'orrendo complesso!»

«Complesso?» chiesi. Mentre ero a New York ero rimasta fuori dal giro delle notizie su Argleton. Non avevo sentito parlare di nessun complesso.

«Grey Lachlan, un famoso urbanista, ha acquistato il vecchio boschetto King's Copse. Stanno costruendo un enorme complesso residenziale dietro Argleton.» La signora Ellis fece una smorfia. «Stanno già costruendo diverse case nella striscia tra il bosco e il villaggio. È stato proprio a causa di questi lavori che il municipio è finito sfondato.»

«Scommetto che l'hanno fatto apposta. Quel complesso lì è un affare terribile. Vogliono costruire proprio dentro il vecchio bosco!» La signora Scarlett schioccò la lingua. Poi si avvicinò e bisbigliò, con fare cospiratorio. Colsi un lieve sentore di aglio nel suo alito. «Ma presto metteremo fine a tutto questo.»

«E come?» Cercai di immaginare la signora Scarlett e un'orda di formidabili vecchiette che si incatenavano agli alberi.

«Sarà anche vero che Grey Lachlan è il proprietario del terreno, ma se vogliono costruirci qualcosa, devono passare attraverso il piano regolatore, come tutti gli altri,» dichiarò la signora Scarlett, gonfiando il petto. «In qualità di capo della commissione urbanistica, non intendo permettere che le loro moderne mostruosità sporchino la nostra pittoresca tipicità locale. Argleton è una destinazione popolare sia per i turisti che per gli abitanti del circondario grazie al suo fascino antico, e questo progetto è una minaccia. Mi sorprende che voi non ne siate preoccupati,» concluse, lanciando un'occhiata a Heathcliff. «Vi faranno scappare i clienti!»

«Ottimo,» mormorò Heathcliff. «Spero che inizino a costruire domani.»

«Gladys ha avviato una raccolta firme per bloccare i piani fino a quando non verrà presentato un progetto più consono al nostro patrimonio. È davvero molto intelligente,» aggiunse la signora Ellis. «Non vedo l'ora di partecipare alla riunione della prossima settimana in cui verrà presentato il progetto. Ci sarà anche Grey Lachlan. È un uomo piuttosto affascinante.»

«È un *mascalzone*,» sibilò la signora Scarlett. «Se sua moglie non facesse parte del nostro club del libro, lo farei cacciare da questo villaggio. Comunque, ciò non risolverebbe il problema di dove fare le riunioni del club. Per caso qualcuno di voi conosce qualche spazio da affittare in paese? Se non troviamo nulla, dovremo incontrarci a casa Lachlan, e l'idea non mi piace.»

«Perché non le fate qui le riunioni?» chiesi.

Lo stivale di Heathcliff atterrò sul mio piede. Io mascherai il dolore con un sorriso affabile.

«Oh, sarebbe meraviglioso!» La signora Ellis batté le mani. «Sarebbe davvero bello tenere il club del libro in una vera libreria!»

La signora Scarlett tirò su con il naso mentre studiava le file di scaffali pieni di libri, la poltrona di pelle strappata accanto alla finestra e l'armadillo impagliato al centro del tavolo. «È piuttosto buio qui dentro. Se vogliamo discutere di *Uomini e Topi,* dobbiamo essere in grado di leggere.»

Ero d'accordo. Avevo lentamente aggiunto delle lampade alle stanze del piano di sopra per illuminare l'ambiente in modo da poterci vedere, ma non l'avevo ancora detto a Heathcliff.

Invece chiesi: «Quante persone ci sono nel vostro club? Forse può bastare la sala di Storia del Mondo.» La Libreria Nevermore era divisa in diverse piccole stanze e corridoi angusti. La sala di Storia del Mondo era lo spazio più grande al piano terra, dominato dal bovindo che faceva parte di una torretta pentagonale nell'angolo occidentale dell'edificio. Le finestre a tutta altezza e la carta da parati giallo pastello conferivano alla stanza un aspetto allegro. «Lì dentro è bello e luminoso.»

«Vediamo...» la signora Scarlett contò con le dita, «ci siamo noi due, e Sylvia Blume, la medium locale. È un po' tocca, ma porta sempre dei deliziosi tè artigianali. La signora Lachlan, ovviamente, moglie dell'odiato costruttore. Vivono nella grande casa sulla collina, fingendo di essere ricchi di famiglia, mentre in realtà sono solo dei poco di buono dell'East End. Poi ci sono la giovane Ginny Button e la mia cara amica Brenda Winstone. È cugina di Mabel, vero Mabel?»

«Sì, certo. È una signora adorabile, anche se ha sposato un marcantonio, il famoso storico Harold Winstone. Senza dubbio sentirai parlare di lui. La povera Brenda è persa per Harold, ma lui è un inguaribile donnaiolo e anche un pessimo scrittore. Sono felice che lui non sia nel club.» La signora Ellis aggrottò le sopracciglia. «Ci piacerebbe riunirci qui con il Club dei Libri Banditi e spero che tu e il bel signor Heathcliff vi uniate a noi.»

«Non succederà,» ringhiò Heathcliff, rovesciando sul bancone una pila di libri impolverati.

«A me piacerebbe molto,» risposi io raggiante.

«Oh, che meraviglia.» La signora Ellis batté le mani. «Chiediamo sempre a Greta della pasticceria di occuparsi del catering delle nostre riunioni. Fa delle ciambelle alla crema fantastiche. Io e Gladys ne mangiamo una ogni mattina dopo la passeggiata, vero? Dopo che avremo pagato i libri passeremo da lei e verificheremo che ne prepari abbastanza per tutti.»

«Dovrai leggere il libro entro mercoledìììììììì...» La signora Scarlett si portò le mani al petto. Le guance le si gonfiarono e diventarono ancora più rosse. «Un topo!»

Mi voltai appena in tempo per vedere una striscia bianca attraversare il pavimento e scomparire dietro la scrivania di Heathcliff. Lui balzò in piedi, imprecando. Quoth scese in picchiata dal lampadario e si tuffò all'inseguimento del roditore. Il topo scomparve tra le pile di libri, ma Quoth non era abbastanza piccolo da infilarsi nel vuoto e non riuscì a fermarsi in tempo. Andò a schiantarsi contro lo scaffale e rotolò a terra in un turbinio di piume.

«Quoth!» Lo presi in braccio e lo cullai, tastandogli il corpo alla ricerca di ossa fratturate.

Lui sbatté le palpebre e si mise in posa mentre gli accarezzavo la testa.

L'ho fatto di proposito, sentii la sua voce nel cranio. Dovevo ancora abituarmi alle occasionali comunicazioni telepatiche di Quoth quando era nella forma di corvo.

Gli sorrisi. «Beh, stai benissimo.»

«Aiuto! Gladys!» gridò la signora Ellis.

Io mi voltai di scatto. La signora Scarlett aveva fatto cadere la stampella e si era inginocchiata; con una mano si teneva aggrappata al bordo della scrivania di Heathcliff e con l'altra si stringeva lo stomaco. Aveva la testa reclinata su una spalla e faceva profondi respiri agliosi.

«Sto bene,» ansimò. «Dammi solo un momento.»

«Gladys non sta bene,» sussurrò la signora Ellis accarezzando la spalla dell'amica. «I medici pensano che sia il cuore. Le vengono degli attacchi di vertigini e...»

«Fate largo, sta arrivando il dottore,» esclamò Morrie precipitandosi giù per le scale. Si inginocchiò accanto all'anziana signora, le studiò gli occhi, annusò l'alito che sapeva di aglio, le pizzicò i lobi delle orecchie e le schiaffeggiò le guance.

«Sto bene, non fate tante storie.» La signora Scarlett afferrò la spalla di Morrie e si tirò in piedi. «Ho solo avuto uno spavento.»

«Quel maledetto topo,» imprecò Morrie. «L'avete visto, vero? Non era un topo, ma una *bestia* feroce...»

«Sì, bene.» La signora Scarlett si appoggiò alla stampella e si tamponò le guance con il fazzoletto. «Credo che ora andremo.

Fai il bravo e assicurati che quel topo venga sistemato prima della nostra riunione.»

«Hai sentito?» Heathcliff ringhiò a Quoth, appollaiato in cima al registratore di cassa.

«Cra!»

2

«Sei tornata a casa tardi anche stasera,» si lamentò mia madre quando varcai la porta e buttai la borsa sul divano.

«Mi dispiace. La vedova del signor Dennison ha portato un'enorme scatola di libri sui treni e Heathcliff voleva che venissero sistemati sugli scaffali il prima possibile.» Avevamo anche bevuto una bottiglia di vino e io e Morrie avevamo avuto una sessione di pomiciamento piuttosto intensa, ma decisi di non farvi cenno. «Sapevi che i libri sui treni in pratica pagano le librerie di seconda mano perché rimangano aperte? Che Ishtar benedica quegli sfigati in giacca a vento che vivono solo di treni.»

«Non mi piace che tu vada in giro in questa zona di notte.» Mia madre viveva ancora nella stessa casa popolare di quando ero piccola, ai margini del quartiere. I nostri vicini di casa erano membri di una gang e l'anno prima una casa in fondo alla strada era esplosa mentre cucinavano metanfetamine. Era quel tipo di quartiere. Ma dato che la nostra auto funzionava solo un martedì sì e uno no, andavo in giro a piedi a tutte le ore da quando ne avevo memoria, e lei non aveva mai fatto commenti al riguardo.

«Non ero sola.» Mi diressi al frigorifero e tirai fuori un pezzo di formaggio. «Mi ha accompagnata Quoth.»

«Uno dei tuoi nuovi amici?» Mia madre corse alla porta e scrutò nel buio. «Non lo vedo. Se n'è andato di nuovo senza entrare?»

È volato via. «Sì, scusa, mamma. È molto timido. Vuoi un toast al formaggio?»

Venne anche lei in cucina. «Non mi piace, Mina. Passi ogni momento libero con quegli uomini e io non li ho mai conosciuti.»

«Conosci Heathcliff Earnshaw.»

«Sì, e questo mi preoccupa. È un gitano. Sai come sono fatti.»

«Mamma, questo è razzismo e non voglio parlarne adesso...» Mentre avevo il coltello in bilico sul formaggio, mi accorsi di una serie di scatole sospette, appoggiate alla televisione. «Cosa sono quelle scatole?»

«Oh!» Mia madre si avvicinò e ne aprì una, per tirarne fuori un piccolo libro. «Stavo aspettando di dirtelo. Sono la mia nuova attività.»

«Che fine hanno fatto le piastre vibranti?» Mia madre era convinta di essere destinata a diventare milionaria e che il modo per trasformare il suo sogno in realtà fosse quello di vendere inutili schifezze a persone ignare. Nel corso degli anni aveva provato ogni possibile soluzione per fare soldi in fretta, e il suo ultimo tentativo erano stati degli apparecchi con delle piastre vibranti per fare esercizio fisico.

«Erano così *pesanti*. E non potevo competere con venditori giovani e in forma. Ma con questi, credo di aver finalmente trovato la mia vocazione. Perfino tu dovrai ammettere che questa volta ho scovato qualcosa di speciale.»

Lanciò sul tavolo uno dei libri. Io lo raccolsi e rimasi a bocca aperta di fronte al titolo.

Il linguaggio dei gatti: dizionario gatto-umano.

Lo aprii. Era proprio un dizionario. Solo che traduceva il linguaggio dei gatti nella nostra lingua. A quanto pare, "miao-miao" significa "ho fame" e "miaooooooo" è "dammi da mangiare subito o ti strappo la faccia con gli artigli".

Io soffocai una risata. «Mamma, questi sono... ehm...»

«Lo so, sono geniali! Tutti hanno un animale domestico che vogliono capire. E tutti quei video di gatti su Internet significano che posso provare a usare i motori di ricerca per fare un po' di marketing. Inoltre, il veterinario comportamentale che li ha realizzati non ha idea come si gestisce un'attività di successo, quindi sarà davvero un gioco da ragazzi. Non ho l'obbligo di acquistare un numero minimo di libri. Acquisto i diritti sul file del dizionario, faccio fare le copie alla tipografia locale e poi mi tengo *tutti i* profitti.» Versò il contenuto di un intero scatolone sul tavolo. Sussultai quando ne uscirono centinaia di libri: non solo dizionari per gatti, ma anche per cani, criceti, topi e pesci rossi. *Pesci rossi? Che versi fanno i pesci rossi?* «Ho pensato che potresti allestire un'esposizione sul bancone della Libreria Nevermore, magari per proporli a chi compra libri sugli animali.»

«Mamma, *no*.»

«Ma tu lavori in una libreria. Mina, è perfetto.»

«Non li porterò a Heathcliff. Nessuno li comprerà.»

«Ne ho anche per cani, gerbilli e topi...»

«Ho detto di *no*. Possiamo lasciar perdere?» Infilai due pezzi di pane nel forno e accesi il grill. «Ho un sacco di roba da leggere stasera. Ospito una riunione del club del libro alla libreria e devo finire il volume che stanno studiando. Se hai bisogno di me, sono in camera mia.»

Mia madre si accigliò mentre sfogliava il dizionario di gattese. Sapevo che non sarebbe finita lì.

Riuscii a fare la doccia e a mettermi a letto senza litigare di nuovo con lei. Tecnicamente, il nostro appartamento aveva una sola camera da letto, però avevamo oscurato i vetri della piccola veranda vicina al soggiorno e aggiunto un armadio scadente che mia madre aveva trovato sul ciglio della strada. Ci stavano appena il mio letto e i miei vestiti, ma ero riuscita a ricoprire ogni superficie libera con poster di gruppi musicali, pezzi di biglietti, e foto di me e Ashley quando eravamo due adolescenti ribelli che facevano il broncio e dei gestacci alla macchina fotografica. Quando ero partita per New York mia madre non aveva toccato nulla. Guardare le pareti ora mi dava una strana sensazione allo stomaco. Mi sembrava di non conoscere la persona che mi fissava. Era un'altra Mina, proveniente da un altro mondo.

Mi infilai gli auricolari nelle orecchie, misi su una playlist di Nick Cave e The Sisters of Mercy e aprii *Uomini e Topi*. Degli insetti venivano a sbattere contro le finestre dal di fuori, attratti dalla lampadina troppo luminosa appesa sopra il letto.

A metà del primo capitolo, persi il contatto con il mondo esterno. Le parole e la musica mi portarono via e io mi dimenticai di essere Mina Wilde, stilista fallita e assistente di libreria prossimamente cieca, che dormiva nella sua vecchia cameretta di quando era piccola nello squallido appartamento in cui aveva giurato di non tornare mai più. Mi trovavo invece nei campi di cotone dell'America meridionale con i lavoratori stagionali George e Lennie che faticavano e sognavano un futuro in cui avrebbero posseduto un proprio appezzamento di terra. Un sogno così remoto e impossibile che li avvolgeva come un sudario.

Sapevo come ci si sentiva.

Una cosa che mi saltò all'occhio nel libro fu il modo in cui la solitudine plasmava molte delle relazioni tra i personaggi. L'amicizia tra George e Lennie era nata per la solitudine. Candy aveva perso il cane. Tutti avevano aspirazioni che li allontanavano da un vero legame umano. Anche la città vicina, nella storia, si chiamava Soledad, che una rapida ricerca su Google mi aveva rivelato significare "solitudine" in spagnolo.

Tutta quella solitudine mi ricordava me stessa e i ragazzi. Mi portavo addosso la solitudine da tutta la vita. Pensavo di aver trovato una vera amica in Ashley, ma New York, la sua avidità e un coltello nel cuore avevano interrotto tutto. Come me, anche Heathcliff, Morrie e Quoth portavano ognuno la propria solitudine. Heathcliff la indossava come un distintivo d'onore, Morrie la seppelliva in profondità e la copriva con battute presuntuose e giochi di potere, e Quoth... Quoth la usava come un sudario.

Solitudine... e impotenza. Tutti i personaggi di *Uomini e topi* soffrivano di una certa mancanza di potere e ognuno di loro aveva un piano per ottenere più potere e status. Alla fine del libro, ognuno di quei piani veniva distrutto e mandato in frantumi. Persino Lennie, il personaggio fisicamente più forte del libro, veniva privato del suo potere intrinseco a causa della sua disabilità intellettuale. Non c'era modo di fermare la marcia, il tempo o l'inevitabilità dell'ordine naturale.

Finii *Uomini e topi* verso la mezzanotte, con le lacrime che mi scendevano sulle guance mentre (spoiler) George si arrendeva alla futilità della sua impotenza e uccideva Lennie. In salotto, la TV continuava ad andare. Dovevo disperatamente fare pipì, però non volevo un altro scontro con mia madre, così spensi la luce, mi sdraiai sul cuscino e fissai il soffitto.

Probabilmente mi addormentai, perché un attimo dopo dalle fessure delle tende ammuffite filtrava una luce grigiastra. La pioggia batteva contro i vetri e un brivido freddo mi pungeva la pelle nuda. Scesi dal letto, andai in punta di piedi in bagno per dare sollievo alla mia vescica che stava per scoppiare, mi vestii e sgattaiolai fuori di casa prima che mia madre potesse infastidirmi di nuovo con i suoi dizionari. Aprii la borsa per metterci il telefono e scoprii che ne aveva infilati dentro tre. Li gettai sul divano dove li avrebbe sicuramente visti, e me ne andai.

Mi affrettai ad attraversare le strade vuote. Le prime ore del mattino erano tra le più piacevoli, nel quartiere. Se strizzavo bene gli occhi, potevo fingere di non vedere le carcasse di auto sul prato dei vicini o le finestre oscurate da lenzuola nella casa dello spacciatore, e di vivere davvero in un pittoresco quartiere-bomboniera americano.

Non che dovessi strizzare gli occhi ancora per molto.

E proprio in quel momento, dolore e panico mi colpirono come un fiume in piena. Per quanto tempo ancora sarei stata in grado di vedere il mondo? Per quanti altri giorni sarei stata in grado di mettere insieme un outfit da urlo, come i pantaloni rossi con i polsini in tartan, la camicia bianca senza maniche e le bretelle in pelle che indossavo in quel momento? Quante notti sarei riuscita a rimanere sveglia fino a tardi a leggere a letto? Quante volte ancora avrei potuto fissare le gelide profondità delle iridi di Morrie e vedere che lui mi stava fissando?

Spalancai gli occhi il più possibile e osservai ogni dettaglio degli appartamenti davanti ai quali stavo passando. Mi sarebbero mancati la loro vernice scialba e scrostata e le file di bidoni stracolmi che costeggiavano il marciapiede? Non volevo scoprirlo.

Ma prima o poi sarebbe successo e io... non ero pronta. Mi sentivo come se all'interno della libreria mi fossi creata il mio piccolo mondo: il tipo di famiglia che non avevo mai avuto quando eravamo solo io e mia madre, gli amici che avevo desiderato tanto avere ai tempi delle scuole superiori. Ma poi mi ricordai il motivo per cui ero tornata ad Argleton, e il terrore si impossessò di me strappandomi via tutta la felicità che ero riuscita a ricostruire.

E se ci avessi aggiunto anche i sentimenti incasinati che provavo per i ragazzi... Per Morrie, il cui tocco mi faceva risuonare tutto il corpo ma le cui scappatelle criminali mi terrorizzavano. Per Heathcliff, il cui cuore oscuro mi implorava di salvarlo ma nella cui storia sapevo esserci un'altra donna, che avrebbe amato per sempre. Per Quoth, il cui cuore gentile scioglieva il mio, ma che non sarebbe mai stato in grado di condurre una vita normale.

Tutti ragazzi perfetti, ma qualsiasi relazione avessi con loro era destinata a fallire. L'inevitabilità non detta di quel fallimento fluttuava nell'aria tra noi, come i personaggi di *Uomini e topi*. Ci rimaneva ciò che eravamo io e Morrie: scopamici, amici con bonus. Era divertente... la cosa più divertente che avessi mai avuto in vita mia. Ma quanto sarebbe durata, prima di rovinare la nostra amicizia?

Che diavolo sto facendo?

Potresti semplicemente non andare a letto con nessuno di loro, mi ricordava una vocina dentro la mia testa.

Quasi scoppiai a ridere. Sì, perché quella era in effetti un'opzione. Chiaramente, ogni volta che entravo nella libreria la mia coscienza aveva gli occhi chiusi perché, diamine, non avrei detto di no a nessuno di loro.

Potresti stare con tutti loro, propose la voce. *Quoth ha detto che...*

Quella, invece, non era un'opzione. Non avrebbe mai funzionato.

Ah no? E perché?

Raggiunsi il centro e attraversai il parco. Le parole che Quoth mi aveva detto un mese prima mi rimbombavano in testa. Dopo che aveva visto me e Morrie insieme, mi aveva seguito e mi aveva detto che tutti e tre volevano che fossi felice e al sicuro, che nessuno di loro voleva litigare per me. Come se ne avessero discusso, come se fossero tutti d'accordo.

Ovviamente, Quoth sapeva di me e Morrie e dovevo supporre che anche Heathcliff ne fosse a conoscenza. Non eravamo stati esattamente discreti nell'ultimo mese. Ma nessuno dei due aveva detto nulla al riguardo. Anzi, l'altro giorno Quoth aveva anche flirtato con me. Heathcliff era un gran brontolone, ma non era diverso dal solito. La settimana prima era addirittura uscito di sua spontanea volontà e mi aveva comperato qualcosa da mangiare. Quindi forse volevano davvero spartirmi tra di loro. Magari poteva pure funzionare.

È una follia. Devo smetterla di pensare a questa cosa come se fosse fattibile.

La panetteria di fronte alla libreria non era ancora aperta. Dalla finestra vedevo Greta, la proprietaria tedesca, che infilava vassoi di torte nei forni e spolverava con lo zucchero a velo le ciambelle alla crema. La salutai e lei ricambiò il saluto. Non potei fare a meno di sorridere. A New York non si salutano i negozianti o i panettieri, perché tutti sono degli estranei.

Infilai la chiave nella porta d'ingresso e la aprii. Le assi del pavimento scricchiolarono sotto i miei piedi quando entrai nel negozio buio. Seguii con la mano lo scaffale e accesi la piccola lampada che avevo installato qualche giorno prima accanto alla porta d'ingresso. Aveva la forma di un vecchio tubo piegato, con una strana lampadina a incandescenza che disegnò un piccolo cerchio luminoso intorno ai miei piedi. Heathcliff non l'aveva notata.

«Miao?»

«Ehi, Grimalkin.» Mi chinai e le passai la mano sulla morbida pelliccia. Mi saltò in braccio, appoggiando la testa al mio mento.

«Bene,» risi, accarezzandole il collo finché le fusa non la fecero vibrare tutta. «Vedo che gli altri non si sono ancora alzati. Ti prendo qualcosa da mangiare.»

Entrai nella sala principale, accendendo le luci al passaggio. Dietro la scrivania di Heathcliff c'era una ciotola per Grimalkin e una per Quoth, che adorava mangiucchiare bacche durante il giorno quando era nella sua forma di corvo. Riempii la ciotola di Grimalkin con una confezione di cibo umido e lei la divorò avidamente.

«Hai già preso quel topo, ragazza?» le chiesi mentre impilavo le carte sulla scrivania di Heathcliff e tracciavo una nuova riga nel registro per le vendite della giornata.

Grimalkin alzò lo sguardo dalla ciotola e mi lanciò un'occhiata di sofferenza. *Non chiedermi di quel maledetto topo*, sembrava dire.

«Oh beh. Neanche io sono riuscita a prenderlo. Andrà meglio la prossima volta.» Le accarezzai la testa. Lei fece le fusa contro la mia mano. «Vedi? Non mi serve un dizionario di gattese. Ci capiamo perfettamente.»

La stanza di Storia del Mondo si trovava dietro la sala principale. Probabilmente era stata la sala da ballo durante l'epoca vittoriana della casa, a giudicare da una serie di dettagli, come la costosa carta da parati arabescata, il pianoforte per bambini pieno di libri accanto all'imponente camino, i lampadari gemelli che pendevano dall'alto soffitto, la stretta porta che conduceva a quella che un tempo era stata la cucina e l'originale chaise lounge con un tavolo da tè cinese nella nicchia pentagonale. Due file di scaffali al centro della stanza contenevano volumi di archeologia, storia militare e storia britannica/scozzese/gallese. Un piccolo espositore nell'angolo ospitava libri popolari di teorie cospirative; il tipico concetto di scherzo di Heathcliff. Sedie spaiate e pile di libri disordinati erano addossati alle pareti.

Se risistemiamo gli scaffali nell'altro senso, ci sarà più spazio nel pentagono per qualche sedia in più e un tavolo per il Club dei Libri Banditi. La mia mente continuava vagliare tutte le possibilità. In effetti, le dimensioni della stanza erano molto più generose di quanto ricordassi. *Se spingessimo gli scaffali contro le pareti, potremmo organizzare altri eventi qui dentro... letture, mostre, persino l'apertura di una galleria per Quoth...*

«Sai, per essere andata a letto con la più importante mente criminale del mondo, devi lavorare di più sulle tue abilità di effrazione.»

Mi voltai di scatto. Quoth stava appollaiato sul bordo della chaise longue, con i piedi stretti al petto. Sui capelli aveva un paio di piume nere, che catturavano la luce che entrava dalle finestre, e che lanciavano riflessi colorati sulle ciocche di ossidiana.

«Tecnicamente, sto solo *entrando*,» gli mostrai la chiave. «Non ti ho sentito scendere.»

«Devi essere stata assorbita dai tuoi pensieri, perché era da un po' che bussavo.» Batté le nocche contro lo stipite della porta.

«Sei così divertente. Ehi, dovrai cagare su te stesso per avere citato quella poesia?»

«No.» Quoth venne verso di me. Indossava una canottiera nera macchiata di vernice e un paio di pantaloni cargo neri, anch'essi schizzati di colore. Su qualsiasi altro ragazzo sarebbe sembrato un look trasandato, ma su Quoth l'effetto si traduceva in un'aria dark e misteriosa. «Allora, cosa stai facendo?»

«Volevo preparare la stanza per la riunione di domani del Club dei Libri Banditi. So che Heathcliff non vuole che sia un successo, ma credo che dovremmo provarci. Questa libreria potrebbe essere uno spazio comunitario davvero straordinario. Con le tue opere d'arte alle pareti è già più luminosa. Immagina se ci fossero anche incontri del club del libro, letture di autori e mostre d'arte.»

Quoth mi fece un sorriso triste che mi spezzò il cuore. «Sono sicuro che Heathcliff adorerebbe tutto ciò.»

«Spero di convincerlo.» Afferrai l'estremità di uno degli scaffali. «Il primo passo è fare in modo che questo club del libro parta senza intoppi. Riesci a prendere l'altra estremità?»

«Solo se mi dici il vero motivo per cui sei qui.»

«Te l'ho detto. Voglio che l'incontro...»

«*Mina.*»

Emisi un gemito. «Bene. Volevo scappare da mia madre.»

Quoth inclinò la testa di lato. Non mi chiese di approfondire, ma qualcosa nel modo in cui il suo silenzio riempiva lo spazio tra noi mi fece desiderare di dire qualcosa.

«Mia madre è...» Cercai di trovare le parole. «Dovresti conoscerla per capire.»

«Mi piacerebbe.»

Scossi la testa. «Non succederà. La mia vita a casa e la mia vita alla libreria devono rimanere separate. Mia madre è... fantastica e davvero altruista. Ha fatto di tutto perché io avessi un'esistenza migliore della sua e non mi mancassero le opportunità che lei non ha mai avuto. Ma credo che dentro di sé sia convinta di aver fallito. Credo che si ritenga responsabile dei miei problemi alla vista. È difficile perché vorrei che non si sentisse così, visto che non è colpa sua, però... a volte è come se tutto girasse intorno a lei. Non posso arrabbiarmi con lei perché se la prenderebbe, però in questo momento sono così arrabbiata che vorrei solo mettermi a urlare.»

Quoth non disse nulla. Spingemmo la libreria contro la parete e iniziammo a lavorare sull'altra. Il silenzio diventò più pesante e altre parole mi uscirono prima che potessi fermarle. «Mia madre è cresciuta a Liverpool, nella casa più brutta del quartiere più povero. Suo padre entrava e usciva di galera per violenza aggravata e spaccio di droga. Mia nonna si drogava. Lei smise di andare a scuola a quindici anni e rimase incinta un anno dopo. Decise che per noi non voleva la stessa vita, così scappò, seguì mio padre ad Argleton e tagliò completamente i ponti con i suoi genitori. Mio padre la abbandonò poco dopo, ma lei non tornò mai da loro. Mi ha detto che una volta mia nonna è venuta a cercarci, ma che lei l'ha mandata a quel paese.»

«Mi dispiace,» disse Quoth.

«Tranquillo. Almeno io avevo una famiglia. Avevo mia madre, che mi è sempre stata vicina e ha sempre fatto del suo meglio per me, ma... non è riuscita a liberarsi del suo passato. Non ha studiato. Non riesce a mantenere un vero lavoro e legge i tarocchi per le ricche signore che vivono nelle ville in collina, quelle che hanno più soldi che buonsenso. È ossessionata dall'idea di diventare ricca, ma pensa di poter avere una vita da amministratore delegato senza lavorare. Mi ha incoraggiato lei a frequentare la scuola di moda perché crede che grazie a quella diventeremo milionarie, il che è l'esatto opposto di quello che avrebbero fatto la maggior parte dei genitori, soprattutto perché avevo avuto anche delle offerte di borse di studio da Oxford e Cambridge, per studiare inglese.»

«Tua madre sembra affascinante,» dichiarò Quoth ridendo.

«Ha un nuovo progetto per fare soldi a palate: vendere dizionari del linguaggio dei cani e dei gatti, ma ti pare? Sono totalmente ridicoli. La cosa assurda è che credo l'abbia scelto perché lavoro in una libreria. Pensa che quei libri idioti che si fa stampare dalla tipografia locale siano la stessa cosa di questo.» Presi in mano *Uomini e topi*.

Quoth non commentò.

«Sarà che sono troppo grande per vivere a casa con lei, ma ultimamente mi sta facendo uscire di testa. Ha delle idee sul mio lavoro e su di voi. Continua a cercare di vederti quando mi accompagni a casa e mi fa centinaia di domande. Scommetto che inizierà a passare in libreria giusto perché è "da queste parti".» Disegnai delle virgolette in aria. «Perché non mi lascia in pace?»

«Vuoi che venga a presentarmi?»

«No.» La parola mi uscì con più rabbia di quanta volessi. Immaginai i miei tre ragazzi intelligenti che incontravano la mia madre svampita e ossessionata dai soldi, e arrossii per un vecchio e profondo sentimento di vergogna. «Voglio dire, grazie per l'offerta, ma non ha senso.»

«*Potremmo* incontrarla, sai. Se può essere d'aiuto.»

Soffocai una risatina. «Sì, certo. "Ehi, mamma, ti presento i miei amici: l'antieroe brontolone, il supercattivo e l'uccello".»

Quoth distolse lo sguardo. Il petto mi si riempì di rammarico.

«Quoth, scusa. Non volevo.»

«L'hai detto,» commentò a voce bassa.

Emisi un sospiro. «Senti, non è...»

«Forza, diamo una ripulita a questa stanza.» Quoth evitò di guardarmi negli occhi mentre si avvicinava agli scaffali. Quando mise la mano sul ripiano più in alto, un lampo bianco gli sfrecciò lungo il braccio, si lanciò in aria, eseguì una serie perfetta di capriole e poi atterrò sulle quattro zampe e scomparve tra le pile di libri.

«Porca miseria.» Quoth fece un balzo indietro, con le piume che gli esplodevano dalle guance.

«Non ti sei ancora occupato di quel topo!» mi lamentai.

«Morrie ha messo delle trappole,» borbottò, cercando di trattenere il becco che gli si stava formando. «Ma a quanto pare il nostro amico topo non ha il palato per apprezzare un buon *Bleu d'Auvergne* francese.»

Mugugnai. Certo, era ovvio che Morrie avrebbe scelto un formaggio costoso per una maledetta trappola per topi. Mi sorpresi che non gli avesse preparato anche dei bicchierini di vino e dei cracker.

«Rilassati,» disse Quoth rimettendosi a posto la mascella. Mi sorrise, ma non con gli occhi. «Io e Grimalkin faremo in modo che non si avvicini a questa stanza. Ora, che ne dici di darmi una mano con questa libreria?»

3

«Buongiorno, dormiglione.» Mi sedetti sul letto di Morrie e gli appoggiai una tazza di caffè fumante sul comodino.

Lungo uno zigomo aveva una piega del cuscino, il che accentuava i suoi lineamenti aquilini. Aprì un occhio e un globo azzurro ghiaccio ruotò verso di me con una fame che non aveva nulla a che fare con il desiderio di caffeina. «Mmh, ora sì.»

Morrie mi avvolse con un braccio e mi tirò contro di sé, coprendo entrambi con il piumone e avvolgendomi nel suo calore. Il suo petto nudo si appoggiò su di me e sentii l'erezione che mi premeva su una coscia.

«Devo essere al lavoro tra quindici minuti,» lo avvertii, sprofondando in quell'abbraccio.

«Conosco il capo,» mormorò Morrie, percorrendomi il collo con una scia di baci infuocati. «Scommetto che capirà.»

«Anche io conosco il capo, e scommetto che non lo farà.»

«Allora sarà meglio fare in fretta.» Morrie mi fece rotolare fino a salirmi sopra e prese un preservativo dal comodino. Intanto, con l'altra mano mi accarezzò una guancia, tracciando la linea della mascella, mentre le sue labbra divoravano le mie.

I baci di Morrie mi facevano impazzire: qualsiasi pensiero, preoccupazione o timore potessi avere scompariva nel momento in cui le sue labbra morbide incontravano le mie. Ecco perché non ero riuscita a chiedergli dei suoi affari criminali per acquietare le mie perplessità morali.

E non l'avrei fatto nemmeno quella mattina. Non mentre le sue dita mi danzavano sulla pancia, scendendo giù, *giù*... Aprii le gambe e Morrie si infilò il preservativo e mi scivolò dentro.

Ansimai mentre mi riempiva, con ogni suo centimetro che toccava parti di me addormentate da tempo, risvegliando tutto il mio corpo e rianimandolo. Mi aggrappai al suo corpo muscoloso, muovendomi insieme a lui, assecondando il suo ritmo e cercando di non andare troppo in fretta, di non mostrargli quanto desideravo che si lasciasse andare, perché altrimenti si sarebbe irrigidito e avrebbe preteso di avere ancora di più la situazione in mano.

Anche se avevamo i minuti contati, Morrie manteneva il suo ritmo languido e costante. Tutto in lui era una lotta tra le sue due nature: il matematico freddo e calcolatore che desiderava il controllo totale e il criminale che abbracciava il caos in ogni occasione.

Il corpo mi tradì, contorcendosi sotto di lui, premendo contro di lui, implorandolo di andare più veloce, più forte. Morrie mantenne il suo ritmo rilassato, come se non avesse nessuna fretta, come se fosse esattamente nel luogo in cui desiderava essere. Io spinsi i fianchi per andargli incontro, accogliendolo ancora più in profondità.

«Ehi, ehi, bellezza, non abbiamo nessun fuoco che ci minaccia.»

Il fuoco c'era: nelle mie vene, nel mio cuore, in tutte le parti nascoste di me che lui aveva fatto rivivere.

Morrie intrecciò le dita alle mie, premendomi la mano sul

cuscino, al di sopra della mia testa. Il gesto sapeva allo stesso tempo di intimità e di potere. Soffermai gli occhi sul gancio che c'era sul soffitto e immaginai il suo sorriso provocante mentre lo usava per bloccarmi e ciò che avrebbe potuto farmi se avessi osato abbandonarmi totalmente...

Fui presa dall'orgasmo, improvviso, violento, sconvolgente. Mi abbandonai sui cuscini e lo strinsi dentro di me, lasciandomi percorrere dalle ondate di piacere. Il suo corpo si irrigidì e, con un ultimo sussulto, venne anche lui, stringendomi, con la mascella che si contraeva e si irrigidiva.

Mi piaceva quel tic alla mascella: una minima imperfezione che, solo per una frazione di secondo, accennava a una perdita di controllo. Poi il mio Morrie era di nuovo lì, con un sorrisetto perfido come quello di un gatto che ha rubato la panna.

Morrie rotolò via e mi appoggiò le dita sulla pelle. Allungò il braccio oltre il mio corpo e guardò lo schermo del telefono. «Guarda l'ora: hai ancora tre minuti.»

«C'è un gancio sul soffitto,» mormorai.

«Non so cosa dica quel tuo medico: ci vedi perfettamente.»

«Perché hai un gancio sul soffitto?»

Gli occhi di Morrie affondarono nei miei, mentre un angolo della bocca era sollevato in quel suo ghigno esasperante. «Vuoi scoprirlo?»

Lo stomaco mi sprofondò fino alle ginocchia. Posai gli occhi sugli strumenti di pelle e acciaio appesi accanto al letto. Non ero nata nella camera dei salami. Io e Ashley ci eravamo guardate tutto *Cinquanta sfumature di grigio,* ridacchiando. Sapevo che Morrie era pansessuale e aveva delle inclinazioni perverse. Volevo farne parte? Ero quel tipo di ragazza? E soprattutto, mi fidavo che *James Moriarty* mi legasse al suo soffitto?

Le sue dita mi sfiorarono il clitoride e il mio corpo rispose per me. *Sì, sì, sì.*

«Sì,» sussurrai.

«Non ho sentito, amore.» Morrie mi passò i denti sul lobo dell'orecchio.

Cazzo, devo... Prima, doveva succedere qualcosa. Dovevo riprendere il controllo del mio corpo. Il mio cervello aveva delle domande che dovevano trovare una risposta.

Mi costrinsi a togliermi di dosso il tocco di Morrie, girandomi per guardarlo in faccia. «Cosa siamo?»

«*Homo sapiens*,» rispose senza esitazioni, mentre le sue mani si muovevano lungo la mia camicia. *Per Astarte. Sii forte, Mina.*

«No,» gli allontanai la mano con uno schiaffo. «Voglio dire, io e te... cos'è questa cosa che stiamo facendo?»

«In questo momento sto cercando di farti venire con un minuto e mezzo di tempo a disposizione.» La mano di Morrie si insinuò di nuovo tra le mie gambe.

«Morrie,» lo rimproverai.

Lui non smise di accarezzarmi. «Mina, non ho intenzione di essere il tuo ragazzo.»

«Ah.» Una fitta di delusione. *Perché no? Perché non mi vuoi? Pensavo che tra noi ci fosse qualcosa di più del sesso, ma forse ho capito male? Per Afrodite, non ho speranze.*

Morrie rise. «Se potessi vedere la tua faccia ora... sembra che ti abbia appena detto che i Sex Pistols si sono sciolti.»

«*Ma si sono sciolti.*» Gli schiaffeggiai di nuovo la mano, ma lui era implacabile e il suo dito... *oh, oh...*

«Voglio dire che non sarò il tuo ragazzo perché non è quello che tu vuoi.»

«Tu non sai cosa voglio.»

«So che flirti con Quoth. So che fai quegli occhioni da cerbiatta a Heathcliff ogni volta che è girato di spalle. Ti leggo come un libro aperto.» Morrie mi appoggiò una scia di baci lungo il collo. «Un bel libro, con molte parti sconce.»

«Non vado a letto con nessuno dei due.»

«Perché no?»

Mi infilò dentro un dito. Gemetti, stringendo i denti. *Concentrati*. «Perché non sono una puttana.»

«Puttana è una parola così carica di giudizio, Mina. Tutte le canzoni punk rock che ami non parlano di sesso e ribellione?»

«Sì, ma...» Il dito di Morrie mi tamburellava sul clitoride. Il mio corpo esplose in un secondo orgasmo. Inarcai la schiena sul cuscino, lasciandomi percorrere dal piacere. Morrie ritirò la mano e mi prese la guancia. Fui bloccata dal suo sguardo gelido.

«Esattamente.» Un sorriso malvagio gli illuminò il volto. «Non devi scendere a compromessi e scegliere uno di noi. Io non l'ho mai fatto. Onestamente, a Quoth farebbe bene avere una donna con cui condividere i suoi sentimenti profondi e importanti, perché né a Heathcliff né a me importa. E forse tu potresti infondere un po' di felicità al burbero signor Brontolone.»

«Io non...»

«Mi dispiace amore, ho deciso che queste sono le mie condizioni,» mi annunciò con un sorriso. «Non mi impegnerò finché tu non saprai cosa ti stai perdendo. Prova le merci. Fai come i clienti che leggono tutte le parti più succose prima di decidere quale libro comprare.»

«Non capisco. Vuoi che io...»

«Voglio che ti scopi Heathcliff e Quoth. Anzi, insisto perché tu lo faccia. Ora...» rimise la mano sotto le lenzuola. «Mi restano solo trentacinque secondi, ma credo di poter fare un miracolo.»

«Va bene.» Uscii dal letto e mi tuffai alla ricerca dei miei vestiti. Avevo le guance che mi bruciavano. Mi vestii, rivolta verso il muro, incapace di guardarlo negli occhi. Lui ridacchiava dietro di me e sentivo il fuoco sulla nuca.

Non posso credergli. Chi chiede alla ragazza con cui va a letto di scoparsi i suoi due migliori amici?

James Moriarty, evidentemente.

E chi sono io per essere ancora qui? Perché lo desidero così tanto?

Ottimo. Semplicemente fantastico. Avevo cercato di fare chiarezza e ora ero più confusa che mai.

4

«Tu, riprovevole bastardo! Fica piagnucolosa! Ti spacco come una nocciola marcia.»

Mi precipitai al piano di sotto in tempo per vedere Heathcliff che strattonava via il monitor dalla scrivania e se lo issava in spalla, come se avesse intenzione di spappolargli il cervello a terra. «No!» Attraversai di corsa la stanza e mi precipitai da lui, afferrando il monitor per una estremità. Heathcliff incespicò all'indietro per la sorpresa. Io glielo strappai dalle mani prima che potesse protestare e lo riposizionai sulla scrivania.

«Che cosa hai fatto?» Ricollegai lo schermo e recuperai il mouse da sotto la coda dell'armadillo.

«Non ho fatto nulla!»

«Allora perché stavi per buttare per terra il computer?»

«Il Negozio-Che-Non-Si-Deve-Nominare mi ha informato che le nostre recensioni dei clienti sono passate da buono a scarso,» urlò Heathcliff. «Tutto questo perché un qualche vagabondo idiota si è lamentato del fatto che la Bibbia vecchia di seicento anni che ha acquistato qui era *scritta in un maledetto latino*. Oltre a essere gentile con i clienti, ora devo anche tenerli per mano, pulire loro il moccio al naso e aiutarli a fare il ruttino?»

«Sì, sì, il Negozio-Che-Non-Si-Deve-Nominare è malvagio e i clienti sono stupidi. Ho capito. Non puoi aspettare che arrivi io, prima di lanciare costose attrezzature da una parte all'altra della stanza?»

«Odio i computer! Il mondo era migliore quando non c'erano i computer e le *app*.» Heathcliff disse l'ultima parte come se fosse una parolaccia.

«No, non lo era. Il mondo faceva schifo anche allora, senza Deliveroo faceva decisamente schifo.» Riaccesi il monitor. Il nostro catalogo di libri online lampeggiava sullo schermo e un messaggio del Negozio-Che-Non-Si-Deve-Nominare sfarfallava in alto. Scorsi veloce il testo e scoprii che per far risalire la valutazione ci sarebbero bastate solo due recensioni positive, cosa che sarebbe avvenuta naturalmente con l'invio del prossimo lotto di ordini online. Heathcliff vedeva sempre il lato negativo. «Inoltre, se non avessimo avuto le app, forse non avrei mai visto il tuo annuncio di lavoro. Pensa a quanto sarebbe noiosa la tua vita senza di me.»

«Hai la camicia al rovescio,» mormorò lui senza distogliere gli occhi dal libro.

«Merda!» Mi precipitai nell'aula di Storia del Mondo, mi tolsi di fretta la camicia e la raddrizzai. Quando rientrai, Heathcliff alzò lo sguardo. I suoi occhi incontrarono i miei e mi mancò il respiro. Ricordai il bacio impetuoso che ci eravamo scambiati il giorno in cui mi aveva trovata nella stanza dell'Occulto, il modo in cui mi aveva afferrata, come se non riuscisse a controllarsi. Mi aveva divorata con la stessa passione che aveva alimentato il torrido romanzo di *Cime Tempestose* e che lo aveva reso un antieroe così amato.

Il mio cuore si mise a battere più forte. Mi sovvenne la folle sfida di Morrie. In un modo o nell'altro, dovevo togliermi dalla mente Heathcliff. *Devo scoprire se quello che provo è per questo Heathcliff, qui e ora, o se mi sto struggendo per il personaggio di cui mi sono innamorata da adolescente.*

Raddrizzai la schiena e feci un bel respiro. *Tanto vale provare.* «Heathcliff, ehm...»

«Che c'è?» Di nuovo, alzò la testa di scatto, gli occhi neri che mi fissavano dritti nell'anima.

«Possiamo... posso... portarti fuori a cena venerdì sera?»

«Perché?»

Perché? Che razza di risposta è "perché"? «Perché... non esci mai dal negozio. Ho paura che tu non ti diverta abbastanza. O non ti nutra abbastanza.»

«Io mi diverto.» Heathcliff sbatté una mano sulla pila di libri sulla scrivania. «Sto mettendo i prezzi, no?»

«Non è esattamente quello che avevo in mente. Pensavo più al tipo di divertimento in cui si frequenta una persona che ci piace e la si conosce un po' meglio. Non deve nemmeno essere una cosa troppo folle. Non sto parlando di lanciarsi con il paracadute o di farsi un tatuaggio insieme. Solo una cena. Magari un drink. Ti va o no?»

Gli occhi neri di Heathcliff mi studiarono. Dopo molto tempo, replicò: «Basta che non debba vestirmi elegante.»

Esaminai la sua camicia bianca stropicciata, il gilet e i pantaloni fuori moda. Con quegli stivali pesanti e i capelli lunghi e disordinati, sembrava già il cantante della rock band più in voga del mondo. «Penso che tu vada bene così.»

Stavo per dire qualcos'altro, ma il campanello sulla porta suonò. Sbirciai nell'ingresso. «Benvenuti alla Libreria Nevermore.»

Le mie parole si persero tra schiamazzi di gioia. La porta d'ingresso si aprì di botto e una marea di grida, risate e voci infantili si riversò nel negozio. Alzai lo sguardo giusto in tempo per vedere un'ondata di giovani volti correre in tutte le direzioni e scomparire tra gli scaffali. Le loro urla di gioia rimbalzavano sui soffitti alti e risuonavano negli angoli bui.

«Ma che cazzo?» ringhiò Heathcliff. «È come un'invasione di mongoli.»

«Attenti, bambini, comportatevi bene,» li chiamò una voce matronale. Come si addiceva alla loro età, la ignorarono completamente.

Girai la testa all'indietro proprio mentre due ragazzini mi passarono davanti correndo, con le braccia che oscillavano nel passarsi un pallone da calcio. Heathcliff si alzò in piedi, prendendo i libri tra le braccia. «Tu occupati di questo casino. Io vado di sopra a cercare un po' di pace.»

«Ma...»

«Il motivo per cui ho assunto un'assistente è per non avere a che fare con i clienti. *Soprattutto* non con quelli che hanno il moccio al naso e le mani sporche di marmellata.» Heathcliff prese il suo libro e si infilò nel ripostiglio dietro la scrivania. «Divertiti.»

«Aspetta...»

Sbatté la porta dietro di sé e io sentii il catenaccio scorrere nella serratura.

«Bastardo,» sibilai alla porta, poi mi voltai appena in tempo per vedere una ragazzina che si arrampicava sul tavolo con l'intento di afferrare l'armadillo impagliato.

«Non salirci!» urlai, precipitandomi e prendendo la bambina dal tavolo prima che cadesse e si spaccasse la testa.

«Ma lo voglio!»

«Vieni, Trudy.» Una ragazzina più grande, di circa quattordici anni, accorse e prese la bambina per mano. «Diamo un'occhiata alla sezione per bambini. Scommetto che riusciremo a trovare delle belle storie bibliche illustrate per te.»

Si allontanarono di corsa, sfiorando una donna rotonda che stazionava all'ingresso. Lei si abbassò per schivare un aereo di carta che le passava sopra la testa. Sul volto le si disegnò un'espressione contrita e mi tese la mano con le guance rosee che viravano verso il rosso. «Ciao, mia cara. Mi dispiace molto per tutto questo rumore. I bambini sono davvero eccitati all'idea di visitare una libreria. Molti di loro non hanno libri a casa, sai? Credo che leggere sia estremamente importante, quindi ho pensato di portarli qui.»

«Va bene,» dissi, raddrizzando l'armadillo e prendendo la mano che mi porgeva. «Se può ricordare loro che siamo in una libreria e non in una palestra, andrà tutto bene.»

«Farò del mio meglio, anche se temo che a volte abbiano la meglio su di me.» Si diede qualche colpetto su una coscia. «Queste vecchie ossa non sono più veloci come una volta. Sono una comitiva sconclusionata, ma sono bravi. È bello vederli imparare e sperimentare qualcosa di nuovo. Se riuscirò a far diventare anche uno solo di loro un lettore, beh, avrò fatto la differenza.»

«Da piccola io ero una lettrice,» la informai sorridendo. «Non ho mai dimenticato la sensazione di tuffarmi in un libro e di fuggire in un altro mondo. È un gruppo scolastico?» I ragazzi erano di età diverse, e troppi per essere tutti suoi figli.

«Oh, cielo, no. Questi sono i ragazzi del mio gruppo giovanile. Sono Brenda Winstone e dirigo le attività del gruppo giovanile della Chiesa Presbiteriana di Argleton,» rispose la donna, aggrottando la fronte. Il suo viso roseo sembrò istantaneamente più vecchio, e un'espressione di tristezza si affacciò sui suoi gentili occhi verdi. «Non ho figli, vedi. Mio marito è Harold Winstone, forse lo conosci, è uno storico molto famoso. Viaggia in tutto il mondo e scrive libri su edifici interessanti e la loro storia. In questo momento sta scrivendo una storia del vecchio ospedale di Argleton, quello che stanno demolendo. Il mio Harold è un uomo adorabile, ma ha dedicato la sua vita alla ricerca e non voleva avere figli che lo potessero distrarre. Quindi, io dono il mio tempo ai giovani che ne hanno bisogno.»

«È un piacere conoscerla, Brenda. La signora Scarlett mi ha parlato di lei l'altro giorno. Fate entrambe parte del Club dei Libri Banditi.»

La signora Winstone sgranò gli occhi. «Per favore, non dirlo ad alta voce.»

«Oh, mi dispiace. Non avevo capito che fosse un segreto.»

La signora Winstone aprì la bocca per dire dell'altro, ma la ragazza più grande fece capolino nella stanza e disse che un ragazzo di nome Thomas aveva vomitato su un'opera di George Eliot. La signora Winstone si precipitò a occuparsi del disastro, e io feci scendere una terrorizzata Grimalkin dalla cima di una libreria, dove era stata intrappolata dai ragazzi.

Mentre Grimalkin mi affondava gli artigli in una spalla, guardai la signora Winstone rincorrere i bambini, che le giravano intorno. *Che donna strana.*

Dopo mezz'ora, una sedia rotta, una porta sbattuta e tre dita schiacciate, Brenda Winstone comperò un'enorme pila di libri per bambini e invitò il gruppo di ragazzini a spostarsi alla panetteria vicina, per terrorizzare Greta. Io attraversai l'ingresso per andare a riordinare la sala di Narrativa e scoprii che i ragazzini avevano spostato tutte le copie di *L'origine della specie* di Darwin alla sezione di Narrativa Generale.

Chi dice che le persone religiose non hanno il senso dell'umorismo?

Avevo quasi finito di riordinare i libri quando Heathcliff uscì dal suo nascondiglio. «Allora, cosa hanno rotto?»

«Niente.»

«E?»

«*Forse* c'è un minuscolo graffio su una sedia nella stanza della Letteratura per l'Infanzia.»

«*E?*»

Sospirai. «La sedia è rotta. Un ragazzo ha chiuso nella porta le dita del suo amico, ma credo che siano solo ammaccate.»

«Vedrai, entro sera arriveranno l'ispettore per la sicurezza e il rappresentante legale dei genitori.» Heathcliff notò la pila di libri di Darwin ai miei piedi. «Un gruppo della parrocchia, eh? Hanno messo tutti i Darwin negli scaffali di Narrativa, vero? Se uno di quei piccoli bastardi si sedesse sulla mia sedia, gli romperei le dita sul serio.»

Gli lanciai un libro di Darwin. Lui si abbassò per schivarlo e se la svignò, canticchiando sottovoce.

È straordinariamente di buon umore, considerando che un'orda di minuscoli predoni ha appena distrutto il suo negozio e che domani ospiteremo un club del libro. Non è... non è che la prospettiva del nostro appuntamento lo renda quasi allegro?

No.

Non può essere.

Ma forse...

Un ampio sorriso mi si disegnò sul volto. Dopo un inizio difficile ad Argleton, le cose stavano davvero migliorando. Dovevo uscire con Heathcliff, Morrie mi stava facendo sentire benissimo, da più di un mese nessuno veniva ucciso nella libreria, e stavamo per ospitare il primo di quelli che speravo sarebbero stati molti eventi.

Ripensai a tutti i pettegolezzi sul progetto King's Copse e alla riluttanza della signora Winstone a parlare del club del libro. La signora Scarlett sembrava una innocua vecchietta, ma più sentivo parlare di lei e del suo club del libro, più mi chiedevo se non stessi per entrare in contatto con le toste vecchiette di Argleton. *Si tratta solo di un gruppo di donne che chiacchierano di libri davanti a un tè in grande stile... non è che il Club dei Libri Banditi sarà una faccenda pericolosa, no?*

5

«Oh, è una stanza incantevole,» disse la signora Ellis battendo le mani con gioia. «Hai fatto un lavoro meraviglioso, Mina.»

Dovetti riconoscerlo, effettivamente. Il giorno prima, dopo che Quoth era uscito dal suo nascondiglio e mi aveva perdonato, ci eravamo dedicati a spostare le librerie per creare più spazio, sistemando le sedie più comode a semicerchio nel bovindo. Su un tavolo con gambe lavorate c'erano un vassoio e un bollitore. Nell'appartamento dei ragazzi ero riuscita a trovare abbastanza tazze da tè e piattini non scheggiati. Avevo creato un espositore di libri banditi con alcuni titoli censurati che abbiamo in magazzino: *Il Ritratto di Dorian Gray, Il buio oltre la siepe, Il Racconto dell'Ancella, Harry Potter*. Aggiunsi due dei dipinti più piccoli di Quoth e una selezione delle mie opere fatte con i libri: forme di origami e libri intagliati che avevo realizzato con i volumi scartati, che con riluttanza Heathcliff mi aveva permesso di vendere in negozio.

La signora Ellis stava ammirando uno dei miei libri intagliati, cercando di capire se la sua fiaschetta potesse entrare nello scomparto foderato di velluto, quando Greta entrò di corsa con dei vassoi di panini e pasticcini. Li dispose sul tavolo, posizionando davanti alla sedia a dondolo un piatto a parte.

«La signora Scarlett ha esigenze alimentari specifiche,» mi spiegò Greta dopo che le ebbi chiesto del piatto. «Ultimamente è stata molto malata e con lo stomaco in subbuglio, quindi sta seguendo una dieta detox. Senza glutine, senza uova e senza latticini. Le ho preparato delle versioni speciali di tutti questi cibi.»

«Grazie mille, Greta. Sei un genio. Ehi,» mi venne un'idea. «Sei sicura di non voler fermarti anche tu per il club del libro?»

Greta scosse la testa. «No, no, ho un sacco di lavoro da fare in panetteria. E il mio inglese non è abbastanza buono per leggere così veloce. Però grazie, magari un'altra volta.»

Scappò di fretta. La guardai andare via, sentendo che avrei dovuto seguirla e dirle qualcos'altro. Aveva circa la mia età e, come tutti i tedeschi che conoscevo, il suo inglese era impeccabile, persino migliore del mio. Lavorare tutto il giorno e tutta la notte in quella panetteria... Non avevo mai visto Greta con un assistente. Doveva sentirsi sola, soprattutto perché le persone del villaggio sapevano essere poco accoglienti con i forestieri.

Si sentirono dei passi sulle assi del pavimento ed entrò Brenda Winstone, che indossava un lungo cardigan a fiori su un paio di pantaloni marrone chiaro. «È questo il posto? Oh, guarda che bei panini!»

La signora Ellis si affrettò a presentarci. «Mina, questa è mia cugina, la signora Brenda Winstone.»

«Ci siamo conosciute ieri.» Le feci un sorriso. «Salve di nuovo. Come si trovano i suoi ragazzi con i libri?»

Il viso gentile della signora Winstone si incupì all'improvviso. «Temo che non avrò la possibilità di saperlo. Sono stata... sostituita come responsabile del gruppo giovanile.»

La signora Ellis la fissò sconvolta. «Ma perché? Sei la cosa migliore che sia mai capitata a quei bambini.»

La signora Winstone tirò su con il naso. «Uno di loro ha detto a quell'antipatica di Dorothy Ingram che facevo parte del Club dei Libri Banditi, che portavo il gruppo dei giovani in questa libreria, che avevano spaccato le dita al piccolo Billy Bartlett, e che i genitori stavano creando problemi. Dorothy ha convinto il comitato della parrocchia e mi ha costretto a dimettermi da coordinatore del gruppo giovanile.»

«Mi dispiace tanto!» commentai, pensando che evidentemente uno dei bambini aveva sentito le mie parole. «Non volevo farla licenziare!»

«Cielo, no, Wilhelmina cara. Non è colpa tua.» La signora Winstone prese un panino e diede un enorme morso. «Erano anni che Dorothy voleva che me ne andassi e finalmente ha avuto la scusa perfetta. Sto cercando di non lasciarmi turbare, e comunque sono sicura che non vogliamo rovinare la riunione con la mia triste notizia. Grazie mille per averci concesso l'uso della tua libreria. La stanza è assolutamente fantastica.»

«Mi chiamo Mina, in realtà,» le dissi con un sorriso. «E non sono la proprietaria del negozio. Lavoro solo qui. Mi piaceva l'idea di un Club dei Libri Banditi, così ho convinto il mio capo a permetterci di ospitare l'evento. Potete usare questa stanza tutte le volte che volete.»

«Beh, è meraviglioso. Un luogo semplicemente magico. Allora, dimmi: avete eventi di letture per bambini?» La signora Winstone era raggiante e le sue guance rosee si fecero di un colore più intenso. «Adoro aiutare i bambini a leggere e sono certa che potrei trovare una bella storia che soddisfi anche i genitori.»

«Dopo che la tua negligenza è quasi costata le dita al povero Billy, non c'è genitore in questo villaggio che si fidi di darti i propri figli,» disse una voce fredda dietro di lei.

Io alzai lo sguardo verso l'elegante giovane donna che era appena entrata nella stanza, con i capelli biondi perfettamente a posto e una stola di visone che le cingeva le spalle magre, abbassata a rivelare una maestosa collana di diamanti e rubini intorno al collo. Ci passò davanti avvolta in una nuvola di profumo stucchevole e si sistemò all'estremità della chaise lounge, appoggiandosi entrambe le mani sul ventre arrotondato e scrutando la signora Winstone con un'espressione compiaciuta.

«Ciao Brenda. Mabel,» sussurrò.

«Ginny,» esclamò la signora Winstone, con voce astiosa.

«Ciao, cara. Come sta il bambino?» La signora Ellis si sedette accanto alla nuova arrivata, Ginny, e le toccò la pancia.

«Sta benissimo. Abbiamo appena fatto l'ultima ecografia e il dottore dice che sarà forte e sano, proprio come suo padre.» Ginny prese una delle tazze da tè e la portò a favore di luce, aggrottando le sopracciglia per la decorazione.

«Queste non sono Royal Doulton,» osservò, arricciando le labbra.

«No,» dissi, già non sopportando quella stronza snob. Presi un cupcake e ne presi un morso grosso e poco elegante. «Ma trattengono i liquidi, che è la cosa più importante, non è d'accordo?»

«Io... credo che andrò a cercare un posto dove sedermi,» sussurrò la signora Winstone. Si affrettò ad accomodarsi su una delle poltrone, il più lontano possibile da Ginny pur rimanendo nel cerchio, e si mise nel piatto panini e torte.

«Che hanno quelle due?» mormorai alla signora Ellis, mentre Ginny e la signora Winstone si lanciavano truci occhiate da una parte all'altra dell'alzata dei dolci.

«Quella è Ginny Button,» sussurrò la signora Ellis. «Non è sposata e ha una lunga serie di amanti. Adora rammentare a Brenda che è incinta.»

«Oh, no.»

La signora Ellis annuì, felice di poter raccontare qualche bel pettegolezzo. «Ginny è davvero una carogna, a dire quelle cose. La povera Brenda vive per quei bambini. Vuole disperatamente averne uno suo, sai, ma suo marito Harold ha detto l'ultima parola sulla questione. Ginny, ovviamente, fa capire a Brenda a ogni riunione quanto sia debole. Ah, mi sa che questo è il profumo di Sylvia.»

Annusai l'aria quando una nuvola di profumo muschiato entrò nella stanza, seguita poco dopo da una donna di mezza età con una serie di gioielli che tintinnavano e una gonna nera folk, a balze. Un'enorme borsa di stoffa tinta a mano le sbatteva sul fianco. «Sono in ritardo?» chiese ansimante, infilandosi una ciocca di capelli crespi dietro l'orecchio. Il gesto non servì a molto perché il resto dei capelli le spuntava da ogni parte, come se avesse appena inserito un dito in una presa della corrente. Quegli occhi selvaggi e i milioni di braccialetti di perline che portava ai polsi mi ricordavano qualcosa, ma non riuscivo a collocarla.

«Calmati, Sylvia. Sei in orario. Gladys non è ancora arrivata.» La signora Ellis le diede una pacca sul braccio. «La cara Sylvia è sempre in ritardo.»

«Non sono mai in ritardo!» protestò lei. «La società moderna dà troppa importanza allo scorrere arbitrario del tempo. Se seguissimo i ritmi e i cicli della natura...»

«Con i poteri di divinazione che ti ritrovi, dovresti essere in grado di prevedere quando devi uscire dal tuo piccolo cottage puzzolente,» disse Ginny con un sorriso finto dal divano.

La donna arrossì, ma non disse nulla. E, come notai, nemmeno le altre signore. *Ginny Button deve avere molto potere in città.*

«Mina, ti presento Sylvia Blume. Sylvia, lei è Mina Wilde.»

«Sei la figlia di Helen,» disse Sylvia Blume raggiante,

gettandomi le braccia al collo come se fossimo vecchie amiche. «Mi ricordo di quando eri una bambinetta che leggeva i libri nell'angolo del mio negozio. Guardati adesso, sei così cresciuta!»

Ora ricordavo dove avevo già visto Sylvia. Era la proprietaria del negozio in cui mia madre faceva le sue letture di tarocchi per i fessi che amavano essere derubati. Passavo il tempo lì dopo la scuola, prima di scoprire la Libreria Nevermore. Ricordo vagamente l'odore stucchevole dell'incenso che si appiccicava a tutto, e una donna dai capelli crespi che mi pizzicava le guance e mi dava da mangiare caramelle da sotto il tavolo della cartomante.

«Sì, ehm, salve, di nuovo.»

«È un vero peccato per la tua vista. Helen mi ha detto che hai dovuto abbandonare il tuo lavoro nella moda.»

Arrossii. «Non proprio.»

Invece sì. Era esattamente quello che era successo. Cioè, i miei piani erano stati di cavarmela come meglio potevo fino a quando la mia vista non fosse peggiorata (cosa che avrebbe potuto succedere nel giro di anni o addirittura decenni) ma Ashley era andata a spifferarlo a tutto il mondo della moda. Quando Sylvia Blume tirò fuori l'argomento, mi sentii in imbarazzo e ciò non mi piacque.

«Lo so. Posso farti una pulizia dell'aura!» Sylvia mi prese per le spalle, facendomi scattare in avanti il collo. «Sono una guaritrice esperta. Posso farti una pulizia che scaccerà le energie negative che si combattono nel tuo corpo e che ti restituirà la vista!»

Manco per sogno. «Penso che se la medicina moderna non può fare nulla per me, allora probabilmente non avrai molta fortuna nemmeno tu.»

«Sciocchezze.» Sylvia lasciò cadere la borsa a terra con un colpo secco, mi afferrò i polsi e me li tirò sopra la testa. I suoi orecchini tintinnarono mentre scuoteva la testa da una parte all'altra e iniziava a cantilenare qualcosa.

Quoth, se mi senti, tirami fuori da questa situazione.

Mi guardai intorno nella stanza in preda al panico. Un'altra donna entrò e chinò la testa per parlare con la signora Winstone: immaginai fosse Cynthia Lachlan, la moglie dell'urbanista, a giudicare dagli abiti costosi e dall'accento raffinato. Quando notai che Quoth era ancora in giro nella sua forma umana, sobbalzai. Era stato messo in un angolo dalla signora Ellis, che adesso era intenta a intrecciargli i capelli.

«Oommm,» gemette Sylvia, facendomi dondolare le braccia. «Spiriti, liberate i demoni che vivono dentro questa ragazza...»

Fuori dalla finestra, intravidi una figura che zoppicava in Butcher Street. «Oh, ecco Gladys.» Riuscii a liberarmi i polsi dalla presa di Sylvia. «È meglio che vada a vedere se ha bisogno di aiuto.»

Non ero mai stata così felice di vedere una signora anziana in vita mia. Mi precipitai verso la signora Scarlett mentre entrava a passo svelto nella stanza. Aveva un aspetto ancora peggiore dell'altro giorno, le guance arrossate, gli occhi persi, i capelli sciolti che le coprivano il volto. Si aggrappò al bordo della porta e fece oscillare la stampella davanti a sé.

La signora Ellis si precipitò. «Gladys, cara, non ti trovo in forma. Sei sicura di essere in grado di partecipare all'incontro?»

«Sto bene, Mabel. Ho solo lo stomaco agitato, come al solito. Smettila di preoccuparti.» Si appoggiò alla stampella ed entrò nella stanza. La signora Ellis le porse un braccio per aiutarla e dopo qualche passo incerto, la signora Scarlett si attaccò. Quoth si precipitò a sorreggerla dall'altro lato. Alla fine, si sedette sulla poltrona a dondolo, appoggiò il bastone da passeggio alla parete e studiò la stanza con le labbra serrate. Prese un panino dal suo piatto di cibo speciale e lo annusò sospettosa, prima di morderne un piccolo boccone da un angolo. «Perché non è ancora stato versato il tè?»

«Ah, ho portato alcune delle mie miscele di erbe.» Sylvia frugò nella borsa e mi consegnò due barattoli di tè essiccato.

«Arriva subito.» Misi in infusione il tè e sistemai le tazze e i piattini. Le signore rovistarono nelle borse e tirarono fuori la loro copia del libro. La signora Scarlett estrasse un paio di occhiali da un astuccio leopardato. Mentre versavo il tè, Quoth si appoggiò al bracciolo della poltrona per guardare da dietro la mia spalla. Il suo braccio sfiorò il mio e il suo ricco profumo di terra, cioccolato ed erba tagliata di fresco mi riempì le narici, e il mio stomaco fece quella specie di capriola.

Avevo deciso quando uscire con Heathcliff, ma non avevo ancora deciso come affrontare Quoth. Sapevo che dovevo scegliere il momento giusto, altrimenti si sarebbe spaventato. Rivolsi la mia attenzione verso di lui, notando che i suoi gentili occhi castani si posavano sul mio corpo. Sentii la pelle sfrigolare. Al suo sguardo da uccello, ero nuda ed esposta, anche in mezzo alle signore del club.

Azzardai un sorriso, con il cuore che mi batteva forte. Quoth lo ricambiò e gli angoli dei suoi occhi si accesero di fuoco. Il fatto che fosse rimasto per l'incontro, nonostante il rischio di potersi trasformare, mi riempì di gratitudine e speranza... e di desiderio.

La voce tagliente della signora Scarlett mi riportò alla realtà.

«Benvenute, signore, alla riunione di dicembre del Club dei Libri Banditi di Argleton. Il buon Dio ha ritenuto opportuno fornirci una nuova sede. Anche se forse è un po' polverosa...» annusò con disapprovazione gli scaffali che io e Quoth avevamo pulito con tanto impegno. Mi assestai meglio sulla sedia, non del tutto a mio agio. «Ha un certo fascino. Spero che possa continuare a ospitare il club del libro mentre la nostra amata sala viene sistemata.»

«Sei sicura che questo posto sia a norma, Gladys?» chiese la signora Lachlan, scrutando una fessura sulla finestra e aggrottando le sopracciglia. Accanto a me, la signora Ellis si agitò.

Ma Gladys Scarlett non sembrò aver sentito la domanda. Posò la tazza da tè e si strofinò le dita sul palmo della mano.

«Tutto bene, Gladys?»

«Certo. Ho solo degli aghi nella mano. Mi riprenderò in un secondo.» La signora Scarlett mangiò un panino e la ciambella alla crema che aveva nel piatto, poi con qualche difficoltà prese la tazza di tè e chiuse gli occhi mentre sorseggiava il liquido caldo. «Basta parlare di me, andiamo avanti con il nostro lavoro. *Uomini e Topi* esplora il viaggio intimo di due uomini che si aggrappano l'uno all'altro nella loro solitudine e isolamento. Il titolo, ovviamente, è tratto dalla poesia di Robert Burn, *A un topo*, che si chiarisce nelle parole "I piani meglio congegnati di topi e uomini/ vanno spesso storti". La frase si riferisce alle ambizioni dei personaggi principali del libro che vengono ostacolate dal loro stesso *to-to-topo!*»

«Esattamente, Gladys,» esclamò Sylvia Blume. «Il simbolismo del topo è molto interessante perché...»

«No, un *topo*!» La signora Scarlett allungò un dito incerto verso la stanza.

Mentre fissavo con orrore, una piccola chiazza bianca con una macchia marrone salì come un razzo fino all'angolo della libreria e sfrecciò lungo la parte superiore dei libri. Sollevò il nasetto rosa, annusò l'aria e poi, con un colpo di coda, scomparve dietro lo scaffale.

Il volto della signora Scarlett si increspò tutto. Lei si afferrò la pancia. Un singhiozzo strozzato le sfuggì dalla gola.

«Iiihhh!» urlò la signora Lachlan, saltando via dalla sedia e facendo cadere a terra un cupcake red velvet. «Qualcuno prenda quel lurido roditore prima che contamini il cibo!»

Io mi aggrappai alla coscia di Quoth, mentre osservavo il suo volto contorcersi, preso dal suo istinto di predatore. Piume gli esplosero dalla pelle. Per fortuna le altre signore erano troppo distratte per accorgersene. Lui fece cadere la tazza, mandando in frantumi la porcellana e schizzando il tè caldo sul tappeto, e si tuffò dietro gli scaffali.

«Ahi, mi hai bruciato!» Ginny scattò, strofinandosi la gamba.

CRASH! BANG!

Rumore di libri che cadevano a terra. Il topo uscì di corsa da dietro gli scaffali e attraversò il pavimento, scomparendo nel divano e arrampicandosi sulla tenda sopra la testa della signora Scarlett. Il volto paonazzo le si bloccò in una espressione di terrore e il corpo le si contorse come se stesse lottando per respirare.

«Cra!» Quoth volò fuori da dietro gli scaffali e si tuffò verso la finestra. Pasticcini e vecchiette volarono in tutte le direzioni. Gli artigli di Quoth sbattevano sul vetro mentre cercava di afferrare le tende. Il topo sporse la testa dall'estremità opposta del bastone sopra la finestra, poi storse il naso e scese lungo l'altra tenda, per scomparire di nuovo tra gli scaffali.

Balzai in piedi e feci un cenno all'uccello. «È laggiù! Cerca di farlo andare nell'angolo. Io prendo la scopa e...»

«Aaahhhh...»

Mi voltai di scatto. Tutti i pensieri relativi al topo scomparvero dalla mia mente mentre osservavo il volto della signora Scarlett. C'era qualcosa che non andava.

Aveva gli occhi in fuori come quelli di una rana. Un lato del viso aveva uno spasmo incontrollato, l'altro invece era rigido in un'espressione di terrore. Era rossa come un peperone. Dalla bocca le uscivano bile e saliva. Si strinse il ventre e si piegò su se stessa, andando a battere contro il tavolo con il ginocchio mentre crollava a terra.

«Gladys, cosa c'è che non va?» La signora Ellis si chinò sulla sua amica.

«Chiamo il 999,» disse la signora Winstone tirando fuori il telefono.

Con un ultimo grido affannoso, la signora Scarlett si accasciò in avanti, sprofondando con la faccia nel pan di Spagna. Ginny urlò mentre la crema le schizzava tutta la camicetta di seta.

«Signora Scarlett? Gladys?» Il mio cuore batteva forte. Le scossi una spalla, ma non si mosse e non reagì.

No, no, no, no. Non può essere vero. Le sollevai il polso e cercai il battito. Non c'era.

È morta.

6

«Proprio quando credevo che non avrei più rivisto questa libreria, tu ammucchi cadaveri come se fossero libri di Dan Brown invenduti,» scherzò Jo mentre si precipitava nel corridoio, infilandosi i guanti di gomma. Il suo kit medico le ballonzolava contro la gamba.

Feci un debole sorriso alla mia nuova amica. Essendo il medico legale del posto, Jo aveva un umorismo davvero macabro quando si trattava di cadaveri e terribili omicidi. Io non ero affatto così insensibile. Fino a un mese prima, quando la mia ex migliore amica era stata trovata uccisa nel negozio, non avevo mai visto un cadavere. Nei miei incubi vedevo ancora la sagoma prona di Ashley con il coltello che le spuntava dalla schiena.

«Almeno questa volta non si tratta di omicidio. Qui?» Jo indicò l'ingresso della sala di Storia del Mondo, dove i paramedici erano in attesa con la barella per portare via il corpo dopo aver dichiarato il decesso ed esaminato la scena.

Annuii. Jo entrò. Mi appoggiai a uno scaffale, cercando di tenere ferme le gambe che mi tremavano. Un altro cadavere nella Libreria Nevermore. Com'era possibile?

Jo ha ragione. È completamente diverso dall'altro. Questo non è un omicidio. È solo un orribile incidente. È quello che succede quando si organizzano riunioni del club del libro per ottuagenari.

Ma a prescindere da quello che mi dicevo, avevo le gambe molli e il cuore che mi batteva forte contro il petto. Sapevo che c'era qualcosa che non andava.

Altroché. Nella Libreria Nevermore c'è qualcosa che non va. Porta in vita personaggi letterari. Sono stata così distratta dall'omicidio di Ashley e dal pacco di Morrie che non mi sono concentrata sul mistero più grande di tutti. E ora la libreria ha fatto un'altra vittima. Forse è troppo pericolosa per rimanere aperta al pubblico. Forse la sua magia è fuori controllo. Forse...

Una mano pesante mi afferrò una spalla. «Mina,» la voce di Heathcliff mi rimbombò nell'orecchio.

«Sto bene,» sussurrai. «Sono solo sconvolta.»

«Sei una stronza bugiarda. Quoth sta portando giù del tè.» Heathcliff si girò a guardarmi e i suoi occhi scuri mi fissarono. Per un attimo, la sua espressione mi distrasse dai miei pensieri. Heathcliff aveva solo due stati emotivi: scontroso e più scontroso. In quel momento non era né l'uno né l'altro. Aveva gli angoli della bocca che tremavano, gli occhi sempre più spalancati, la pelle bruna pallida e spenta. Studiai i suoi lineamenti sconvolti, cercando di capire cosa avesse causato quel mutamento. Sembrava quasi... preoccupato. Sapevo che non poteva essere per la signora Scarlett: era in ansia per me?

Il pensiero che potessi essere l'oggetto dell'empatia di Heathcliff, che avessi portato alla luce qualche emozione di tenerezza, nascosta e sepolta da tempo, mi fece battere forte il cuore. Il mio sguardo volò alle sue labbra, quelle che un mese prima avevano incontrato le mie in un bacio appassionato e che da allora non mi avevano quasi mai rivolto la parola. Un brivido mi attraversò il corpo, e non era per il freddo di quel posto.

«Stai tranquilla,» mormorò, mentre mi accarezzava una guancia con le dita ruvide. «Non sei in pericolo.»

Scossi la testa, incapace di parlare, incapace di dirgli che in quel momento rischiavo di perdermi in lui.

«Mina.»

Feci un salto. Il cuore mi balzò in gola. Guardai verso la fonte della voce. Nell'oscurità mi ci volle qualche secondo per riconoscere la forma umana di Quoth, in piedi sulla porta con un vassoio da tè in mano.

L'incantesimo si ruppe. L'espressione di Heathcliff mutò nel suo solito cipiglio. Quoth teneva gli occhi bassi. «Ho portato il tè,» borbottò.

«Eccellente!» dichiarò la signora Ellis dalla sua postazione sotto la finestra. «Abbiamo tutte bisogno di una bella tazza di tè. Fai il bravo e servi le signore anziane. Non ha dei capelli fantastici, Sylvia?»

Quoth mi porse una tazza. Quando gliela presi dalle dita, aveva la mano che tremava. «Mi dispiace,» sussurrò.

«Non hai nulla di cui dispiacerti,» risposi sottovoce. Heathcliff fece una specie di grugnito e scomparve nell'ombra.

Gli occhi di Quoth seguirono la schiena dell'amico, un milione di emozioni non dette gli attraversarono il viso. Si girò dall'altra parte. Ora la sua attenzione si diresse verso l'angolo opposto, dove le socie del Club dei Libri Banditi si stringevano l'una all'altra, piangendo e sussurrando. «Se non mi fossi spostato, forse il topo avrebbe...»

«Non è colpa tua. Era una donna anziana con il cuore malato. Non ti preoccupare.» Sorseggiai il tè, notando che la mia mano tremava un po'. «Vorrei solo smettere di pensare che sia un segno, che sia destino che succedano cose brutte, a me o al posto in cui mi trovo.»

«Non c'è niente di brutto quando ci sei tu,» mormorò

Quoth, allontanandosi. «E non devi mai avere paura. Io veglierò sempre su di te.»

Quoth si affrettò a servire le vecchie signore. Mentre sorseggiavo il mio tè, i paramedici rimossero il corpo in un sacco bianco. Jo li seguì, togliendosi i guanti, poi si sedette sulla sedia di pelle dall'altra parte della scrivania. Io guardai dietro di me. Heathcliff non si vedeva da nessuna parte. Mi infilai sulla sua sedia, grata per il profumo di torba e sigaretta che emanava dalla pelle consunta. Era rassicurante.

«Avevo ragione. Sembra che si tratti di cause naturali.» Jo prese una tazza dal vassoio di Quoth, stringendola con le lunghe dita. «Probabilmente è stato un infarto, ma ne saprò di più dopo l'autopsia. C'è stato qualcosa che l'ha sconvolta prima che morisse?»

«Ha visto un topo,» rabbrividii al ricordo. «Ha strillato, poi ha iniziato a tossire, è diventata tutta rossa e si è accasciata.»

«Potrebbe essere andata così.» Jo prese la mia copia di *Uomini e topi e* la sfogliò. «Di' un po', non è questo il famoso topo, vero?»

«Famoso topo?»

«Non leggi il giornale?» Jo posò il libro e tirò fuori dalla borsa una copia del giornale del mattino. Ci mostrò il titolo: «250 STERLINE DI RICOMPENSA PER IL TERRORE DI ARGLETON,» con l'immagine artistica di un piccolo topo bianco con una macchia marrone.

«A quanto pare, il piccolo monello è stato avvistato in tutti i negozi della via principale e di Butcher Street. Greta del panificio ha detto che ha rosicchiato un sacco di farina. Charles dell'edicola ha riferito che ha mordicchiato gli angoli di una scatola di cartoline. È persino spuntato sotto uno scaldavivande al buffet indiano.»

Guardai l'immagine assottigliando gli occhi: era la ricostruzione artistica di un topolino bianco con il naso rosa e una macchia su una zampa posteriore. «Sì, è il nostro amichetto.»

«A quanto pare, la signora Scarlett è solo l'ultima di una lunga lista di vittime,» commentò Jo sorridendo. «Qui dentro avete un uccello e un gatto: non dovreste avere problemi a riscuotere la ricompensa.»

«La metterò sul conto al pub.»

«Mi sembra un buon piano. Ehi, ti va di andare a bere qualcosa stasera?»

«Diavolo, sì.» Se non riuscivo a tenere a bada la paura, ne avrei avuto bisogno. Inoltre, forse se avessi bevuto un po', sarei stata abbastanza coraggiosa da chiedere a Jo cosa dovevo fare riguardo alla sfida di Morrie e al mio appuntamento con Heathcliff.

«Ottimo. Ci vediamo al pub per l'happy hour.» Jo finì il tè e si avviò verso la camera mortuaria. Le altre signore del club del libro si guardavano intorno, pallide e smarrite. Quoth riempiva le tazze, con gli occhi fissi sulla teiera, come se gli potesse fornire tutte le risposte del mondo. Ammiravo l'impegno con cui cercava di comportarsi come un qualsiasi essere umano. Speravo solo che non gli si ritorcesse contro.

«Non posso crederci,» singhiozzò la signora Winstone. «Un minuto prima stavamo discutendo del nostro libro e un minuto dopo è morta.»

«Che liberazione, dico io,» replicò la signora Lachlan. A me si drizzarono le orecchie.

«Cynthia, come puoi dire così?» la riprese la signora Ellis. «Gladys era una nostra cara amica.»

«Era una vecchia megera dispettosa che doveva gestire *tutto* a modo suo,» sentenziò la signora Lachlan. «Guarda tutta la farsa che ha organizzato con il comitato di pianificazione. La natura ha messo a tacere la sua lingua malvagia prima che qualcuno pensasse di fare qualcosa al riguardo.»

Rabbrividii alle parole così crudeli della signora Lachlan. La signora Ellis si irrigidì. «Beh, non mi aspetto che tu dia una mano con i preparativi per il funerale.»

«Probabilmente no,» replicò la signora Lachlan posando la tazza da tè e alzandosi. «Credo di aver finito qui. Signore, se volete scusarmi, mio marito ha bisogno di me.»

«Avrà bisogno di te per organizzare la festa,» mormorò la signora Ellis mentre la signora Lachlan si allontanava in tutta fretta.

Le altre signore finirono il tè e se ne andarono. La signora Ellis fu l'ultima. Si chinò sulla scrivania e mi prese le mani tra le sue. «Mi dispiace molto che tu abbia dovuto assistere a tutto ciò oggi, Mina. È il prezzo da pagare per avere come amiche delle vecchie befane come me e Gladys. Voglio che tu sappia che non hai nulla a che fare con la sua morte: è stato solo un terribile incidente. Proprio ieri Gladys mi ha detto quanto le abbia fatto piacere conoscerti e che non vedeva l'ora di avere carne giovane nel club del libro.»

«La signora Lachlan sembra proprio odiarla.»

«Oh, sì,» commentò la signora Ellis. «È un vero peccato. Erano molto amiche prima di quella faccenda della lottizzazione del King's Copse.»

«A cosa si opponeva esattamente la signora Scarlett?» Il King's Copse faceva parte dell'antico bosco alle porte di Argleton. Trent'anni prima gran parte dell'area era stata disboscata e ormai rimanevano solo pochi ettari del bosco originale. Era un luogo popolare per i giovani di Argleton che si riunivano a fumare erba e fare baldoria. Se non avevo voglia di leggere o il signor Simson chiudeva presto il negozio, spesso andavo nel bosco e mi sedevo vicino al ruscello.

«Qualche anno fa, Grey, il marito di Cynthia, ha acquistato il King's Copse con l'idea di trasformare le aree bonificate in un complesso residenziale. Come sai, Gladys era a capo della commissione urbanistica. Era un funzionario pubblico incredibile. Faceva parte del comitato per la raccolta fondi per la ristrutturazione del municipio, della lega per l'abbellimento della città, nonché della società dei giardini e del nostro club del libro. Era sua premura sapere qualsiasi cosa su tutti gli abitanti del villaggio. A ogni modo, Grey ha presentato la domanda per avere il permesso di costruire quattrocento case nell'area. Tutte case moderne, per nulla in linea con l'urbanistica tradizionale della città. Il comitato non è contento, ovviamente. Sono emerse molte lamentele sul progetto. Grey ha dovuto riprogettare il sito per ben tre volte, ma non vuole abbandonare il suo orribile piano,» disse arricciando il naso. «La signora Lachlan non è contenta che la richiesta venga rigettata di continuo, ma non è colpa di Gladys. Gladys si è solo sentita in dovere di riferire alla commissione in merito ai debiti che Grey ha contratto per un progetto fallito a Londra. Ora la commissione vuole negargli del tutto il permesso. Naturalmente, Cynthia ci aveva parlato di quei debiti in via del tutto confidenziale durante una riunione del club del libro. Forse c'era di mezzo un po' di champagne.» La signora Ellis sorrise dolce. «Era molto turbata quando ha scoperto che Gladys era andata a informare la commissione. Da allora c'è stata una terribile tensione tra loro.»

«Oh, è un peccato.» Nella mia testa mi chiesi se quel comitato di pianificazione non fosse il motivo per cui Argleton sembrava essere un posto congelato nel tempo. La cittadina, con i suoi cottage a graticcio e i suoi pub in stile Tudor, era splendida, ma ciò non significava che il design moderno non potesse essere bello o piacevole da viverci. Non si può passare tutta la vita a guardare al passato.

Senti chi parla, mi ammonii, pensando a quanto avrei voluto tornare al mio passato, a prima della diagnosi, quando stavo per diventare una stilista di New York.

«Non prendere troppo a cuore ciò che dice Cynthia. Sono sicura che è solo sotto shock, come tutti noi. Si riprenderà. Dopotutto, i Lachlan vivono in uno splendido maniero georgiano in cima alla collina. Non possono dire di non amare il design tradizionale.» La signora Ellis mi strizzò l'occhio mentre si metteva a tracolla la borsa di tessuto ricamato. «Spero che continuerai a far parte del nostro club del libro, Mina. Magari puoi aiutarci a scegliere materiale di lettura più *spinto*. Onestamente, non so perché ci si preoccupi di bandire la metà di questi libri!»

La signora Ellis mi fece di nuovo l'occhiolino mentre se ne andava. Non appena la porta si fu chiusa, la testa di Quoth spuntò da dietro la scrivania. Doveva essersi appena trasformato dalla sua forma corvina, perché era nudo. Le mie guance avvamparono e cercai di non guardarlo.

«Così quella è la tua vecchia maestra?» mi chiese, spalancando gli occhi.

«Ora è un po' diversa. A quanto pare, si è offerta di tenere corsi di educazione sessuale fino a quando andrà in pensione.» Aprii il cassetto delle merendine di Heathcliff e rovistai un po', estraendone una poco schiacciata. La scartai e ne offrii metà a Quoth. Lui scosse la testa. «Non contiene abbastanza frutta per te?»

«Non voglio rovinarmi la cena. Stasera cucina Morrie.»

«Può cucinare in quel sito bombardato che chiamate cucina?»

Morrie appoggiò la testa alla porta. «Ho sentito il mio nome.»

«Ehi!» Mi precipitai da lui e lo abbracciai: il suo corpo solido mi fece passare la paura e l'ansia. «Cosa hai combinato oggi?»

«Un piccolo lavoro di consulenza per un cliente privato.» Morrie si sfilò la giacca sartoriale, mettendo in mostra una camicia bianca e inamidata che sottolineava la sua altezza e i suoi muscoli asciutti. Con quell'aspetto da bravo ragazzo e il suo amore per la moda, Morrie sarebbe stato bene su una passerella parigina.

«Contraffattore o riciclatore di denaro?»

Morrie sollevò un sopracciglio. «Vuoi davvero saperlo?»

«No.»

«Allora non chiedere. Com'è andato il club del libro?»

Quoth trasalì, ma con il braccio di Morrie che mi sorreggeva, riuscii a raccontare. «Era iniziato abbastanza bene, ma poi è arrivato il Terrore di Argleton e ha spaventato tutti, facendo venire un infarto alla signora Scarlett, che è morta.»

Morrie rabbrividì. «Quel topo è tornato? Dobbiamo chiamare un disinfestatore. Non è accettabile.»

«Non hai sentito quello che ho detto? La signora Scarlett è *morta* con la faccia spiaccicata dentro un pan di Spagna. È stato orribile.»

«*È* orribile.» Morrie mi baciò la fronte. «Non vedevo l'ora di mangiarne una fetta.»

Gli diedi un pugno sul braccio. «Vai di sopra e inizia a preparare la cena. E comunque, cosa cucini?»

«Una cosa francese e deliziosa. Vuoi fermarti? Potremmo aprire una bottiglia di vino e io potrei leccarti tutta mentre mi racconti storie macabre di vecchiette che si accasciano dentro le torte.»

«Non stasera. Esco a bere qualcosa con Jo.»

«Peccato.» Morrie mi condusse per mano attraverso il corridoio dietro la sala principale, nella stanza di Letteratura per l'Infanzia, dove mi afferrò stretta e mi prese le labbra in un bacio focoso.

«Non possiamo farlo nella stanza dell'Infanzia,» ansimai, senza fiato, cercando di spingerlo via. «Guasteremo questi libri.»

«Bene.» Morrie tornò a premere le labbra sulle mie e io rinunciai a lottare. James Moriarty era implacabile quando voleva qualcosa, e in quel momento voleva me. Il suo uccello duro premeva contro la mia coscia e le mie dita desideravano toccarlo, accarezzarlo e fargli perdere di nuovo il controllo.

Ma prima dovevo fare qualcosa. Gli sussurrai: «Venerdì sera esco con Heathcliff.»

«Sei veloce. Heathcliff sa che è un appuntamento?»

«Non ne sono sicura.»

«Allora indossa quel tuo vestito sexy in jersey. Così non avrà dubbi.»

«Sei sicuro che sia una buona idea? Non ti fa strano che io esca con Heathcliff?»

«Sarei più stranito se tu *non volessi* uscire con lui.» Morrie infilò una mano sotto la camicetta e mi pizzicò un capezzolo facendomi sussultare. «Ho letto abbastanza fanfiction online per sapere che è un tipico ragazzaccio brontolone. Continuo a dirgli che dovrebbe prendersi una moto.»

«Non farlo. Se avesse una moto, non gli resisterebbe più nessuna.»

«Sei sicura di non voler rimanere?» Morrie ringhiò, con un'aggressività negli occhi che non gli avevo mai visto prima: la bestia in lui minacciava di prendere il sopravvento.

«Mi piacerebbe.» Il mio corpo rabbrividì quando i suoi denti mi raschiarono la pelle sulla clavicola. «Ma voglio sapere dell'autopsia della signora Scarlett.»

«Preferisci una conversazione avvincente sul fegato di una vecchia befana morta, a un pasto fatto in casa e a una notte di passione sfrenata con il sottoscritto?» Morrie mi baciò una guancia e fece un passo indietro, anche se mi sembrò che stesse impegnandosi a usare tutto il suo autocontrollo. «Ben fatto, bellezza. Sei davvero la mia ragazza.»

«Forse non più dopo venerdì, se Heathcliff mi farà perdere la testa.»

«Non mi preoccupo.» Morrie uscì di fretta dalla stanza, salendo gli scalini due alla volta. Mi chiesi se l'avesse fatto apposta, solo per lasciarmi lì arrapata e senza fiato. Inspirai e mi raddrizzai la gonna, cercando di tenere a bada il mio battito cardiaco.

«Mina.»

Mi girai. Quoth era in piedi sotto l'arco che conduceva alla sala principale. Era ancora completamente nudo. Aprii la bocca per dirgli di vestirsi, che sarebbe potuto entrare un cliente da un momento all'altro, ma la sua bellezza mi lasciò senza parole. La sua pelle pallida contrastava con l'oscurità della libreria, proiettandogli intorno un'aura luminosa. I capelli neri erano fili di seta che gli ricadevano sul petto, arrivandogli fino al bacino e ah...

Aveva una mezza erezione. *Per me.* Gli occhi castani inanellati di fuoco mi guardavano con un'intensità da predatore. Deglutii.

«Mina, dovresti fermarti a cena,» sussurrò, la sua voce vellutata come una carezza sulla pelle.

Aprii la bocca, la chiusi e la riaprii, cercando di trovare le parole per esprimere ciò che provavo e i pensieri malvagi che mi passavano per la testa mentre i miei occhi scorrevano sul suo corpo perfetto. Ma tutto ciò che ne uscì fu un grido strozzato.

Quoth mi innervosiva, non perché avessi paura di lui, ma perché il mio dolore si rifletteva nei suoi occhi. Dovevo stare attenta, molto attenta, perché avrei potuto innamorarmi completamente di lui, il mio dolce ragazzo distrutto, e avrei potuto spezzarlo. E lui avrebbe potuto spezzare me.

Così feci un passo indietro e dissi l'unica cosa che mi venne in mente di dire per allontanarlo. «Volevo che lo sapessi da me. Venerdì sera esco con Heathcliff.»

«Ah.» I suoi lineamenti rimasero impassibili. Il suo cazzo semi-duro ondeggiava tra di noi. Le mie dita desideravano toccarlo, sentire quel corpo perfetto contro il mio.

«Quoth, voglio che tu sappia che non sto scegliendo...»

Lui scosse la testa. «Capisco, Mina. Lo accetto. Heathcliff e Morrie possono portarti fuori. Io no.»

«Non è quello che intendevo. Io...»

Il corpo di Quoth esplose in una massa di piume. Le sue labbra si protesero, a formare un becco duro e ricurvo. L'ultima cosa che vidi fu il suo volto che si contorceva per il dolore mentre i suoi arti scattavano al loro posto. Il mio petto si strinse. Quel dolore era causato dalla sua mutazione, o da me? Non volevo essere io la causa del suo dolore.

Spiegò le ali e si librò sopra la mia testa salendo le scale, per poi scomparire nell'ombra.

«Cra,» mi gridò, con la voce intrisa di tristezza.

«Non era quello che intendevo.» Le lacrime mi pizzicavano gli occhi. Mi voltai e raccolsi le mie cose, con il cuore che mi batteva forte. Mentre giravo il cartello da APERTO a CHIUSO e mi chiudevo la porta della libreria alle spalle, avevo lo stomaco che si contorceva. La sfida di Morrie poteva divertirlo, poteva essere esattamente quello che volevano i ragazzi, ma non ero sicura di avere la forza emotiva per affrontarli tutti e tre, insieme ai loro problemi.

7

«Mi sorprende che tu esca con me ora che Morrie è sempre a casa,» rifletté Jo.

Sorseggiai il mio drink. Una settimana prima avevo ceduto e avevo detto a Jo che io e Morrie andavamo a letto insieme. Non avevo altra scelta: Morrie e Jo erano amici e lui aveva già vuotato il sacco, quindi erano settimane che lei faceva allusioni di bassa lega al riguardo.

Quando glielo dissi, Jo emise un gridolino, mi offrì un altro gin and tonic e mi costrinse a raccontarle tutti i dettagli più raccapriccianti. Il mio cuore si rallegrò perché nonostante la mia migliore amica al mondo fosse stata brutalmente uccisa dopo un nostro litigio, sembravo averne trovata un'altra che capiva esattamente ciò di cui avevo bisogno.

Ora che Jo sapeva di Morrie, avevo un peso in meno sulle spalle. Un peso piccolo, a dire il vero, perché avevo appena scalfito la superficie della montagna di segreti che stavo nascondendo. Non avevo detto a Jo che i ragazzi erano personaggi di fantasia che avevano preso vita, della stanza del negozio che saltava avanti e indietro nel tempo, o dei vari personaggi che loro avevano aiutato a trovarsi un lavoro stabile in giro per il mondo. Non le avevo confidato della mia vista, ma immaginavo lo sapesse, considerato che aveva scelto il tavolo più illuminato e aveva iniziato a leggere ad alta voce il menu. E avevo sicuramente trascurato di menzionare il bacio che avevo dato a Heathcliff qualche settimana prima, il modo in cui Quoth aveva detto cose strane, il fatto che piacevo a tutti loro, o che tutti sarebbero stati felici di... *condividermi*.

Voglio dire, è una follia, no? Chi mai lo farebbe?

Molte persone non hanno relazioni monogame, mi diceva quella fastidiosa voce punk rock che avevo nella testa. Lo sapevo. L'avevo cercato su Google. Si chiamava poliamore o poliandria e c'erano intere comunità di persone che credevano che si potesse avere più di un partner, e che funzionasse.

Ma io ero una di quelle persone?

La Mina punk rock mi gridava che avrei dovuto smettere di essere una femminuccia e che avrei dovuto prendermeli tutti. La Mina nerd dei libri voleva essere cauta, perché più cazzi significavano più possibilità di morire di crepacuore, soprattutto se i fidanzati erano personaggi di fantasia con storie travagliate.

Giocherellai con il tovagliolo, ma l'urgenza di parlare mi prese la mano. «Morrie ti ha mai parlato del poliamore?»

Jo si sporse in avanti, percependo il sentore di un buon pettegolezzo. «Non proprio. Ha fatto qualche commento sul fatto di essere grato di essere libero da costrizioni puritane vittoriane e repressive. Perché, tu e lui siete...»

«Devo uscire con Heathcliff venerdì sera,» dissi.

Jo alzò un sopracciglio. «Morrie è d'accordo?»

«È stata un'idea sua.»

«Ah. Intrigante.» Jo si protese verso di me, gli occhi che le brillavano. «Morrie vuole che tu esca con il suo più caro amico?»

«Non sembri sorpresa.»

«Lo so. Strano, vero?» Sorseggiò il suo drink. «Conosco Morrie da abbastanza tempo per capire che è decisamente perverso. Va a Londra per partecipare a dei festini a base di sesso in un club esclusivo. Continua a invitarmi ad andare con lui, ma onestamente al momento gli uomini nudi mi fanno un po' schifo.»

La settimana prima, dopo che le avevo svelato il mio segreto su Morrie, anche Jo mi aveva svelato qualcosa: preferiva uscire con le donne. Dopo averla conosciuta meglio, non ne ero rimasta sorpresa e le avevo promesso che avrei fatto attenzione a eventuali donne sexy e dall'apparenza un po' morbosa che fossero entrate in libreria.

«Festini a base di sesso?» farfugliai.

Jo sorrise, giocherellando con la cannuccia. «Ha già usato qualche attrezzo bondage con te?»

Mi sentii avvampare. «No.»

«Ma tu vuoi che lo faccia?»

«... forse?»

Scoppiammo a ridere. Ero rossa come un peperone. Rovesciai la testa all'indietro e buttai giù il mio drink in un sorso. Il gin era l'unico modo sano per affrontare una conversazione come quella.

Jo si dichiarò d'accordo e vuotò il bicchiere. «Lo vuoi un consiglio?»

«Sì, grazie.»

«Io dico di andare avanti. Certo, non mettere troppi sentimenti in gioco se hai bisogno di proteggerti, ma non guardare in bocca a due caval donati. Si vive una volta sola. La maggior parte di noi sogna di avere due persone sexy e interessanti che soddisfino ogni nostro capriccio.»

«Tre.»

«Tre cosa?»

«Tre persone sexy e interessanti,» borbottai.

«Quel tipo strano che distribuiva il tè? Oh, provaci *assolutamente*. È maledettamente bello e pensa che a me nemmeno piacciono gli uomini. Ma chi è? Non l'ho mai visto prima e mi ricorderei di un viso come quello. È una bellezza. Che razza di nome è Quoth?»

«Ha detto che i suoi genitori erano dei goth degli anni Settanta,» le raccontai la storia di copertura che avevo inventato per Quoth. Jo soffocò una risatina. «Lo so, lo so. È un amico di Morrie. Starà con loro per un po'. È un artista, e anche molto bravo.»

«Ha fatto lui i quadri appesi nel negozio?»

Annuii.

«Okay, *devi* uscire con lui. Gli artisti sono sempre bravi con le mani.»

Il calore mi scese fino al collo. «È una follia.»

«Niente affatto. Quando ci sarai andata a letto, vedi se riesci a farmi fare uno sconto. Ho messo gli occhi su quel quadro sopra la scrivania di Heathcliff.»

«Penso di riuscire a spuntare qualcosa.»

«E voglio tutti i dettagli raccapriccianti. Io ho avuto un solo rapporto a tre. È stato con la mia ultima ragazza, la dottoressa Adele Martinez, e il suo giovane tecnico, Michael Rousseau, durante il simposio annuale di patologia digitale. Dopo aver bevuto un bicchiere di gin and tonic di troppo alla cena della conferenza, abbiamo deciso di intrufolarci nella camera mortuaria per consumare. Rousseau si è talmente spaventato quando gli abbiamo detto di sdraiarsi sul tavolo delle autopsie che è scappato via e io e Adele abbiamo continuato da sole. Quindi credo che alla fine non la si possa chiamare una cosa a tre. Voglio sapere com'è con tutti quei cazzi che volano di qua e di là...»

«Possiamo parlare di qualcosa di diverso dalla mia vita

sessuale, o di rapporti a tre o cazzi volanti? Oggi hai fatto l'autopsia di Gladys Scarlett. È stato un infarto?»

«No.» Jo batté le unghie sullo stelo del suo bicchiere. «È emerso che la signora Scarlett, l'impicciona locale, non è morta per cause naturali.»

«No?» Sentii una fitta al petto.

«Le ho trovato alti livelli di arsenico nel sangue. È stata avvelenata.»

8

«Avvelenata? Ma... come?»

«Ne saprò di più quando arriveranno dal laboratorio i risultati tossicologici, ma una dose letale di arsenico di solito si somministra nel cibo o nelle bevande, perché si scioglie facilmente nei liquidi e non ha molto sapore.»

Mi batteva forte il cuore. «Ma all'incontro abbiamo mangiato tutte. Potremmo essere tutte...»

Jo mi prese la mano. «Rilassati, Mina. Se fosse stato così, ti avrei avvisata subito. Se avessi ingerito dell'arsenico, avresti già avvertito dei sintomi. Il corpo cerca di espellere il veleno con il vomito e la diarrea. Inoltre, Gladys non mangiava solo cibi specifici, a causa delle sue intolleranze?»

«Sì, è vero. Abbiamo bevuto tutti dalla stessa teiera, ma lei aveva il suo piatto di panini e dolcetti. Ma questo significa...»

Dopo che il cibo è stato consegnato, ci siamo avvicinati solo io, Quoth e le signore. Deve essere stata qualcuna del Club dei Libri Banditi a somministrare il veleno.

Jo annuì. «Dalla tua faccia capisco esattamente cosa stai pensando, e hai ragione. Significa che una di quelle gentili vecchiette è un'assassina a sangue freddo. Posso offrirti un altro drink?»

Spinsi via il mio bicchiere vuoto. «Non ho più sete.»

«Davvero? Io sono assetata. I casi di omicidio sono un lavoro che mette arsura.» Jo fece un cenno al proprietario, che si avvicinò con altri due bicchieri da metterci sul conto. «Questo caso è affascinante. L'arsenico è stato uno dei veleni più comuni nel corso della storia. Gli assassini lo adorano perché non ha un sapore spiccato e i sintomi possono sembrare simili a quelli della dissenteria o del colera, piuttosto comuni in passato.»

«Quindi non è una cosa difficile?»

«Oh no. Si tratta di un semplice processo chimico noto agli avvelenatori fin dall'Antico Egitto, ed era uno dei metodi di omicidio preferiti dalla famiglia Borgia. Sembra che lo spalmassero sulle interiora di un maiale, le lasciassero marcire, poi essiccassero ciò che rimaneva e lo macinassero in una polvere chiamata *cantarella*, che aggiungevano al cibo o alle bevande dei loro nemici.»

«Tu sì che sai bene come uccidere le persone,» ponderai.

«Piacere, medico legale,» mi disse Jo sorridendo e indicandosi il petto. «Ho un sacco di altre storie se vuoi sentirle, ma potresti avere problemi a trattenere la cena. Questo è il mio primo avvelenamento da arsenico. Non lo si vede più usare molto. Durante la Rivoluzione Industriale, l'arsenico era comune come il fango a causa dell'enorme richiesta di ferro e piombo: il minerale estratto conteneva arsenico che, durante la fusione, si condensava nei camini sotto forma di una sostanza bianca che poteva essere raschiata via e venduta. Ogni casa aveva l'arsenico necessario per uccidere ratti, topi e altri animali nocivi. Ora, ovviamente, per acquistarlo è necessaria una licenza speciale o l'accesso a un impianto industriale dove viene immagazzinato. Non è più un veleno molto comune, quindi dovrebbe essere facile capire chi può averlo avuto.»

«Quindi la polizia sta già indagando sul caso?»

«Sì. Hayes e Wilson stanno raccogliendo le dichiarazioni di tutti i membri del Club dei Libri Banditi. Hayes ha detto che sarà qui domani mattina per raccogliere una dichiarazione da te e dal tuo amico, il bellissimo Quoth.»

Merda. Se la polizia aveva bisogno di parlare con Quoth, era un grosso problema. Dato che i suoi mutamenti erano assolutamente imprevedibili e che passava la maggior parte del tempo nella sua forma di uccello, Quoth viveva in incognito. Se la polizia avesse dovuto indagare sul suo passato, avrebbe scoperto che tecnicamente non esisteva, e ciò avrebbe potuto causare problemi di ogni tipo. Nonostante tutti gli sforzi che avevamo fatto dopo la morte di Ashley per tenerlo fuori da ogni indagine, ora sarebbe finito davanti alla polizia, e tutto perché io l'avevo incoraggiato a uscire dal guscio.

Quella corazza lo proteggeva e io l'ho fatta saltare in aria.

Mi scusai con Jo, andai al bagno delle donne e chiamai Morrie. «Abbiamo un problema.» Lo misi al corrente dell'omicidio della signora Scarlett e delle indagini della polizia.

«Arsenico?» La voce di Morrie si fece più acuta. «Non è esattamente un veleno comune al giorno d'oggi. E non è nemmeno rapido o indolore. Preferisco di gran lunga il cianuro.»

«Non voglio sentire queste cose. Cosa facciamo con Quoth? Mi ha aiutato lui a organizzare la riunione del club del libro ed è rimasto a servire il tè alle signore. Tutte lo citeranno nelle loro dichiarazioni, il che significa che la polizia vorrà interrogarlo. È colpa mia! Non avrei mai dovuto permettergli di rimanere all'incontro.»

«Rilassati, bellezza. Troveremo una soluzione. Appena hai iniziato la tua folle campagna per far conoscere il genio artistico di Quoth, io gli ho procurato dei documenti. Quindi domani la polizia interrogherà il signor Allan Poe, un pittore itinerante di

Norwich con tanto di passaporto, dei genitori morti e un profilo Facebook personale. Se Quoth riesce a trattenere le piume sotto la pelle, non avrà problemi.»

Rilasciai il respiro che non mi ero accorta di aver trattenuto. «Grazie, Morrie.»

«Lo so. Sono un genio. Sto già pianificando nel dettaglio il modo in cui potrai ringraziarmi. Ci saranno una benda per gli occhi e un frustino.»

Un dolore mi si diffuse in mezzo alle le gambe. «In che senso un frustino?»

«Un giorno, presto, lo scoprirai.»

Riagganciai, ma ora il cuore mi batteva per un motivo completamente diverso rispetto a quando avevo chiamato.

Finimmo di bere e Jo mi offrì un passaggio fino a casa: era davanti alla sua auto nuova, una Nissan Leaf, e giocherellava con le chiavi. La mia solita vergogna, che conoscevo molto bene, si risvegliò. «Non c'è problema. È una bella serata. Preferisco camminare.»

«Non andrai da sola a piedi in *quel* quartiere al buio. Ti do un passaggio: è un ordine.»

Il mio respiro si fece affannoso. «Come fai a sapere dove abito?»

«Eri la principale sospettata in un'indagine per omicidio. So fin troppo di te.» Jo spalancò la porta. «Sali.»

Sollevai lo sguardo. Un corvo nero era appollaiato sulla grondaia di fronte al pub, con due occhi scuri fissi nei miei. *Ti terrò d'occhio,* mi risuonò in testa una voce setosa. Quoth prendeva sul serio i suoi compiti, ma non potevo parlarne a Jo.

Jo sospirò. «Se sali in macchina, e se prometti di non divulgare le informazioni che ti darò, ti terrò informata su ciò che scopro sull'arsenico. Tecnicamente, non dovrei raccontarti i dettagli di un'indagine in corso per un caso di omicidio, ma a cosa servono gli amici se non ci si possono raccontare cose?»

Mi tremavano le mani, perché avevo già detto a Morrie dell'arsenico. Ma mi sedetti accanto a lei e feci finta di sigillarmi le labbra. «Esatto. I tuoi segreti sono al sicuro con me.»

Jo sorrise. «Bene. E io prometto di non dire a nessuno che sei una sudicia donnaccia poliamorosa.»

«Affare fatto.» Ci stringemmo la mano. Jo si staccò dal marciapiede e uscì dal centro del villaggio, diretta al mio quartiere popolare. Le pittoresche casette con il tetto di paglia e i giardini incontaminati lasciarono il posto a case di mattoni malandate, torri di cemento brutaliste e strade disseminate di rifiuti. Una sirena della polizia risuonava in lontananza. Le mie dita strizzarono il bracciolo.

«Va bene,» disse Jo, attraversando il quartiere. «Non mi interessa da dove vieni, ma solo chi sei. Ora, qual è la tua casa?»

Frastornata, indicai l'ultima porta alla fine di un condominio di piccoli appartamenti. Appoggiata alla recinzione si scorgeva una pila di scatole di attrezzi vibranti per la ginnastica. L'auto di mia madre era ferma nel vialetto. Sentii il panico che mi risaliva lungo la schiena. *Ti prego, non uscire per cercare di vendere a Jo i dizionari degli animali.*

«Bel posto,» disse Jo. «La veranda è carinissima.»

«È la mia camera da letto,» riuscii a dire, aprendo la portiera prima che l'auto si fermasse del tutto. «Non serve che mi accompagni.»

«Mina...»

«Ci sentiamo domani.» Fuggii dall'auto di Jo e salii di corsa le scale. Sul portico, armeggiai con le chiavi, mi infilai in casa e mi sbattei la porta alle spalle. Dalla tenda sbiadita osservai Jo che si allontanava. Quando i suoi fanali scomparvero dietro l'angolo, mi permisi di respirare.

Mia madre era in piedi nel corridoio, a braccia conserte, con un'espressione terrificante sul volto. «Ti sembra l'ora di tornare?»

Guardai dietro di lei l'orologio del microonde. «Mamma, sono le 8:15. *Eastenders* non è ancora iniziato.»

«Sei stata di nuovo tutta la sera in quella libreria con quello *zingaro*.»

«Mamma, non usare *mai* quella parola. Non significa quello che pensi. È un termine dispregiativo di origini greche, con il significato di "intoccabile".»

«Non ho bisogno di una lezione di linguistica, Wilhelmina. Ho bisogno di sapere perché ti preoccupi più di quei delinquenti della libreria che di tua madre.»

«Esagerata. Lo sai che non è vero.»

«Questa sera avevo bisogno di te. Il negozio di animali locale ha accettato di tenere alcuni dei miei libri, solo che la proprietaria ha sfogliato quello sui gatti e dice che è pieno di errori di ortografia. Non riesco a capire! Il venditore mi ha detto che sono stati controllati da un autore di best seller. Ora ho bisogno che tu controlli tutti gli errori di ortografia e li modifichi sul file...»

«Mamma, non ho intenzione di passare le mie serate ad aiutarti a redigere un dizionario per gatti. Ho un lavoro. Mi sto facendo degli amici. Amici veri che non mi pugnalano alle spalle, come ha fatto Ashley.» Ebbi un sussulto per la mia scelta di parole, mentre l'immagine del coltello insanguinato nella schiena di Ashley mi balenava davanti agli occhi. «E se vuoi saperlo, non ero con Heathcliff, Morrie e Quoth. Sono andata a bere qualcosa al pub con la mia nuova amica, Jo. Ma non devo chiedere a te il permesso. Sono una donna adulta. Ho vissuto per quattro anni da sola a *New York*. Posso uscire e vedere i miei amici se voglio.»

«Questo prima della diagnosi. Mina, stai diventando *cieca*. Capisco che sei sconvolta e che vuoi ribellarti, ma ora devi stare attenta a chi dare fiducia, tesoro.» Mia madre mi abbracciò. Io mi irrigidii sotto il suo tocco. «Sono qui per prendermi cura di te, ma tu devi lasciare che ti aiuti.»

«Il fatto che *io* mi fidi di Heathcliff, Morrie, Quoth e Jo non dovrebbe essere sufficiente per te?»

«Non fino a quando non li ho conosciuti. Devo sapere che tipo di persone frequenta la mia bambina.» Mia madre mi scostò una ciocca di capelli dal viso. I suoi occhi si riempirono di premura materna e io mi sentii un nodo in gola. *Forse sono troppo dura con lei?* «Hai almeno chiesto al signor Heathcliff Earnshaw se può vendere i miei dizionari?»

Feci un sospiro e mi divincolai dalla sua presa. *No, non sono stata affatto troppo dura con lei.* «Oggi ho avuto altri pensieri per la testa.» In cucina, riempii il bollitore e lo misi sul fuoco. «Una donna è morta nel negozio.»

«*Un altro* cadavere? Oh, Mina, quel posto è pericoloso...»

Sospirai di nuovo. Non potevo certo discutere con lei. «Non rinuncerò al mio lavoro, né ai miei amici. Cosa posso fare perché tu stia meglio?»

Si picchiettò sul mento, gli occhi pieni di vita. *Complimenti, questa la pagherò.*

«Voglio una cena. Inviterai questi nuovi amici per una bella cena fatta in casa. Ci siederemo a tavola come adulti e loro potranno rassicurarmi con le loro parole.»

Fissai la nostra minuscola cucina, il linoleum crepato e la vernice scrostata degli armadietti, i mobili provenienti dal negozio di beneficenza e gli scaffali sgangherati pieni di tutte le cianfrusaglie di mia madre. Era già abbastanza grave che Jo e Quoth avessero visto l'esterno dell'appartamento e che tutti loro sapessero che ero povera e che stavo diventando cieca. Se i ragazzi avessero anche visto l'interno di quel posto, si sarebbero resi conto che non ero la persona interessante che pensavano di apprezzare. Avrebbero visto tutti i segreti che avevo cercato di nascondere loro. Sarei stata aperta, esposta.

E Jo? Era una donna intelligente e professionale, con un diploma avanzato, un mutuo e un'auto elettrica. Durante il tragitto verso casa mia ce l'aveva messa tutta per farmi sentire a mio agio, tanto da lasciarmi intuire che doveva essere spaventata da tutta quella faccenda. Mentre osservava la casa fatiscente e i nostri deliziosi vicini spacciatori, avevo notato uno sguardo familiare e le labbra piegate in un'espressione di compassione.

Non è possibile essere amici di persone che si compiangono. Spezza l'equilibrio. Mi tremò la mano mentre versavo l'acqua per il tè. *Non li inviterò a cena. Non ho intenzione di perdere le persone migliori che mi siano mai capitate.*

Bastava solo convincere mia madre a lasciar perdere.

«Non ci stanno tutti intorno al tavolo. Potremmo andare al pub. Offro io...»

«No, non va bene. Se non puoi invitarli qui, allora non sono amici intimi e non credo che dovresti passare così tanto tempo con loro.»

«Non puoi dirmi cosa devo fare.»

«Mina, non puoi farmeli vedere, così smetto di preoccuparmi?» Mia madre si strofinò gli occhi. «Tutte queste preoccupazioni mi fanno invecchiare troppo.»

Mi passai una mano sugli occhi, sperando che lei attribuisse a un bicchiere di troppo le lacrime che mi si stavano formando. «Va bene. Li inviterò.»

9

«Prendo quattro fagottini imbottiti, grazie, Greta, e i miei soliti caffè.» Mi costrinsi a fare un sorriso alla minuta ragazzina tedesca dall'altra parte del bancone.

Smetti di rimandare l'inevitabile. Vai in libreria e invitali. Falla sembrare una cosa così terribile che non avranno altra scelta che rifiutare.

«*Ja*. I fagottini sono appena usciti dal forno.» Greta si spostò lungo il mobile e infilò i miei acquisti in sacchetti di carta. «Tutto bene? Mi sembri turbata.»

Mi strofinai gli occhi. «Solo... stressata. Sai, mi sono trasferita qui da New York. Pensavo che la vita in questo posto sarebbe stata lenta, ma tra i problemi dei ragazzi, i cadaveri e quel maledetto topo, mi sento come se non riuscissi ad avere un attimo di respiro.»

«Non parlarmi di quel topo,» disse Greta scuotendo la testa. «Mi ha rovinato un'intera partita di farina di segale! Ma non è quello il tuo problema. Ho sentito che Gladys Scarlett è stata male ieri al vostro club del libro.»

«Non è stata male,» gridò una voce sconvolta dietro di me. «È morta!»

Mi voltai di scatto. La signora Ellis era in piedi sulla porta, con il volto paonazzo e rigato di lacrime. Stringeva così forte la borsa ricamata che aveva le nocche bianche.

Mi precipitai da lei e la guidai verso uno dei tavoli vicino alla finestra. Greta fece il giro del bancone e mise sul tavolo una tazza di caffè e un pacchetto di fazzolettini. Le feci un cenno di ringraziamento. Poi scomparve di nuovo dietro il bancone, lasciandoci a parlare.

«La polizia è venuta a parlare con me ieri,» mi informò la signora Ellis tra i singhiozzi. «Mi hanno fatto un sacco di domande. La povera Gladys è stata avvelenata.»

La testa di Greta si alzò di scatto. «No, no. Il mio cibo è innocuo. Io uso solo ingredienti freschissimi...»

«Non è stata un'intossicazione alimentare, Greta,» le dissi. «Un vero e proprio veleno. Hanno detto che ha ingerito una dose fatale di arsenico.»

Appena lo dissi, me ne pentii subito. Jo mi aveva detto che non avrei dovuto dirlo a nessuno. Erano passate appena dodici ore e l'avevo già tradita.

La signora Ellis singhiozzava.

Greta impallidì. «È orribile. Chi farebbe una cosa del genere?»

«La polizia crede che si tratti di qualcuno del Club dei Libri Banditi.» La signora Ellis tormentava la borsa che aveva tra le mani. «Ma io non riesco a crederci. Conosco la maggior parte di quelle signore da decenni. Beh, tranne Ginny Button, ma è una ragazza adorabile e molto rispettata dalla comunità locale. Lavora al Comune.»

«Deve essere davvero sconvolgente,» commentai. Consegnai a Greta una banconota da venti sterline. «Potresti tenerti anche una delle ciambelle alla crema che prende la signora Ellis, per favore?»

«Sarà meglio che trovino presto l'assassino,» disse Greta, parlando lentamente e con attenzione, come se stesse cercando di trovare le parole giuste in inglese. «La gente penserà che il mio cibo sia avvelenato. Non compreranno più dal panificio, andrò in rovina e io e mio fratello perderemo la casa.»

«Non succederà. Io e la signora Ellis diremo a tutti quelli che vedremo che non è colpa tua,» la rassicurai. La signora Ellis annuì poco convinta.

Mentre Greta tornava dietro il bancone per finire la mia ordinazione, mi chinai sul tavolo e presi le mani tremanti della signora Ellis tra le mie. «Ieri mi ha detto che Cynthia Lachlan era arrabbiata con Gladys perché aveva bloccato il progetto King's Copse.»

«Non so se Gladys avesse effettivamente bloccato la domanda, però aveva spifferato i segreti di Cynthia. È stato di sicuro sbagliato, però si sentiva in dovere di far sapere alla commissione che uomo era colui che stava cercando di costruire al King's Copse.»

«L'ha detto alla polizia?»

La signora Ellis scosse la testa.

«So che non vuole parlare male della sua amica, ma potrebbe essere importante. La signora Lachlan potrebbe aver avvelenato Gladys per toglierla di mezzo!»

«Non posso credere che Cynthia abbia fatto una cosa del genere. Lei e Gladys sono amiche da così tanto tempo. Gladys è stata la sua damigella d'onore quando si è sposata con Grey! Non si uccidono le amiche solo perché ci si è litigato.»

«So che non si fa.» Era esattamente ciò che era successo con Ashley e me. Quando era stata trovata morta nel negozio, la polizia aveva pensato che fossi io l'assassina. «Però la polizia deve avere tutte le informazioni.»

Greta appoggiò la mia scatola di leccornie sul tavolo. Consegnai alla signora Ellis un sacchetto con una deliziosa ciambella alla crema spolverata di zucchero a velo. Lei la addentò con gratitudine, spalmandosi un po' di crema sulla punta del naso. «Devi aiutarci, Mina. Devi trovare il vero assassino.»

Le passai un tovagliolo. «Eh?»

La signora Ellis mi prese un polso, con gli occhi spalancati e seri. «Sei una ragazza così intelligente. Sei stata una delle studentesse più brillanti a cui abbia mai insegnato. E hai scoperto chi ha ucciso Ashley Greer prima ancora che la polizia ne avesse idea. Non posso sopportare che diano la colpa a Cynthia senza valutare altre possibilità. Ti prego, aiutami tu a scoprire chi ha ucciso la mia amica!»

10

Ancora scossa dalla discussione con la signora Ellis, mi fermai al negozio di beneficenza all'angolo per prendere la lampada a stelo che avevo visto in vetrina il giorno prima. Ne uscii pochi minuti dopo, più povera di tre sterline, ma con un grande stelo di quercia e un paralume di pizzo color crema sotto il braccio. La lampada sarebbe stata perfetta nell'angolo buio del primo piano, accanto agli scaffali della Folio Society. Mi chiesi quante lampade avrei potuto fare entrare di soppiatto nel negozio prima che Heathcliff se ne accorgesse.

Posai il mio acquisto e aprii la porta d'ingresso del negozio, girando l'insegna su «APERTO.» A differenza dell'ultimo omicidio, fuori non c'era una folla di curiosi. Sembrava che la notizia della morte della signora Scarlett non avesse ancora fatto il giro della città.

Lasciai la lampada nel corridoio e portai la colazione a Heathcliff. «Questo caffè è freddo,» borbottò mentre gli porgevo la tazza.

«Mi dispiace. Mi sono fermata a parlare con la signora Ellis al panificio.» Rapidamente, gli spiegai come mi avesse pregato di aiutarla a risolvere l'omicidio.

«Te l'avevo detto che il club del libro ci avrebbe portato solo guai,» ringhiò Heathcliff. «Che non ti vengano altre idee brillanti su come migliorare il negozio. Attiri gli assassini come Grimalkin attira le pulci.»

Pensai alla mia lampada nel corridoio e sorrisi. «Non c'è problema. Farò qualche ricerca per la signora Ellis. Anche io voglio che l'assassino sia assicurato alla giustizia.» Rabbrividii al ricordo del viso paonazzo della signora Scarlett.

«Questo significa che la maledetta polizia tornerà a frugare nel mio negozio?»

«Certamente, signor Earnshaw.»

Mi voltai di scatto. L'ispettore Hayes e la sergente Wilson erano in piedi sulla porta, con un caffè in mano. Dietro di loro una piccola squadra della Scientifica stava indossando l'equipaggiamento protettivo.

«Ho incontrato la signora Ellis questa mattina e mi ha detto che la signora Scarlett è stata avvelenata,» dissi velocemente, per evitare di mettere Jo nei guai. «Vi mostro la stanza, ma purtroppo dopo la riunione abbiamo pulito, quindi potrebbe non essere molto utile.»

«Grazie, signorina Wilde. È un piacere rivederla.» L'espressione della Wilson era tempestosa. Era ancora arrabbiata perché l'omicidio precedente l'avevamo risolto prima di lei.

Rimasi sulla soglia dell'aula di Storia del Mondo mentre lei e Hayes ispezionavano la scena. «Era seduta su quella poltrona rossa quando il topo è sfrecciato sul pavimento. Ha iniziato ad ansimare tenendosi lo stomaco, poi è caduta nel pan di Spagna.»

Hayes ispezionò la superficie del tavolo. «Chiederemo alla

squadra di controllare l'intera area. Avete passato l'aspirapolvere sul tappeto?»

«Sì, mi dispiace.»

«Non ne hai colpa. Siamo rimasti tutti sconvolti nello scoprire che si tratta di omicidio.» Hayes ispezionò il davanzale della finestra mentre la Wilson si accovacciò per sbirciare sotto il tavolo.

«Non posso credere che una delle signore del club del libro abbia fatto una cosa così malvagia,» mi affrettai a dire. «Sembravano così buone amiche...»

«Questa volta l'indagine la faremo io e il mio collega, signorina Wilde.»

«Ho trovato una piuma,» annunciò la Wilson, reggendo una piuma nera con un paio di pinzette.

«È del corvo domestico di Heathcliff,» spiegai io. «Stava osservando la riunione, ma quando il topo ha attraversato la stanza, lui si è tuffato per inseguirlo. A un certo punto ha colpito la libreria, quindi potreste trovare altre piume lì.»

La Scientifica isolò la porta con il nastro adesivo usato per le scene del crimine e iniziò a perlustrare la stanza tracciando una griglia. Hayes si tolse i guanti. «Dove sono i piatti che avete usato per il cibo?»

«Vi faccio vedere le tazze da tè di sopra. Però le abbiamo lavate. I piatti erano di Greta, della pasticceria. Posso anche presentarvi Allan. Mi ha aiutato lui alla riunione.»

Hayes e la sergente Wilson mi seguirono al piano di sopra. Mostrai loro le file di tazze e piattini da tè allineati sullo scolapiatti. «La signora Scarlett aveva questa.» Indicai la tazza decorata con i giacinti. Wilson la infilò in una busta per le prove.

Andai verso le scale in fondo al corridoio e chiamai. «Allan? C'è la polizia. Vogliono parlarti della riunione del Club dei Libri Banditi.»

Qualche istante dopo, una voce ovattata rispose: «Scendo subito.»

«Ha il suo studio d'arte lassù,» spiegai alla sergente Wilson, che stava guardando perplessa la scala ripida. «Gli piace la solitudine.»

Quoth apparve in cima alle scale, i capelli che gli scendevano sulla schiena in meravigliose onde. La sergente Wilson sgranò gli occhi. Nemmeno lei era insensibile alla sua bellezza. Nella luce fioca del corridoio, la sua pelle sembrava luminescente e gli schizzi di vernice sugli zigomi pronunciati non facevano che aumentare il suo fascino. Quoth fece un timido sorriso, e io sapevo che era per mascherare la tensione. Avrebbe dovuto superare l'intero colloquio senza mutare.

«Se vuole venire in salotto, signor Poe, possiamo corrompere il rapporto... cioè, condurre il colloquio.» Le guance della sergente Wilson si colorarono di uno rosso scarlatto. La donna si girò sui tacchi e uscì. Quoth mi fece un sorriso tremante e la seguì.

«Che c'è in questa stanza?» chiese Hayes, scuotendo la porta chiusa a chiave in fondo al corridoio.

Il mio cuore batteva forte. *È solo un tunnel spazio-temporale, niente di che.* «È un magazzino extra per la libreria.»

«Posso vedere?»

No, no, non può. Non potevo sapere cosa avremmo trovato se avessi aperto la porta. Sarebbe stata la stanza polverosa e vuota del nostro tempo attuale, o la camera da letto vittoriana, oppure la sala di lettura Tudor, o una qualsiasi delle altre versioni nella storia del negozio?

Scossi la testa. «Le assi del pavimento stanno marcendo. Heathcliff ha ricevuto ordini precisi dall'ispettore della sicurezza di non far entrare nessuno. Dovrà parlarne con lui.»

Hayes lasciò la maniglia della porta. «Il signor Earnshaw non mi aveva dato l'impressione di essere così scrupoloso.»

Io mi strinsi nelle spalle. «È un ottimo datore di lavoro. Un po' scontroso, ma perfettamente in regola.»

Tranne quella volta che mi ha baciata. Hayes non doveva saperlo.

«Lei sa qualcosa del passato del signor Earnshaw? Lui non ci ha rivelato molto.»

«Per quanto ne so, è un orfano trovato per le strade di Liverpool, cresciuto in una fattoria del Nord. Lui non sa nulla della sua famiglia, se non che proviene dall'Europa orientale. Chieda in giro per la città: Ci sono un sacco di storie su di lui che la gente non vede l'ora di raccontare.» Feci una risata forzata. «Diamine, ho persino sentito dire che è davvero l'Heathcliff di *Cime Tempestose* che ha preso vita.»

Hayes non fece nemmeno un sorriso mentre scarabocchiava i suoi appunti. «Heathcliff è entrato nell'aula di Storia del Mondo in qualche momento mentre stavate preparando la riunione o mentre eravate già riunite?»

Scossi la testa. «No. Heathcliff non voleva avere niente a che fare con l'incontro.»

«Perché no? Era un evento nel suo negozio. Avrei pensato che volesse che tutto fosse in ordine.»

«Ospitare la riunione qui è stata una mia idea. Heathcliff era contrario. L'ha conosciuto. Non gli piacciono i clienti, né qualsiasi cosa che li attiri qui.»

«Lei ha lasciato la stanza incustodita prima o durante la riunione?»

«No. Io e Quoth abbiamo sistemato i mobili, poi è arrivata Greta con il cibo e poi sono arrivate le signore: prima la signora Ellis, poi la signora Winstone, seguita da Ginny Button, Sylvia Blume, Cynthia Lachlan e per ultima la signora Scarlett.»

«Chi è Quoth?»

Merda. «Oh, chiamiamo così Allan. È un soprannome, si chiama Poe di cognome ed è molto goth.»

Hayes prese altri appunti sul suo blocco. «Grazie per la collaborazione. Potremmo tornare con altre domande. Nel frattempo, se ricorda qualcosa dell'incontro, per quanto poco importante possa sembrare, ci chiami.»

Raggiunse la Wilson in salotto e scesero le scale con passi pesanti. Non appena furono spariti dalla vista, Quoth mi si lanciò tra le braccia. «È stato spaventoso,» disse.

«Lo so. È una di quelle volte in cui sono felice che Morrie sia... sia lui.» Gli scostai una ciocca di capelli dal viso. «Sei stato bravo. Non ti è spuntata nemmeno una piuma.»

«Devo andare a fare cose da uccello per un po',» disse Quoth passandosi una mano tra i capelli, che si trasformarono in piume sotto il suo tocco.

«Non ti trattengo. Vai. Fai quello che devi fare.»

Quoth si tuffò verso il corridoio. Si aggrappò alla balaustra, con le nocche bianche, mentre per metà andava gattoni e per metà saltellava su per le scale.

«Quoth?»

Si bloccò, il corpo rigido. Si voltò verso di me. Piume gli spuntavano dalle guance. Il naso gli si era già fuso con il labbro superiore mentre gli si creava il becco.

«Mi dispiace tanto di averti spinto a mostrare la tua arte e a interagire con le persone. È colpa mia se hai dovuto affrontare tutto questo.»

«Non ti preoccupare.» La sua voce si fece roca e le sue labbra si rinsecchirono in un becco. «Sei la cosa migliore che mi sia capitata da quando sono arrivato in questo mondo.»

«Non è vero.»

«Lo è.» Quoth tornò indietro sulla scala fino a poter allungare la mano e toccarmi. Mi strinse un braccio con le dita, la pelle coriacea, le punte delle dita già affilate come artigli. I suoi occhi castani e tristi fissarono i miei. Come faceva a essere così assolutamente perfetto eppure così distrutto? «Pensavo che nascondermi fosse l'unico modo per sopravvivere in questo mondo. Pensavo che almeno come uccello avrei avuto una parvenza di libertà. Ma ora che ti ho conosciuta, non voglio più nascondermi.»

«Bene.» Appoggiai il capo al suo petto piumato. «Nemmeno io voglio che ti nasconda.»

Quoth emise un triste *cra*. L'aria tra noi sfrigolava. Ascoltai il battito del suo cuore nel petto, sempre più veloce. Le sue piume mi solleticavano la pelle. Avrebbe già dovuto trasformarsi, ma qualcosa lo tratteneva in quello stato metà umano e metà uccello.

Io.

«Quoth.» I passi pesanti di Heathcliff riecheggiarono sulle scale. «C'è un cliente che vuole sapere se ho dei libri pop-up sull'educazione sessuale. Ho bisogno che tu gli defechi in testa.»

E così, l'incantesimo si ruppe. Quoth si allontanò con gli occhi tristi. «Il dovere mi chiama,» dichiarò, e *puff*, i suoi vestiti si ammucchiarono sul pavimento e un corvo nero scomparve giù per le scale.

II

La Scientifica terminò il suo esame verso l'ora di pranzo. L'ispettore Hayes prese persino il cestino della spazzatura per controllarlo (poverino) e mi fece altre domande sulla posizione di ciascuna delle donne nella stanza, chiedendomi se sapevo qualcos'altro che potesse risultare importante.

Esitai, ricordando la faccia inorridita della signora Ellis quando avevo accennato di raccontare alla polizia del rancore della signora Lachlan nei confronti della signora Scarlett per la perdita del contratto di lottizzazione. Ma se qualcuno in quella stanza aveva effettivamente avvelenato la signora Scarlett, la polizia lo doveva sapere. Questo non significava che non potessi continuare a fare indagini per conto mio.

«Cynthia Lachlan e Gladys Scarlett hanno litigato,» rivelai. «Per il progetto King's Copse. La signora Scarlett aveva raccontato alla commissione urbanistica dei vecchi debiti del marito di Cynthia e pensava che ciò avesse influenzato la loro decisione di rifiutare la sua ultima richiesta.»

Hayes scribacchiò le informazioni. «Grazie, Mina.»

Se ne andarono. Entrarono delle persone nel negozio. Un

uomo di quarant'anni con un maglione orribile acquistò dei libri sulle ferrovie per un valore di duecento sterline. Una signora aveva dimenticato gli occhiali da lettura e così mi fece leggere il primo capitolo di *Furore* ad alta voce per vedere se le piaceva, poi si rifiutò di pagarlo due sterline e cinquanta e lo comperò sul suo e-reader proprio davanti a me. Heathcliff ebbe un'altra discussione con il Negozio-Che-Non-Si-Deve-Nominare e prese a colpi di karate l'armadillo che, fortunatamente, se la cavò. Verso le tre del pomeriggio Morrie tornò a casa da un'altra misteriosa uscita, mi trascinò nel ripostiglio, mi fece piegare su una cassa di riviste di aviazione e mi fece sentire davvero molto bene. Quoth fece la cacca su due persone che avevano citato *Il Corvo*. Verso la fine della giornata, gli abitanti del villaggio si affollarono per sbirciare oltre il nastro della scena del crimine nel punto in cui la signora Scarlett era morta. In pratica, un giorno come un altro.

Chiudemmo alla solita ora. Mandai un messaggio a Jo invitandola aa cena e per bere qualcosa dopo che aveva finito di lavorare, poi andai al negozio di alcolici a prendere un paio di bottiglie di vino da due sterline e novantanove pence. Quando entrai nel soggiorno dell'appartamento al piano superiore, il fuoco era stato acceso, le tende tirate e le luci abbassate. Heathcliff si era accomodato sulla sua poltrona, con i capelli scompigliati che gli ricadevano sugli occhi mentre divorava un libro. Grimalkin era acciambellata sulle sue ginocchia, con le zampe ripiegate sotto di lei come una sfinge. Quoth aveva sistemato un cavalletto nell'angolo più vicino alla sala, e stava aggiungendo colline ondulate a una veduta della cittadina a volo d'uccello.

Morrie si accigliò mentre estraeva le bottiglie dal sacchetto di carta scura e le allineava sulla mensola del camino.

«Non potevi scegliere qualcosa di *francese*? Ho dei dubbi

sulla qualità dell'uva nella "famosa regione vinicola del Suffolk".»

«Prenderò dei vini più pregiati quando Heathcliff mi darà un aumento.»

«No,» mormorò Heathcliff dalla poltrona, senza alzare lo sguardo dal suo libro.

«Dai un'occhiata a questo.» Morrie puntò il dito sull'etichetta. "Bouquet" è scritto male. Basta, bellezza. D'ora in poi ti è ufficialmente vietata qualsiasi scelta alcolica.»

Morrie gettò le mie bottiglie ancora chiuse nel bidone del vetro e scomparve in cucina. Un istante dopo, tornò con una bottiglia impolverata che recava un'etichetta in quello che sembrava, sospettosamente, un latino medievale.

«Questo è più adatto,» disse con un largo sorriso sulle labbra, poi ne versò cinque bicchieri e li distribuì.

«Sembra vecchio.» Lo assaggiai. Una vera esplosione di sensazioni: caramello, miele, mandorle e composta di agrumi si fondevano in un sapore dolce e inebriante che mi si attaccava alla gola. «Wow, è incredibile. Ma da dove viene?»

«Non lo vuoi veramente sapere,» commentò Morrie facendomi l'occhiolino e sollevando il bicchiere.

«Sa di vecchio stivale ammuffito,» disse Heathcliff squadrando il suo bicchiere.

Glielo strappai di mano. «Allora il tuo lo prendo io.»

Heathcliff grugnì qualcosa, ma io mi ero già seduta accanto a Quoth, e sorseggiavo il delizioso vino mentre osservavo le sue delicate pennellate. «Sei sicuro che ti andrà bene stare qui con Jo?»

«Ci provo,» replicò lui. «Potrò concentrarmi sulla pittura e forse la mia testa non vagherà in quei brutti posti dove va quando muto forma.»

«Quali brutti posti?»

Le dita di Quoth strinsero il pennello con tanta foga che le nocche gli diventarono bianche. «Non ora. Jo sarà qui da un momento all'altro. Più tardi.»

Gli appoggiai la testa a una spalla. I suoi capelli mi ricadevano sul viso: ciocche luminose del nero più profondo, con sfumature di indaco e oro. *Quoth, cosa succede in quella tua testa?*

Il volto di Jo apparve sulla porta. «Ciao, spero che non vi dispiaccia, ma venendo qui ho preso del fish and chips.»

Saltai in piedi per abbracciarla. Morrie si unì al nostro abbraccio e le mise in mano un bicchiere di vino. Jo fece un cenno di saluto a Heathcliff prima di posare il pacco di cibo caldo, poi si avvicinò a Quoth e gli tese una mano.

Io trattenni il fiato mentre lei si rivolgeva a lui. «Piacere di conoscerti, sono Jo.»

Irrigidendosi per la concentrazione, Quoth le strinse mano. «Allan, ma tutti mi chiamano Quoth. Tu sei il medico legale.»

«E tu sei l'artista che ha dipinto quei quadri meravigliosi appesi in giro per la libreria. Voglio comprare quello con *L'Inconnue de la Seine*, appeso al piano di sotto. Se accetti contanti, me lo porto a casa stasera.»

Il volto di Quoth si illuminò. «Davvero vuoi il mio quadro?»

Jo tirò fuori un portafoglio di pelle e contò una mazzetta di banconote. «Non fare storie e prendi i soldi. Devo assolutamente avere quel quadro nel mio ufficio. E parlerò di te a tutti i miei colleghi. Continua a dipingere scene morbose e avrai le tue opere d'arte in ogni camera mortuaria del Regno Unito.»

Il sorriso di Quoth lo illuminò tutto. Aveva i denti che gli brillavano e gli occhi accesi di macchie di fuoco arancione. Mi sedetti di nuovo accanto a lui e lui mi passò un braccio dietro la schiena e mi strinse la mano.

«Quale brutto dipinto è *La sconosciuta della Senna?*» chiese

Morrie, traducendo in modo impeccabile la frase francese pronunciata da Jo.

«È quello appeso dietro la scrivania di Heathcliff, della donna con quell'espressione serena sotto l'acqua scura,» gli ricordai.

«Era una persona reale,» spiegò Jo. «Una vittima di annegamento sconosciuta, ritrovata nel fiume di Parigi nel 1800. Un patologo dell'obitorio della città rimase così affascinato dai suoi lineamenti rilassati e dalla sua squisita bellezza che ne realizzò una maschera mortuaria in gesso. Successivamente fu copiata e divenne un popolare oggetto da parete nelle case benestanti a partire dal 1900. Le sue sembianze sono state utilizzate anche per creare il primo manichino per il massaggio cardiaco nel 1958 e ancora oggi quei manichini hanno il suo volto.»

«Un'allegra storia della buonanotte.» Heathcliff aprì la carta e si servì di una manciata di patatine calde. Grimalkin gli saltò giù dal grembo e mise le zampe sul bordo del tavolo, con il nasino nero che si contorceva in attesa di un bocconcino di pesce.

Jo si sedette sulla mia sedia, di fronte a Heathcliff. «Immagino che tu abbia detto dell'arsenico alla qui presente banda di Scooby Doo?» mi chiese. Io annuii. «Nessun problema. Mi aspettavo che lo avresti fatto, però niente di quello che vi dico uscirà da questa stanza, giusto?»

Annuimmo tutti con decisione e ci tuffammo nel cibo caldo. Io presi un pezzo di pesce per Grimalkin, che se lo mangiò con gusto, spargendone pezzettini tra le fibre del tappeto. Heathcliff mise un segnalibro nel suo libro e lo mise da parte.

Jo si rivolse a me e a Quoth: «Hayes non sta seriamente sospettando di voi. Sta indagando sul passato di Heathcliff, ma credo che voglia essenzialmente scoprire da dove proviene, più che indagare sulla sua colpevolezza. Tutti i testimoni hanno riferito che non era affatto vicino alla scena del crimine.»

Guardai Morrie preoccupata. La sua falsa documentazione sul passato di Heathcliff avrebbe retto al controllo della polizia? Ma Morrie non sembrava minimamente turbato. «Se il nostro antieroe locale avesse un servizio clienti migliore, forse non si troverebbe in cima alla lista dei sospettati.»

Heathcliff borbottò qualcosa. Jo si chinò verso di lui e gli accarezzò un braccio. «Anch'io sarei così se dovessi avere a che fare tutto il giorno con persone vive. Ti cancelleranno dalla lista dei sospettati non appena capiranno che Gladys Scarlett la conoscevi appena. È un tipo di avvelenamento *violento*, quindi probabilmente l'assassino è qualcuno che conosceva la vittima.»

«La povera Greta della pasticceria è assolutamente sconvolta,» commentai. «Pensa che diventerà famosa per vendere dolci avvelenati e che nessuno comprerà più da lei.»

«Beh, può rilassarsi,» disse Jo con un sorriso, appoggiando i piedi sul bracciolo della poltrona. «Oggi ho ricevuto i risultati degli esami tossicologici. Si tratta di avvelenamento cronico da arsenico, il che cambia tutto.»

Le orecchie di Morrie si rizzarono. «Affascinante.»

Mi chinai in avanti. «Cosa intendi per avvelenamento cronico?»

«Ci sono due modi per uccidere una persona con l'arsenico,» spiegò Jo. «Il primo è una singola dose letale. Pensavamo che la signora Scarlett fosse stata uccisa in questo modo, perché è quello che normalmente ci aspettiamo di scoprire in un caso moderno di arsenico. Ma non è andata così. Per un periodo di settimane o mesi le sono state somministrate dosi più piccole, in modo regolare. Nel corso del tempo, le vittime di avvelenamento cronico da arsenico accusano nausea, mal di testa, vomito e altri problemi, fino a quando alla fine gli organi smettono di funzionare.»

«La signora Ellis ha detto che Gladys stava male da un po', con vertigini e disturbi di stomaco,» ricordai.

«Esattamente. Il medico della signora Scarlett non avrebbe mai pensato di fare esami per individuare tracce di arsenico, quindi si sarà concentrato sui disturbi tipici delle persone anziane. Purtroppo, questo significa che non possiamo restringere il campo dei sospettati solo alle signore del Club dei Libri Banditi. Al momento, l'assassino potrebbe essere chiunque. Deve essere stato qualcuno di abbastanza vicino a lei da poterle somministrare le dosi con regolarità, quindi l'ispettore Hayes concentrerà le indagini su familiari e amici.»

«Saranno molte persone. Secondo la signora Ellis, Gladys faceva parte di ogni comitato in città!»

«Bene: è il suo lavoro.» Jo sorseggiò il suo vino. «Inoltre, al giorno d'oggi quasi più nessuno ha accesso all'arsenico, quindi potrà restringere il campo dei sospettati.»

«A cosa serve l'arsenico?» riuscì a chiedere Quoth, con il pennello sospeso a mezz'aria.

«È usato in alcuni processi produttivi e agricoli. Per insetticidi e pesticidi. Per la conservazione del legno. Un composto dell'arsenico è utilizzato anche nei diodi laser e nelle luci LED.»

«I Lachlan possiedono una società di sviluppo immobiliare, quindi forse hanno contatti con produttori che utilizzano l'arsenico,» riflettei, rielaborando l'informazione. «E la signora Lachlan può avere avuto la possibilità di somministrare il veleno alla signora Scarlett durante tutte le riunioni organizzative e in occasione degli eventi in città.»

«Credo che sia tra i sospetti, ma ci sono altri fattori da considerare. Dopotutto, l'arsenico può essere prodotto anche in laboratorio se si hanno le giuste conoscenze. Il composto usato come veleno si chiama triossido di arsenico e...» Jo si bloccò. «Scusate, stavo per diventare terribilmente noiosa.»

«Affatto,» rispose Morrie. «Dimmi di più su come creare veleni mortali.»

Gli lanciai uno sguardo fulminante da una parte all'altra della stanza, ma lui mantenne la sua espressione angelica.

«Io e te possiamo parlare di chimica più tardi,» gli disse Jo, poi buttò giù il vino e addentò un pezzo di pesce, mentre Grimalkin la guardava con occhi spalancati per l'invidia. «Non sono in servizio, quindi raccontatemi: che avete visto di bello in TV?»

«Non abbiamo la TV,» disse Morrie. «Heathcliff non approva il rumore.»

«Si devono leggere più libri,» ringhiò Heathcliff.

«Se la pensi così, perché tratti male tutti i clienti che entrano?»

«Non voglio che leggano i *miei* libri.»

«Miao,» confermò Grimalkin, posandosi la testa sulle zampe.

«Okay, quindi se nessuno vuole distruggere l'ultima serie di *American Horror Story* con me, pazienza. Qualcuno ha in mente qualcosa di interessante per il weekend?» chiese Jo, guardando con attenzione Heathcliff. Io la fulminai con lo sguardo. *Cosa sta facendo?*

«No,» ringhiò lui.

«Non hai intenzione di uscire con Mina?»

Heathcliff produsse un rumore gutturale, ma non rispose. Accanto a me, Quoth si pizzicava il collo. Una piuma nera mi arrivò in grembo.

«Mia madre vuole che veniate tutti a cena da noi sabato,» esclamai, cercando di cambiare argomento.

Heathcliff girò di scatto la testa. «Dici sul serio?»

«Sì. Non riesco a farle cambiare idea, quindi facciamolo e basta.»

«Cibo che non proviene da un contenitore da asporto?» Morrie si raddrizzò di scatto. «Ci sto. Tua madre sa fare il *coq au vin*?»

«Non ti agitare troppo. Non siamo... beh, viviamo in un quartiere popolare. Il menu sarà probabilmente toast al formaggio e una torta al cioccolato dal supermercato.»

«Non ho niente in contrario a un toast al formaggio. La mia tesi di dottorato è andata avanti a forza di toast al formaggio.» Jo sistemò le patatine su una fetta di pane imburrato, le ricoprì di salsa di pomodoro e ne diede un morso. «Io ci sono.»

«Okay, grazie.»

«Non ho nessuna intenzione di uscire dalla libreria due volte nello stesso weekend,» brontolò Heathcliff.

«Va bene, non devi...»

Morrie gli diede un calcio negli stinchi. «Ci saremo tutti,» promise.

«Sì.» Il dito di Quoth mi tracciò una linea lungo il bordo della mano.

«Sei sicuro?» Avevo i nervi che fremevano. Un po' mi aspettavo che avrebbero detto di no. *Come faremo a mantenere Quoth nella sua forma umana per così tanto tempo? Come faremo a far comportare Heathcliff da essere umano per una serata intera? Per Iside, come riuscirò a far comportare* mia madre *da essere umano?* «Mia madre è un po' strana. Cercherà di vendervi dizionari del linguaggio dei gatti.»

«Bene.» Morrie accarezzò la testa nera del gatto. «Grimalkin mi sale in faccia nel cuore della notte e fa un gemito sottilissimo, e mi piacerebbe scoprire cosa vuol dire.»

Mi sentii un nodo in gola. Deglutii con forza. Perché le loro reazioni mi colpivano così tanto?

«Paragonato a ciò che succede in questa libreria,» sussurrò

Quoth sfiorandomi l'orecchio con le labbra morbide, «quanto può essere pazza?»

Una risata strozzata mi sfuggì dalla gola.

«Mina, stai bene?» Il suo volto si contorse per la preoccupazione.

«No... sì sto bene. È solo che... Quoth si chiedeva quanto possa essere pazza.» Feci un sospiro. «State per scoprirlo.»

12

Quando Jo mi accompagnò a casa, non c'era mia madre a farmi il terzo grado. Un biglietto sul frigorifero mi informava che era andata al torneo di bridge dei vecchietti della città per vendere i suoi dizionari italiano-gattese. A quanto pare, i pensionati amavano sperperare le loro super pensioni per comperare le porcherie di mia madre.

Mi sedetti e feci una lista di tutte le informazioni di cui ero in possesso fino a quel momento sul caso. Non volevo deludere la signora Ellis, ma mi sembrava probabile che i responsabili fossero la signora Lachlan o suo marito: di certo avevano il movente più chiaro. Feci una rapida ricerca online sulla *Gazzetta* di Argleton per trovare articoli passati sulla signora Scarlett e scoprire se era stata coinvolta in altri eventi che avrebbero potuto suscitare del risentimento. A parte le notizie sulle accese riunioni della commissione urbanistica, l'unica altra cosa interessante era una lettera che la signora Scarlett aveva scritto all'editore per difendere le letture dell'aura che faceva Sylvia Blume, e il suo diritto ad aprire un negozio di arti magiche in città.

Studiai la lettera con interesse. Alcuni membri della Argleton Presbyterian sembravano essersi offesi per l'istituzione di "rituali pagani" in città, e la signora Scarlett li aveva (giustamente, a mio avviso) presi di mira. In particolare, si era concentrata su un membro del comitato che sembrava particolarmente coinvolto: quella Dorothy Ingram che aveva fatto rimuovere la signora Winstone dalla guida del gruppo giovanile.

Mi chiedo se mia madre se ne ricordi. L'articolo risaliva a dieci anni prima, ovvero al periodo in cui mia madre aveva iniziato a leggere i tarocchi nel negozio di Sylvia. Se le avessi chiesto qualcosa della sua vita passata, ne sarebbe stata felice. Salvai l'articolo per mostrarglielo più tardi.

Feci una doccia, mi misi in pigiama e mi coricai a letto con un romanzo sui vampiri che avevo preso in prestito dalla libreria. Mi infilai gli auricolari, fissai il poster dei Misfits sul soffitto della camera da letto, e tutte le foto di me e Ashley, e pensai che avrei potuto non vedere mai più una foto. Quando fossi diventata cieca, avrei conservato nella memoria tutti i miei ricordi? Mi sarei ricordata del mondo di prima? Sarebbe svanito un po' alla volta, oppure sarei rimasta bloccata per sempre in un loop di visioni che non avrei più potuto vivere in prima persona?

Fui scossa dalla paura. Per tutta la vita avevo saputo esattamente cosa avrei fatto: lasciare quella stupida casa e quella città per sfondare nell'industria della moda. Ma ora mi sentivo persa, bloccata proprio come i ragazzi...

Uno strano bagliore blu mi attraversò il campo visivo, come un'insegna al neon a Times Square.

Scattai in piedi. *Che cos'è?*

Mi sfregai gli occhi. Lo scarabocchio blu lampeggiò di nuovo, poi scomparve.

Il mio corpo si irrigidì. *Non farti prendere dal panico. Potrebbe essere qualsiasi cosa.* Un riflesso della strada fuori, un'allucinazione del mio cervello stanco e pieno di vino.

Ma io *lo sapevo*. Il mio oculista mi aveva avvertito che a un certo punto la mia malattia agli occhi sarebbe progredita e avrei iniziato a notare esplosioni di colore oppure a scambiare i colori, mentre il mio cervello cercava di ricalibrarsi per tornare a vederci. Quegli episodi sarebbero diventati sempre più frequenti e poi, alla fine, i colori sarebbero sbiaditi fino a diventare neri e io non sarei più stata in grado di vedere nulla.

Mi aveva detto che ci sarebbero voluti anni prima che iniziassi a vedere le luci. *Anni.* Ma non mi ero sbagliata su quel bagliore blu.

Sid Vicious mi urlò nelle orecchie. Trattenni il desiderio di urlare con lui.

Presi il telefono per mandare un messaggio a Morrie. Iniziai a scrivere. Arrivai a confessare: <Ho appena visto una strana luce negli occhi. Credo di stare diventando cieca. Ho bisogno di parlare con qualcuno.>

Mi fermai. Il mio dito si bloccò sul pulsante INVIA.

Morrie non era la persona giusta con cui parlarne. Era bravo a dimenticare. Però io avevo bisogno... non sapevo di cosa avessi bisogno. Sfogliai la rubrica e il dito si soffermò sul nome di Quoth. Gli inviai un messaggio. <Puoi chiamarmi?>

Fissai lo schermo, desiderando che il telefono squillasse. Ma rimase muto. *Probabilmente è fuori, in volo sopra la città. Non può certo portarsi un telefono sotto l'ala...*

Qualcosa batté alla finestra.

Caddi dal letto, con il cuore che batteva all'impazzata. Sbirciai dal vetro smerigliato. Un uccello nero sedeva sul davanzale e mi scrutava con occhi scuri e intensi.

Mi sentii il cuore leggero. Mi alzai in piedi e spalancai la finestra. «Quoth?»

«Cra!» L'uccello entrò svolazzando e saltellò sul letto. Mi

toccò la mano con la punta della testa. Gli accarezzai le morbide piume, lui si girò e mi fissò con occhi castani pieni di dolore.

«Non era necessario venissi,» sussurrai.

Quoth mutò forma, con le piume nere che gli si ritrassero nella pelle. Un paio di gambe muscolose scesero oltre la sponda del mio letto e un attimo dopo un uomo dalla pelle chiara e con una cascata di capelli scuri come la notte era seduto accanto a me.

Si gettò il lenzuolo sull'inguine nudo e mi fece un sorriso smagliante. «Certo che sono venuto. Sei turbata.»

«Hai ascoltato i miei pensieri?»

Quoth scosse la testa. «Stavo dipingendo e ho visto il tuo messaggio. Ho pensato... che avessi bisogno di me.»

Mi girai dall'altra parte. Guardare il suo viso perfetto e i suoi occhi dolci e sapere che, nonostante tutto ciò che sopportava ogni giorno, era lì per me, mi fece ribollire di vergogna. Perdere la vista non era nulla in confronto a quello che Quoth aveva passato e stava ancora passando: nessun ricordo del suo passato a parte una camera buia e una notte tetra, un corpo che lo tradiva, un'esistenza solitaria e segregata. Una grossa lacrima mi scese lungo la guancia.

L'angolo della stanza, dove la luce non arrivava, era un buco nero di oscurità. Ultimamente lo ignoravo, ma anche la mia visione al buio stava peggiorando. *Sono un disastro. Tutta la mia vita è un disastro.*

«Mi sento così stupida,» dissi rivolta verso il muro.

«Non sei stupida.»

«Non posso chiederti di correre da me ogni volta...»

«Mina, dimmi cosa è successo.»

Con respiri profondi e stentati, gli spiegai della luce e del suo significato. «Ho paura, tanta paura, Quoth. Pensavo di stare meglio. Dopo averti conosciuto, non mi ero più sentita così depressa e senza speranze. Ma mi ero convinta che ci volessero ancora anni, invece ora...»

Delle dita calde sfiorarono le mie. Quoth mi prese una mano e me la strinse forte. Io ricambiai la stretta. «Non ti dirò che andrà tutto bene,» mi disse.

«Grazie.»

«Per citare uno scrittore di cui non ho mai sentito parlare, la tua anima è "oppressa dal dolore". Ti è concesso piangere, urlare o prendere a pugni le cose. Piangerai i tuoi occhi nello stesso modo in cui tutti noi piangiamo le cose che abbiamo perso. Ma arriverà un momento in cui non vorrai più piangere. Avrai altro da fare. Tu sei forte, Mina.»

«Non mi sento forte.» Tirai su con il naso.

«Mi hai fatto credere che in questa vita c'è altro, al di là della sopravvivenza. Sono sicuro che ci credi anche tu.»

Il mio cuore si strinse e si agitò. Le parole di Quoth mi facevano un dolce male: con quella sua voce vellutata, cantava le stelle e la pioggia. Gli appoggiai la testa sulla spalla nuda. Una lacrima mi scese dall'occhio e cadde sul suo petto per poi rotolare sulla sua pelle d'alabastro e lasciarsi dietro una scia salata, simile a una lumaca.

«E ora che succede?» mi chiese in un sussurro Quoth, con la voce tesa. Le sue labbra mi sfiorarono la fronte, provocandomi dei brividi sulla pelle.

«Devo andare da un oftalmologo, un medico specializzato in oculistica. Mi farà degli esami e mi dirà cosa è cambiato nei miei occhi. Mi daranno un'idea di quanto tempo ho e di cosa posso aspettarmi.»

«Vengo con te, se vuoi.»

«Grazie.» Sapevo cosa significava quella promessa per Quoth, che rischiava di rivelare la sua vera natura in ogni momento. Gli strinsi le dita. Se lo stavo stritolando, non ne diede segno.

Mi buttai sul letto e i miei occhi si concentrarono sul cerchio di luce dell'unica lampadina, che illuminava il poster dei Misfits e il profilo della testa di Quoth, con i capelli che gli scendevano sulla schiena: un fiume a mezzanotte.

Quoth si sdraiò accanto a me, la testa a pochi centimetri dalla mia. Guardavo i nostri petti che si sollevavano e si abbassavano in perfetta sincronia. Il mio corpo vibrava di emozioni. Avevo voglia di girarmi e baciarlo, ma mi trattenni. Non volevo che il mio primo bacio con Quoth fosse con le lacrime agli occhi e il moccio al naso.

Eccomi qui a parlare del nostro primo bacio come se fosse inevitabile.

«Quoth,» sussurrai. *Anche il suo nome è poesia.*

«Sì?»

«Non dirlo ancora agli altri. Per favore.»

«Mina...»

«Ho solo... bisogno di tempo per elaborare, okay? Promettimi che non glielo dirai.»

«Te lo prometto. Però tu dovresti dirglielo.»

«Lo farò.» Gli strinsi la mano e anche il mio cuore si strinse. Avrei dovuto avere ancora anni davanti, ma c'era anche la possibilità che sarebbero passati solo pochi mesi prima che fossi diventata cieca e che mi fossero preclusi tanti piaceri. La mano calda di Quoth nella mia mi tranquillizzò riguardo all'oscurità ai margini del mio campo visivo e al buio dentro di me che minacciava di prendere il sopravvento.

Aveva ragione, chiaramente. Avrei pianto. Mi sarei distrutta a forza di piangere. Ma non era il momento, non finché avevo ancora occhi per vedere. Era ora che me ne fregassi di quello che gli altri pensavano di me, della mia vita e delle mie relazioni. Forse dovevo vivere all'eccesso e assecondare tutti i miei sensi finché ne avevo ancora l'uso.

Forse era giunto il momento di portare la sfida di Morrie al livello successivo.

13

«... Penso che la storia d'amore sul gruppo rock KT Strange sarà un'ottima lettura per le sue vacanze sulla Costiera Amalfitana, e questo libro sarà un regalo adorabile per la sua nipotina di sei anni,» conclusi, porgendo alla cliente una storia splendidamente illustrata su un elefante e il suo palloncino. «Basta che non li scambi.»

«Sì,» disse lei raggiante. «È perfetto. Sei stata molto utile!»

I suoi complimenti mi fecero arrossire. C'era qualcosa di appagante per l'anima nell'aiutare un cliente a trovare il libro perfetto. «Sono felice che sia soddisfatta. Le faccio il conto e...»

«Oh, no, no.» Tirò fuori il telefono e toccò lo schermo. «Li compro online. Sono sempre molto più economici. Grazie per i consigli!»

Sentii la rabbia esplodermi dentro, mentre la guardavo allontanarsi tutta allegra, che picchiettava sul telefono, sul sito del Negozio-che-Non-Si-Deve-Nominare. *Grazie per avermi fatto perdere mezz'ora.* Cominciavo a capire la collera di Heathcliff nei confronti dei clienti.

«Cra?» Quoth atterrò sulla scrivania davanti a me e batté il becco sulla cassa. Era rimasto con me tutta la notte precedente, appollaiato in fondo al letto mentre dormivo, con la sua superiore vista da uccello che scrutava l'oscurità a caccia di pericoli. Gli avevo detto più volte di tornare a casa, che non avevo bisogno di protezione, ma lui era rimasto per tutta la notte, una solitaria torre di guardia. Ci eravamo limitati a un abbraccio per scambiarci la buonanotte prima che si trasformasse in corvo, ma non avevo mai sentito così tanta intimità con una persona prima di quel momento. Entrambi avevamo messo a nudo un pezzo di noi stessi per l'altro.

«Vai,» mormorai.

Quoth svolazzò fuori dalla stanza e, un momento dopo, uno stridio acuto risuonò nella libreria. Mi precipitai verso l'arco e arrivai appena in tempo per vedere la mancata cliente che usciva di corsa, mentre si tamponava freneticamente una macchia sulla spalla con un fazzolettino di pizzo.

Beccata.

La donna era così occupata a pulire quel ricordino di Quoth che andò a sbattere contro la signora Ellis che saliva le scale.

«Dov'è l'incendio?» gridò giuliva la signora Ellis alla donna, che rispose con un singhiozzo.

«Salve, signora Ellis.» Le aprii la porta. Quoth volò giù e si posò sulla mia spalla, conficcandomi gli artigli nella clavicola. «Sta bene?»

«Oh, sopravvivo.» La signora Ellis si tolse i guanti con mani tremanti. La sua solita carnagione rosea era pallida e scialba. «Mina, volevo chiederti una cosa. Sabato faremo un piccolo ricevimento in chiesa in onore di Gladys, dopo il funerale. Era importante per tante persone e so che avrebbe voluto riunire la comunità, anche da morta. Non ci saranno lacrime, ma solo divertimento vecchio stile. Ci chiedevamo se ti andasse di allestire una bancarella di libri, magari con alcune delle opere d'arte che fai tu con i libri? Forse il tuo amico dai bellissimi capelli neri potrebbe dipingere un quadro commemorativo...»

«No,» sentenziò Heathcliff senza sollevare lo sguardo.

Il labbro della signora Ellis tremolò. «Oh, nessun problema. Capisco, naturalmente. Lei è molto impegnato, deve essere esausto. Avevo solo pensato di chiedere...»

«Ignori Heathcliff. Ci piacerebbe molto,» la interrompi io, raggiante.

«Oh, è meraviglioso.» La signora Ellis prese una busta dalla borsa e me la porse. «Gladys sarebbe molto contenta. Qui ci sono tutte le informazioni che ti possono servire. Sei la bancarella numero ventitré. Ci vediamo domani alle 9:30.»

«Fantastico! Non vedo l'ora.»

La signora Ellis si chinò e sussurrò a mezza voce: «Avete fatto qualche progresso sul caso della povera Gladys? La polizia ha preso Cynthia e suo marito per interrogarli. Mi ha detto che hanno richiesto un mandato di perquisizione per la loro casa!»

Se si stanno avvicinando ai Lachlan, probabilmente sanno qualcosa che io non so. Eppure... «Non voglio alimentare le sue speranze, ma ieri ho effettivamente trovato qualcosa.» Le spiegai dell'articolo della signora Scarlett in difesa della signorina Blume.

«Oh, sì, ricordo qualcosa del genere, molti anni fa... Da allora Dorothy non è più stata molto amica di Gladys. E il fatto che Gladys mantenesse sempre rapporti turbolenti con il comitato della chiesa, non è stato di aiuto. Ovviamente, andava a Messa, ma non sopportava tutti quegli sproloqui su fuoco e fiamme che Dorothy amava tanto. Credeva, come me, che finché non si fa del male alle persone, non c'è niente di malvagio in qualche grafico di astrologia, una ciambella alla crema e una rivista sconcia.»

«Dorothy ha detto qualcosa quando Gladys ha fondato il

Club dei Libri Banditi? Ha fatto cacciare la signora Winstone dal gruppo dei giovani solo perché era nel club.»

«Oh, ha parlato con il parroco e l'intera funzione domenicale è stata dedicata a ciò!» La signora Ellis fece un'espressione sofferente e io non potei trattenermi dal ridacchiare. «Dorothy è una vera fanatica della Bibbia, e senza un uomo nella sua vita ha troppe energie, che disperde ficcando il naso dove non dovrebbe. Sono quasi convinta che abbia fatto passare quella scavatrice per il municipio nel tentativo di farci chiudere! Perché... ma tu non crederai che abbia potuto uccidere Gladys per il club del libro?»

«Non lo so. È solo un vago sospetto. Inoltre, non sapresti dove abbia potuto prendere l'arsenico, né come possa averlo somministrato.»

«Oh, Mina, credo che tu abbia capito tutto! Dorothy lavora nella farmacia in centro. Ovviamente saprà tutto riguardo agli usi dell'arsenico. Devo andare subito alla polizia...»

«Aspetti.» Le afferrai il braccio. «Non abbiamo prove, solo un vecchio articolo di giornale e qualche idea strampalata. Se va ora alla polizia, penseranno che stia cercando di distogliere la loro attenzione dai Lachlan e ciò li indurrà a indagare più a fondo. Potrebbero persino accusarla di essere in combutta con loro.»

La signora Ellis impallidì. «Hai ragione,» sussurrò. «Cosa facciamo?»

«Dorothy sarà al funerale domani?»

«Ma certo! Non perderebbe l'occasione di spadroneggiare sulla congregazione. Inoltre, gongolare sulla bara di Gladys sarà per lei motivo di ulteriore gioia.»

«Allora vedrò di scoprire qualcosa mentre sono lì.»

«Grazie, Mina. Sei un angelo.» La signora Ellis mi baciò la guancia e se ne andò. La capivo: una sua amica era stata avvelenata e doveva considerare l'ipotesi che fosse stata un'altra amica a farlo. Non ero ancora sicura della mia teoria su Dorothy Ingram, soprattutto ora che la polizia indagava sui Lachlan, ma valeva la pena fare delle verifiche per la mia insegnante preferita.

Presa dai miei pensieri, mi voltai e vidi Heathcliff furioso.

«Perché stai cercando di rovinarmi la vita?» ringhiò.

Io gli sorrisi dolcemente. «Pensavo che stessimo cercando di vendere dei libri. A volte questo significa portarli alle persone.»

«Noi non facciamo ricevimenti in chiesa, né bancarelle di scrittori nelle fiere, o raccolte di fondi per le squadre di calcio.» Heathcliff puntò un dito sulla scrivania. «Non facciamo nulla che preveda che io debba lasciare questa sedia.»

«Senti, duca di Brontolandia, sto cercando di capire chi ha avvelenato la signora Scarlett. Forse a te non interessa, ma la signora Ellis è stata la migliore insegnante che io abbia mai avuto. Vuole che la aiuti e lo farò. Credo che questa Dorothy Ingram possa averci messo lo zampino: aveva sicuramente del rancore nei confronti della signora Scarlett. Il funerale è il momento perfetto per osservare tanto Dorothy quanto gli altri amici e parenti della signora Scarlett, e scoprire chi potrebbe comportarsi in modo sospetto.»

Heathcliff mi studiò per un lungo momento, senza dire nulla. Nei suoi occhi passò uno sguardo intenso, lo stesso che aveva quando mi aveva baciata: un tumulto selvaggio di fame, desiderio e rabbia. La tempesta passò e lui mi posò una mano sulla spalla. «Dovrai portare con te dei libri delle sezioni di Teologia e di Letteratura per l'Infanzia, oltre che i lavori che fai tu con i libri.»

«Verrai ad aiutarmi alla bancarella?»

«No. Il funerale di quella vecchia zoccola è il momento perfetto per avere un po' di pace e tranquillità in questa libreria.»

Misi il broncio. «Non sei divertente. Vado a parlare con Morrie. Siamo ancora d'accordo per la cena di stasera?»

«A meno che tu non abbia cambiato idea.» Le parole gli uscirono di getto, come se temesse la mia risposta.

«Diamine, no.» Gli sorrisi. «Ho già dei programmi. E non preoccuparti, non serve che ti vesta bene. Nel posto dove andiamo sono facoltativi anche i pantaloni.»

Non volevo che pensasse che stavo flirtando, ma gli occhi di Heathcliff erano come fuoco nei miei e mi sentii avvampare.

Mi precipitai al piano di sopra. «Morrie, tu vuoi aiutarmi a gestire una bancarella alla festa della chiesa sabato?»

Morrie era nel corridoio, che fissava la porta aperta della suite padronale.

«Morrie.» Mi avvicinai a lui con una mano alzata, senza sapere cosa fare.

«Affascinante,» fu la sua unica risposta.

Sbirciai intorno a lui e dentro la stanza. I miei occhi riuscivano a scorgere solo alcune ombre, ma tanto bastava per capire che non stavo guardando nessuna delle stanze che avevo visto in precedenza.

Librerie scure erano allineate alle pareti. Al posto dei dorsi dei libri, c'erano delle nicchie dentro le quali rotoli di pergamena e di carta erano custoditi in contenitori di pelle e argento. Al centro della stanza si trovava una grande scrivania di rovere grezzo, sopra la quale c'era un enorme libro aperto, con minuscole colonne di testo ed elaborate illustrazioni miniate che risplendevano alla fioca luce delle candele. Dietro la scrivania, la porta che dava sulla stanza pentagonale era ben chiusa. Le tende svolazzavano alle finestre e l'aria era intrisa dell'odore di inchiostro fresco, come se l'occupante della stanza fosse appena uscito per farvi ritorno da un momento all'altro.

Feci per entrare e afferrai la maniglia per aprire completamente la porta. In quel mentre una sagoma bianca mi passò tra le gambe e si infilò nella stanza. Il topo si tuffò sotto la scrivania e scomparve. Mi mossi per seguirlo, ma la porta mi sfuggì dalle dita e si chiuse con un colpo secco.

La scossi, ma era bloccata, con il Terrore di Argleton rinchiuso dentro!

14

«Che diavolo stai facendo?» Le dita di Morrie mi afferrarono un braccio. «Stavi cercando di entrare. Pensavo fossimo d'accordo che nessuno di noi deve entrare in quella stanza.»

«Stavo rincorrendo il topo. Ora è intrappolato in un tunnel spazio-temporale. Sei tu che non ricordi quella conversazione,» replicai. «Sei tu che hai aperto la porta.»

Lui fece una smorfia. «Credi che disobbedirei a un ordine di Sir Angus McChiappescontrose? Sono uscito dal bagno ed era così: porta aperta e contenuto in bella mostra. Per quanto riguarda il topo, che marcisca nel vuoto tra le dimensioni. Probabilmente la città ti darà una medaglia, oltre alla ricompensa.»

«Che succede?» Quoth apparve in fondo al corridoio, il corpo nudo pallido nella penombra.

«La porta era di nuovo aperta.» Morrie scosse la serratura e diede un colpetto al telaio. «Si è chiusa di botto non appena Mina ha cercato di entrare...»

Quoth spalancò gli occhi. «Non sei entrata, vero?»

«Non me l'ha permesso!»

«Cosa hai visto?»

«Sembrava una specie di ufficio di un tipografo, o qualcosa del genere. C'erano parecchie pergamene dentro a nicchie sulle pareti.»

«Non un tipografo,» commentò Morrie. «Un rilegatore e copista. Credo che abbiamo appena visto la sede del signor Herman Strepel, del nono secolo.»

La mia mente correva. *È assurdo. Non è possibile che abbiamo aperto una porta e visto un edificio che esisteva mille anni fa.*

Ma d'altronde non era più impossibile di qualsiasi altra cosa accaduta in quella libreria, come il fatto che stessi conversando amabilmente di un tunnel spazio-temporale con James Moriarty e il corvo di Poe.

«Diciamo che hai ragione.» Mi voltai verso i ragazzi. «Cosa significa? Avete mai visto quella precisa stanza prima d'ora?»

Morrie scosse la testa. Aveva gli occhi pieni di malvagità, il che, nel suo caso, era un pessimo segno. «Hai visto il libro enorme sulla scrivania?»

«Era difficile non notarlo, anche con la mia scarsa vista.»

«Sembrava un catalogo di tutti i testi in vendita e delle diverse scritture, miniature e decorazioni disponibili su ordinazione. È esattamente quello che mi hai chiesto di trovarti. Se riuscissimo a procurarcelo, potremmo vedere...»

Incrociai le braccia. «No. Non andrai lì dentro a prendere quel libro. Hai già preso quello vuoto al piano di sotto. Per quanto ne sappiamo, potrebbe avere reso più instabile la magia del negozio.»

«Non dobbiamo prenderlo per forza. Potremmo semplicemente intrufolarci, sbirciare e scappare prima che succeda qualsiasi cosa. Sei entrata nella camera da letto vittoriana e non è successo nulla di male.»

Esitai. Morrie *tecnicamente* aveva ragione. Avevo passato

cinque minuti buoni a guardarmi intorno e non era successo nulla di grave.

«Mina,» mi ammonì la voce setosa di Quoth. «Non farti tentare da Morrie. È bravo in questo.»

Mi morsi un labbro. *Sì, è così. È proprio bravo.*

Heathcliff scelse quel momento per fiondarsi su dalle scale. «Cosa sta succedendo? Al piano di sotto ci sono dei clienti che fanno domande e ho bisogno che almeno uno di voi mi faccia da cuscinetto.»

«Morrie vuole fare qualcosa di pericoloso,» lo informò Quoth.

«E tu l'hai dissuaso?»

«Neanche lontanamente.»

Spiegai a Heathcliff quello che era appena successo. «Mi sembra importante, come se potesse significare qualcosa. Non ti sembra strano che noi scopriamo che qui si vendono libri fin dai tempi di Herman Strepel e poi la stanza ci offre uno scorcio del suo ufficio? Credo che Morrie abbia ragione nel dire che dovremmo indagare...»

Senza dire una parola, Heathcliff passò davanti a Morrie. Estrasse una chiave dalla tasca e la infilò nella serratura. Quando spalancò la porta, ci accalcammo tutti per vedere.

Nessuna luce di candela che illuminasse il buio. Dal riquadro di luce proiettato sullo spoglio pavimento di legno dalla lampadina del corridoio e dalle finestre, intravidi uno spesso strato di polvere, ma nient'altro.

«Non vedo,» gridai.

«Forse dovresti portare anche qui di sopra un po' di quelle brutte lampade da rigattiere,» brontolò Heathcliff.

«Brutto stronzo, da quanto tempo lo sai?»

«Da quando quella tipa bizzarra con la frangia è apparsa accanto allo scaffale dei romanzi gialli. All'improvviso mi rendo conto di quanto sia sporco il negozio. Ora devo pulire tutta la polvere e la sporcizia,» ringhiò. «E tutto per colpa tua.»

«La stanza è vuota, Mina,» disse Quoth, allungando il collo per scrutare l'interno. «Non c'è niente qui.»

Heathcliff sbatté la porta. «Siamo tutti contenti?»

«Io sono felice che il Terrore di Argleton sia stato catapultato nel passato,» disse Morrie. «Ma non sono felice di aver perso la possibilità di consultare quel libro. Pensi che se apriamo di nuovo la porta, tornerà il laboratorio di Mastro Strepel?»

«Penso che stare qui in piedi non serva a pagare l'affitto o a cucinare la cena.» Heathcliff si rivolse a me. «Non sei pagata per indagare su eventi magici. Vai di sotto e occupati della libreria.»

«Perché non lo fai tu?»

Mi lanciò un'occhiata di sfida. «Perché devo fare la doccia prima che Morrie usi tutta l'acqua calda. Devo essere presentabile per un maledetto appuntamento, stasera.»

15

Dopo aver chiuso il negozio, andai a casa di Jo per usare la sua doccia e raccogliere il materiale per l'appuntamento che avevo lasciato lì. Tornata alla Nevermore, camminai lungo il corridoio, con il cuore che mi batteva come quello di un'adolescente in attesa che il giocatore di football la passasse a prendere per il ballo della scuola. Al piano di sopra, dei passi rimbombavano nell'appartamento e dalle scale si udivano delle imprecazioni.

Perché sono così nervosa? Vedo Heathcliff ogni giorno.

Perché non esco tutti i giorni con il ragazzo dei libri di cui sono innamorata, né cerco di convincerlo a fare parte di una relazione poliamorosa con il suo migliore amico, ecco perché.

Dei passi rimbombarono sulle scale. Mi girai e mi mancò il respiro.

Heathcliff si muoveva sotto il filo di lucine che avevo appeso sulle scale e il suo corpo mi si rivelava in un fascio di luce scintillante. Indossava una camicia nera con fili d'oro che gli si tendeva sulle spalle larghe in un modo che mi fece venire l'acquolina in bocca. Si era arrotolato le maniche, rivelando il tatuaggio di un albero nodoso e sull'avambraccio nerboruto una scrittura in corsivo a cui non mi ero mai avvicinata a sufficienza per riuscire a leggerla. Si era scostato i capelli dal viso e li aveva raccolti in una coda sulla nuca. Alcuni riccioli ribelli si erano già liberati per ricadergli sul volto. Sotto il bagliore delle lucine, i suoi lineamenti scuri si addolcirono e i suoi occhi scintillarono di qualcosa che avrebbe potuto essere eccitazione, se Heathcliff fosse mai stato capace di una cosa del genere.

«Bene. Facciamo quello che va fatto,» brontolò, anche se la sua voce non aveva la solita sfumatura burbera.

Ho un appuntamento con Heathcliff. Heathcliff in persona.

Un grande e stupido sorriso mi si disegnò sul volto. Gli angoli della bocca di Heathcliff si torsero all'insù. Non era proprio un sorriso, ma era il suo, ed era speciale.

«Stai bene,» mi disse.

Sarà meglio. Avevo seguito il consiglio di Morrie e avevo indossato il vestito di jersey rosso sopra un paio di leggings neri. Il vestito mi sottolineava quel po' di curve che avevo nei punti giusti. Mi ero acconciata i capelli con una frangia a ciuffi e mi ero messa un po' di eyeliner per un effetto smoky. Insieme agli stivali con la zeppa e a un rosario rosso sangue che mi aveva prestato Jo, sapevo di avere un aspetto *aggressivo*.

Indossammo cappotto e sciarpa per difenderci dal freddo invernale. Allungai la mano e Heathcliff mi prese il braccio con il suo. «Dove stiamo andando?» mi chiese. «Spero non al cinema. Odio tutte le persone che sgranocchiano popcorn e parlano, e la musica è sempre troppo alta...»

«Rilassati, nonno, sembri credere che non ti conosca.» Sorrisi, mettendomi la borsa a tracolla. Gli oggetti all'interno tintinnarono e frusciarono. «Fidati di me. Questo appuntamento è a misura di Heathcliff.»

Lo condussi attraverso il parco e giù fino ai margini del villaggio, dove le villette che sembravano delle bomboniere cedevano il posto a nuove abitazioni non ancora terminate, e poi a dolci colline e a un piccolo bosco che conoscevo. «Questo è il King's Copse, il Boschetto del Re. Naturalmente, quando il Re cacciava qui, il bosco copriva tutte le colline circostanti. Ma la maggior parte dell'area è stata disboscata durante il diciannovesimo e il ventesimo secolo e ne rimane solo questa piccola parte.»

«Ma non appartiene a quel signore la cui moglie pensi che abbia ucciso la vecchia zitella?» mi chiese Heathcliff prendendomi la mano per aiutarmi a scavalcare la staccionata. «Stiamo invadendo la proprietà.»

«Grey Lachlan? Sì, l'urbanista è lui. Però non sono sicura che sia stata sua moglie. La signora Ellis crede che i Lachlan siano innocenti e io comincio a essere d'accordo. Voglio dire, avvelenare qualcuno è un modo piuttosto estremo per affrontare un comitato di pianificazione locale, e comunque non è che la morte della signora Scarlett farà cambiare idea al resto del comitato. Mi interrogo sul ruolo di Dorothy Ingram: è lei la responsabile del comitato della chiesa e inoltre era convinta che il Club dei Libri Banditi fosse peccaminoso. Per quanto riguarda la nostra intrusione, stiamo entrando in un *bosco*. Non è che ci siano delle guardie. I ragazzi della città e delle case popolari vengono qui da anni. Ho trascorso parecchie serate estive vicino al ruscello.»

«Odio darti una brutta notizia,» disse Heathcliff stringendosi il colletto della giacca intorno al viso. «Ma non è una calda sera d'estate.»

«Zitto. Sii uomo.» Avevo i denti che battevano e davanti alle labbra mi si formavano sbuffi di alito. Heathcliff aveva ragione sulla temperatura. «Voglio mostrarti una cosa.»

La mia eccitazione si trasformò in amarezza non appena iniziammo a percorrere il sentiero ricoperto di vegetazione. Lontano dalla strada, l'oscurità mi avvolgeva. Non riuscivo a distinguere nulla: nessun profilo di rami a fare da volta al sentiero, niente riflessi nelle pozzanghere fangose tra le radici, niente increspature dove una pianta lasciava il posto a un'altra. Spalancai le braccia e incespicai alla cieca lungo il sentiero. I rami bagnati mi grattavano il cappotto di lana mentre mi facevo strada lungo il sentiero invaso dalla vegetazione. Lacrime di frustrazione mi pungevano gli occhi, gli stivali scalpicciavano e inciampavano su radici e detriti.

«Mina.» La voce di Heathcliff era un ringhio al mio orecchio. Lui mi afferrò le spalle, costringendomi a fermarmi. «Fermati. Cadrai e ti farai male.»

«Conosco la strada,» sbottai. *Non è giusto. Doveva essere una cosa romantica. I miei stupidi occhi rovinano tutto.*

«Certo che la conosci.» Una mano afferrò la mia, dita enormi, ruvide, rassicuranti e calde intrecciate alle mie. «Ma non possiamo permettere che il tuo bel vestito si strappi. Lascia che vada avanti io; tu dimmi dove andare.»

Mi asciugai le lacrime con il dorso della mano, felice che nella penombra non potesse vedere il mascara che colava. *È una cosa stupida. Perché ho pensato che fosse una buona idea per un appuntamento?*

Ma non avevo un piano B, né una torcia, né tantomeno il cellulare, quindi lasciai che Heathcliff mi guidasse lungo il sentiero. Mi scusavo ogni volta che gli pestavo i tacchi o gli davo un calcio sugli stinchi cercando di evitare le radici. Davanti a me, dietro di me, sotto e sopra di me: tutto il mondo era un vuoto profondo, infinito e terrificante. *È questo che vedrò quando diventerò cieca?*

Dopo un po', smisi di preoccuparmi, di scusarmi o di cercare di evitare gli ostacoli sul mio cammino. Passai la presa sul gomito di Heathcliff e mi lasciai guidare. Heathcliff era una forza della natura e io non avevo altra scelta che farmi trascinare da lui, abbandonando il controllo e fidandomi dell'oscurità.

Fidandomi dell'oscurità. Mi sarei mai sentita a casa in quell'oscurità?

«Siamo a un bivio,» disse Heathcliff dopo un po'. «Da che parte?»

«A sinistra. Proseguiamo fino a raggiungere un piccolo ruscello.»

Svoltammo. Mi arrivarono alle orecchie dei suoni, vicini, ma sempre più lontani man mano che scendevamo. Voci. Bambini che ridevano. Una canzone rap che usciva da altoparlanti di scarsa qualità. E al di sopra di tutto, l'acqua gorgogliante del ruscello, che gonfiato dalle piogge invernali scorreva più veloce di quanto ricordassi. Il rombo dell'acqua aumentò mentre il sentiero si allargava e diventava più ripido e gli alberi allentavano il loro peso opprimente su di noi. I miei piedi scivolavano su rocce e ciottoli.

Heathcliff si girò e mi afferrò i fianchi, sostenendo facilmente il mio peso per aiutarmi a scendere lungo il ripido pendio roccioso. Arrivati al fondo mi rimisi in piedi, tirandolo per un braccio finché non si accostò a me. Mi strinsi al suo corpo e *ascoltai*. Non vedevo l'acqua, ma la sentivo, e il suono mi riportava alla mia infanzia: leggevo libri su una roccia piatta proprio in quel punto, nascosta alla vista dei bambini che si trovavano più avanti nel torrente.

Le tempie mi pulsavano per lo sforzo a cui sottoponevo gli occhi nell'oscurità, ma non mi importava. Ero presa dall'euforia. *Alla fine siamo arrivati qui, ed è sempre uguale.* L'odore e il suono erano esattamente come li ricordavo. Quindi, che importava se la nostra uscita non stava andando come avevo sperato? Non avevo bisogno di vedere Heathcliff per sapere quanto fosse sexy o quanto bello fosse il suo corpo premuto addosso al mio.

«Questo posto non si vede dalla strada e la maggior parte delle persone va dalla parte opposta perché c'è una zona pianeggiante che è più bella per sedersi,» spiegai. «Io e Ashley saltavamo la scuola per venire qui a piedi. Ascoltavamo canzoni punk su un vecchio Discman e disegnavamo schizzi di moda. Una volta abbiamo anche fatto il bagno nude nel ruscello.»

Heathcliff grugnì. Percepii il suo corpo irrigidirsi accanto al mio.

«Non eccitarti, è stato un *disastro*. Abbiamo scoperto che il ruscello è profondo solo fino al ginocchio, quindi in realtà ci siamo limitate a farci un giretto nude: non era un bagno vero e proprio. Poi qualcosa ha morso il piede di Ashley e a me è venuto un brutto sfogo rosso causato dalle erbacce che mi è durato ben *una settimana*. Da allora non ho più fatto il bagno nuda. Riesci a vedere una roccia lunga e piatta da qualche parte?»

«Eccola.» Heathcliff mi guidò verso di essa. Tastai i bordi con le mani, soddisfatta che fosse come la ricordavo e che fosse abbastanza grande per due persone. Srotolai una coperta che avevo nella parte superiore della borsa, la stesi sulla roccia e mi sedetti. Un freddo gelido si levava dall'acqua, arrivandomi in faccia e asciugandomi le lacrime. La roccia mi abbracciava dove serviva: fresca, rassicurante, parte di me come l'uomo che mi si era seduto accanto, con una coscia premuta contro la mia.

Aprii la borsa e tirai fuori il cibo che avevo portato: una pagnotta fresca del panificio di Greta, fette di chorizo e prosciutto, del formaggio pregiato, un sacchetto d'uva e due delle fantastiche ciambelle alla crema di Greta. Passai un coltello a Heathcliff e gli ordinai di affettare il pane e il formaggio mentre versavo un bicchiere di vino ciascuno.

«Hai pensato a tutto,» commentò osservandomi svitare il coperchio di un barattolo di marmellata di fragole fatta in casa dalla signora Ellis.

«Sono piuttosto sveglia, sai.» Gli porsi un bicchiere di plastica pieno di champagne e lui mi appoggiò nella mano aperta una fetta di pane piena di formaggio e chorizo. La addentai, assaporando la carne piccante e il cheddar pungente.

«Non dire così. Sembri Morrie. Questa sera non voglio pensare a Morrie.»

«Ho scelto il posto perfetto per la nostra uscita?» Sorseggiai il mio champagne, con le bollicine che mi solleticavano la lingua.

«Assolutamente.» Il respiro caldo di Heathcliff mi accarezzò la guancia quando mi si avvicinò. «Io non sapevo nemmeno dell'esistenza di questo bosco. Se lo avessi saputo, probabilmente sarei venuto più spesso. Non esco nella natura quanto dovrei.»

«È perché ti ricorda Cime Tempestose?»

Heathcliff fece una pausa. «Probabilmente. È più che altro che l'Inghilterra del mio mondo non esiste qui, non per me. Le brughiere erano l'ultimo vero luogo selvaggio: etereo e minaccioso. La loro bellezza selvaggia nascondeva pericoli e ricordi. Nonché un sogno che si è ridotto in polvere.»

«La brughiera esiste ancora, sai? Potresti tornarci ed essere vicino al ricordo di lei.» *O alla leggenda di lei.* Per lui erano la stessa cosa.

«Non posso.»

«Perché no? Vendi la libreria. Compra un cottage in mezzo al nulla. Non dovrai mai più vedere un cliente...»

«Non dire queste cose, Mina,» ringhiò Heathcliff. Il suo bicchiere di plastica si accartocciò mentre lui prendeva un lungo sorso di champagne. «Non credere che non ci abbia pensato.»

«Allora perché rimani? Sicuramente uno degli altri personaggi di fantasia potrebbe gestire il negozio, qualcuno più bravo di te con le persone. Non c'è nulla che ti trattenga qui.»

«Ci sei tu.»

Il calore mi invase le guance. «Ma sono qui solo da poche settimane. Avresti potuto andartene prima.»

«Ho un dovere,» dichiarò, irrigidendosi.

«Verso il signor Simson? Ma *perché?*»

«Per colpa tua!» urlò, alzandosi in piedi e spargendo il cibo sulle rocce. «Perché devi fare tutte queste maledette domande?»

«Non lo so, perché tu non mi dai mai una risposta diretta? Non puoi lanciare una notizia bomba come questa e aspettarti che io non ti chieda altro. Perché sarebbe colpa mia?»

Heathcliff respirava pesantemente. La tensione si accumulava, mentre il fiume mi rombava nelle orecchie. «Il signor Simson mi ha detto di aspettare che una ragazza tornasse alla libreria. Ha detto che era una ragazza estremamente importante per tutti noi, che era in grave pericolo e che dovevamo tenerla al sicuro. Ha descritto te. O almeno, siamo abbastanza sicuri che fossi tu. La descrizione di quel vecchio cieco non è che fosse ricca di dettagli. Ma quando sei entrata nel negozio e hai raccontato la storia di come passavi tutto il tempo lì da bambina, e Quoth ha capito che potevi sentire i suoi pensieri, abbiamo capito che si riferiva a te.»

Mi ricordai di qualcosa che avevo sentito dire da Quoth quando era nella forma di corvo, il primo giorno in cui ero entrata nel negozio. *È lei...* Avevo pensato che volesse dire "è lei quella che sopporterà le tue stronzate," ma ora... non potevo crederci.

«Ed è per questo che mi hai dato il lavoro. Perché te l'aveva detto il signor Simson. È una follia. Perché il signor Simson ti avrebbe chiesto di aspettarmi?»

«Ne so quanto te, cioè niente. L'ipotesi attuale di Morrie è che il signor Simson abbia usato la camera da letto principale per viaggiare nel futuro della libreria e vedere che eri in pericolo. Vuole assolutamente provare la camera anche lui.»

Io strinsi gli occhi. «È per questo che Quoth mi segue fino a casa ogni sera e si siede in fondo al mio letto? Perché tutti pensate che io sia in *pericolo*? In che tipo di pericolo mi troverei, per non essere in grado di gestirlo da sola?»

«Morrie non ci ha ancora riflettuto.»

«Beh, potete smettere di proteggermi, maledizione. Non ne ho bisogno.»

«Nemmeno per sogno,» ringhiò Heathcliff. «Il pericolo ti segue come una maledizione. Prima che arrivassi tu non era mai morto nessuno nella Libreria Nevermore. Non vogliamo correre rischi. Da quando sei entrata nel negozio uno di noi ti è sempre stato vicino. Facciamo i turni per assicurarci che tu sia sempre al sicuro.»

Mi stanno seguendo, mi stanno spiando? Strinsi le mani a pugno e scattai in piedi. «Non potete spiarmi senza dirmelo!»

«Te lo sto dicendo.»

«Avresti dovuto dirmelo il *primo giorno*. Questa è la mia vita. Avevo il diritto di saperlo.»

«Non è solo la tua vita,» replicò lui. «Questo pericolo si abbatterà su tutte le nostre teste.»

«Se sono un tale pericolo per tutti voi,» gli gridai in faccia, «allora perché preoccuparsi di tenermi nei paraggi?»

«*Mina.*» Il mio nome risuonò sulle sue labbra.

«Licenziami e basta, Heathcliff. Strappa il cerotto, se lo devi togliere. Non ti piaccio nemmeno. Lo stai solo facendo per un malinteso senso del dovere nei confronti del signor Simson. Beh, non sono il pietoso progetto di nessuno. Saresti stato meglio se non fossi mai entrata nella tua vita. Saresti...»

«Oh, cazzo,» ringhiò Heathcliff. Qualcosa di caldo mi premette sulle labbra.

Heathcliff.

Tutte le mie proteste mi sparirono dalla testa mentre lui mi divorava, con quella lingua calda ed esigente. Niente mezze misure, non si perdeva tempo, non ora che aveva dichiarato ciò che voleva.

Lui vuole me. Heathcliff mi vuole.

La rabbia che avevo dentro si trasformò in calda passione e ricambiai il bacio con tutta me stessa. Heathcliff gemette mentre gli succhiavo il labbro e rispondevo alla sua ferocia con la mia. Settimane di frustrazione repressa scorrevano tra noi, che con mani, bocca e lingue ci dicevamo tutte le cose che avevamo evitato per troppo tempo.

Nell'oscurità, ogni sensazione era ingigantita. I suoi baci mi accesero una linea di fuoco che mi attraversò il corpo. Le braccia di Heathcliff mi circondarono, stringendomi contro di lui mentre riversava dentro di me la sua passione e la sua rabbia, e io la bevevo e gliela restituivo.

Il peso di Heathcliff mi spinse contro la roccia. Le sue mani mi presero i seni, il sedere, le guance, i fianchi. Mi esplorò con un abbandono selvaggio, le sue mani erano dappertutto contemporaneamente, e mi lasciarono ansimante e senza fiato. Il mio bicchiere di plastica si rovesciò mentre mi sdraiavo sulla coperta, versando tutto il suo contenuto. *Non mi importa. Ho le mani di Heathcliff addosso.*

«Mina,» ringhiò, e le sue mani scivolarono sotto di me, tirandomi il vestito di jersey sui fianchi. «Vuoi che mi fermi?»

«Cazzo, no.»

«Bene.» Heathcliff tirò su il vestito, mi abbassò i leggings e si tuffò tra le mie gambe.

16

Heathcliff non perse tempo a stuzzicarmi come aveva fatto Morrie. La sua lingua trovò il punto perfetto e lo aggredì con tutta la sua rabbia e il suo fervore, immergendosi come un antico guerriero per trasformare il mio corpo in una massa inerme e fremente.

La mia schiena si inarcò contro la roccia dura e minuscoli puntini di luce penetrarono nell'oscurità: erano le stelle che scintillavano nel cielo notturno. Un universo che si apriva a me nello stesso modo in cui Heathcliff apriva il mio corpo, il mio cuore.

Mi succhiò il clitoride e io presi il largo, ruzzolando selvaggiamente nell'oscurità, perdendomi nel vuoto del piacere. Il mio corpo rabbrividiva mentre il fuoco mi dilaniava le vene.

Non appena fui attraversata da un ultimo brivido, Heathcliff riapparve, mi toccò una guancia e avvicinò il viso al mio per un altro bacio mozzafiato. Armeggiò con i suoi vestiti. Bottoni tintinnarono sulle pietre e finirono nel ruscello. Io gli infilai le dita sotto la camicia, poi gli premetti i palmi contro il petto. Il suo cuore batteva sotto il mio tocco, vivo e libero.

Lui mi prese le gambe e se le portò intorno alla vita, poi tirò fuori un preservativo da qualche parte e lo indossò, come un uomo posseduto, con le dita che mi artigliavano la pelle mentre mi appoggiava alla roccia e mi penetrava in un'unica, profonda spinta.

Sì, sì!

Quando si spinse dentro di me, i miei occhi furono attraversati da una scheggia di luce blu. Avrei dovuto esserne terrorizzata, e invece mi resi conto che era fantastico. Era il mio personale spettacolo di fuochi d'artificio che si sposava con il fuoco che avevo nelle vene.

Se non fosse stato per le sue braccia che mi tenevano bloccata, le sue potenti spinte mi avrebbero fatta cadere giù dalla roccia. Per lui, il mio corpo era un campo di battaglia dove combatteva una guerra contro la sua stessa coscienza.

In quel momento non mi importava, perché avevo le sue braccia intorno e il suo cazzo dentro, e ciò mi faceva sentire terribilmente bene.

Il calore dei nostri corpi si appiccicava alla nostra pelle, proteggendoci dal gelo della notte. Mi baciò su tutto il viso. Mi teneva stretta mentre spingeva, e spingeva, e spingeva, ormai abbandonato quel poco di decoro che possedeva e lasciato il passo all'uomo selvaggio e possessivo di cui mi ero innamorata tra le pagine di un libro.

Heathcliff gemeva, la voce profonda e carica di desiderio e di dolore. Mi sollevai per andargli incontro e intanto stringevo le cosce per attirarlo più a fondo, per prendere il suo dolore e farlo mio. Le sue dita mi afferrarono una coscia, una fitta squisita che mi fece avvicinare al limite.

Venni di nuovo con il fresco della notte sul viso e un crepitio di luce blu neon che mi attraversava la vista. Mi scoppiarono fuochi d'artificio nel corpo e dentro gli occhi. Con un ringhio, venne anche Heathcliff, i muscoli gli si tesero e si rilasciarono mentre il suo cazzo guizzava dentro di me, un leone che ruggiva sfidando la notte.

Per un momento, per un solo glorioso momento mentre l'aria gelida mi sfiorava il corpo e Heathcliff mi stringeva a sé, pensai che sarebbe andato bene anche se fossi diventata cieca. Perché anche se non fossi più riuscita a vedere e avessi avuto fuochi d'artificio dentro gli occhi, avrei ancora potuto *sentire*. Nelle mani di Heathcliff e di Morrie c'erano *così tante* belle cose da sentire.

Poi il momento svanì: il freddo mi entrò nelle ossa mentre la luce blu continuava a danzare e io non vidi più le stelle. Mi sbrigai a risistemarmi il vestito e a nascondere il viso a Heathcliff, perché anche se io non potevo vedere, lui sarebbe stato in grado di notare le mie lacrime e avrebbe pensato che fossero per causa sua.

«Ti va di camminare un po'?» mi chiese, spazzolando via lo sporco dal mio cappotto e avvolgendomi la sciarpa intorno al collo. Raccolse i resti del picnic e si mise la borsa a tracolla. «Potremmo attraversare il bosco fino ai campi, dove c'è più luce.»

Io mi asciugai il viso con il bordo della sciarpa. «Mi piacerebbe molto.»

Ci prendemmo di nuovo per il braccio e io mi affidai a lui, permettendogli di tirarmi su per la sponda ripida e di riportarmi sul sentiero. A ogni passo il suo portamento diventava sempre più baldanzoso e i suoi muscoli ritrovavano la memoria di come si faceva a camminare, correre e schivare ostacoli.

Avevo voglia di dire qualcosa su quello che era appena successo. Avevo un disperato bisogno di sapere cosa stesse pensando di noi due, e di me e Morrie. Ma Heathcliff non era Morrie. Non discuteva le cose fino allo sfinimento e non considerava ogni angolazione possibile. Non aveva un grande piano in mente. Se volevo sciogliere l'enigma Heathcliff, dovevo studiarlo a partire dai grugniti indecifrabili che di tanto in tanto mi lanciava.

Più avanti, presi un altro sentiero che ci avrebbe guidato ai margini del bosco, dove il comune aveva tracciato dei percorsi per escursionismo, e gli abitanti del luogo portavano a spasso i cani o andavano in bicicletta nei fine settimana. Nel giro di poco non stavamo più camminando sulla terra battuta tra radici di alberi, ma su una passerella di legno.

«Interessante,» disse Heathcliff.

«Che cosa?» chiesi, con il respiro affannoso. *Stiamo davvero per parlare di quello che è appena successo?*

Invece no.

«Alcuni di questi alberi sono stati abbattuti,» osservò. «Laggiù ci sono una pala meccanica per il movimento terra e altre attrezzature. Sembra che Gray Lachlan abbia deciso di iniziare i lavori di abbattimento degli alberi per il suo progetto.»

Ero delusa, ma anche interessata. Se i Lachlan avessero iniziato i lavori di costruzione della seconda fase del progetto prima che la commissione respingesse nuovamente la loro richiesta... beh, mi chiesi se la polizia ne fosse a conoscenza.

Il peso opprimente degli alberi si alleggerì ancora una volta e capii che eravamo arrivati al limite della foresta, dove un grande prato di fiori selvatici lasciava il posto ai terreni agricoli più a valle. Luci solari su alti pali segnavano il confine, e riuscii a intravedere gli alti fiori selvatici che mi circondavano.

«Vedo delle luci!» gridai. All'orizzonte, delle sfere luminose mi bloccavano la visione, mettendo in risalto le forme scure degli edifici.

Man mano che ci avvicinavamo, le luci si trasformavano in finestre e lanterne, proiettando ombre sui muri di pietra e sui tetti inclinati. Una fila di case popolari in pietra si trovava ai margini del prato e si affacciava sui campi aperti. Un boschetto di alberi le sovrastava, con i rami che, quando erano accarezzati dal vento, grattavano la pietra fatiscente e le tegole rotte. Il fumo si sprigionava da antichi camini e giardini incolti si estendevano oltre i muretti di pietra.

«Oh, non ho mai visto queste case prima d'ora,» esclamai. Un soffio di vapore si levò dalla mia bocca, catturando la luce e fluttuando in eleganti riccioli. «Sono bellissime.»

«Stanno praticamente crollando.» Heathcliff indicò la casa in fondo alla strada, dove una parte del tetto era crollata. Era stata rattoppata con della lamiera. «Ehi, quella non è una delle befane del tuo Club dei Libri Banditi?»

Socchiusi gli occhi verso dove stava indicando. Davanti al cottage, i fari di un'auto sportiva rossa dall'aspetto costoso disegnavano due cerchi bianchi sul muro della casa. La portiera di un'auto sbatté e una figura passò davanti ai fari per raggiungere la porta d'ingresso del cottage. Per quanto sforzassi gli occhi, non riuscivo a distinguere chi fosse. «Che aspetto ha? Non riesco a vedere.»

«Capelli scuri e crespi, abito tinto a mano sotto un trench color vomito...»

«Ah, è Sylvia Blume. Cosa sta facendo?»

«Ha una chiave e sta aprendo la porta d'ingresso. In macchina c'è un'altra persona, sta scendendo...» Rumore di un'altra portiera che sbatteva. Heathcliff si chinò in avanti. «Questa è una donna dall'aspetto spocchioso che indossa una fortuna in diamanti. È incinta. Grossa. Stanno discutendo.»

Ginny Button!

Di cosa stanno discutendo? Qualcosa nel mio istinto mi diceva che era importante. Parole sussurrate mi passarono nelle orecchie, troppo silenziose e troppo lontane per essere udite. La frustrazione crebbe dentro di me. Come potevo scoprire cosa stava succedendo?

«Cosa fanno ora?» sussurrai a Heathcliff.

«Quella incinta si è avvicinata molto a Capelli Crespi, come se la stesse minacciando. Ora sta tornando alla sua auto e...»

«Forse pensi di essere intoccabile, Ginny Button!» Le parole di Sylvia Blume attraversarono la notte. La sua voce si era alzata di un'ottava e il tono tradiva la sua paura. «Ma io so cosa hai fatto. Sei una carogna e non la passerai liscia!»

«Oh, smettila di essere così tragica, Sylvia!» ribatté Ginny con la sua voce snob e densa di veleno. La portiera dell'auto sbatté di nuovo.

«C'è qualcosa che non va?» chiese la voce di un uomo, profonda e con un forte accento tedesco.

«Oh, guarda, non sarebbe l'Inghilterra se non ci fosse un vicino ficcanaso che si intrufola,» sussurrò Heathcliff.

Le ruote si misero in moto e l'auto rossa fece retromarcia nel vialetto comune, poi schizzò via sulla strada sterrata, lasciandosi dietro una nuvola di polvere che oscurò ancora di più la mia vista.

«Va tutto bene, Helmut,» ribatté Sylvia Blume, con voce incerta. «Ho solo avuto una piccola discussione con un'amica, tutto qui. Mi dispiace di averti svegliato.»

«Capisco. Buonanotte.»

«Buonanotte.»

Mi concentrai e sentii una porta che si apriva e si richiudeva. Alcune luci del cottage si spensero. Con il cuore che mi batteva forte, mi voltai verso Heathcliff. «Secondo te, di cosa si trattava?»

«La stronza incinta ha portato Capelli Crespi a fare un giro in macchina per intimidirla,» disse Heathcliff, come fosse una cosa ovvia. «Poi l'ha portata a casa e l'ha minacciata, ma Capelli Crespi sa più di quanto non voglia far credere.»

«Stavano parlando dell'omicidio della signora Scarlett!»

«Non lo sappiamo con certezza. Questi cottage fanno parte del progetto King's Copse?» chiese Heathcliff.

«Non lo so, ma scommetto che Morrie può scoprirlo. A cosa stai pensando?»

«Penso che se vivessi in un minuscolo cottage in pietra nel mezzo del nulla, non vorresti che ti costruissero vicino un enorme complesso moderno.»

«Vero. Ho letto in uno degli articoli di giornale che dovranno essere demolite alcune case nelle vicinanze.»

«È probabile che siano questi cottage. Sto anche pensando che se tu fossi il proprietario di un cottage, infastidito dal fatto che alcuni costruttori stanno ficcanasando in giro, potresti fornire informazioni agli impiccioni del quartiere su eventuali lavori o comportamenti non del tutto corretti, e questo potrebbe trasformarti in un bersaglio.»

«Stai insinuando che anche la signora Blume potrebbe essere in pericolo?»

«Se qualcuno ci tiene così tanto a fare andare avanti questo progetto da avvelenare un'anziana signora,» disse Heathcliff cupo, attirandomi vicino a sé e stringendomi le braccia intorno, «allora potrà fare qualsiasi cosa.»

17

«Hai qualcosa di David Copperfield?» mi chiese un signore anziano mentre caricavo delle scatole di libri sui due carrelli del supermercato che Morrie aveva sottratto quella mattina presto. Era il giorno del funerale della signora Scarlett e io ero arrivata in anticipo per prendere i libri per la festa della chiesa.

E anche per vedere Heathcliff e cercare di ottenere una sua reazione riguardo alla sera precedente, ma non c'era speranza. I due grugniti che ricevetti quando gli presentai il caffè non potevano certo voler dire *"Mina è dannatamente sexy e ne voglio ancora"*.

Se mia madre riuscisse a creare un dizionario Heathcliff-umano, conosco almeno una persona che ne comprerebbe una copia.

«Signora?» Il cliente agitò una mano davanti alla mia faccia. «Dove posso trovare il famoso autore David Copperfield?»

«Ah, certo. Da quella parte.» Sorridendo, gli indicai la sezione di Letteratura. Magari, per osmosi, gli sarebbe spuntato un cervello.

«Ieri sera deve essere andata bene,» rifletté Morrie mentre spingevamo i carrelli verso la chiesa in cerca del nostro banchetto, «a giudicare dal fatto che tu non ti preoccupi di correggere le conoscenze letterarie di un cliente e Heathcliff stamattina cantava sotto la doccia.»

Mio malgrado, sentii lo stomaco che mi si agitava. «Cosa cantava?»

«Non la prenderei sul personale, ma cantava "You Give Love A Bad Name".»

Gli diedi un pugno sul braccio. «Vergognati: io non metto affatto l'amore in cattiva luce. Non puoi fare il cattivo con me alle spalle di Bon Jovi.»

«Ti piace da morire, bellezza.»

«Se proprio vuoi saperlo, la nostra uscita è andata bene.» Mi chinai sopra le scatole per dargli un bacio sulle labbra, non fidandomi di fare altro a causa della presenza di una delle coriste nel parcheggio della chiesa. «Quanto vuoi sapere?»

«Ogni minimo dettaglio raccapricciante.»

«Non posso.» Avvampai e Morrie rise. «Ma posso dirti che abbiamo scoperto qualcosa di interessante sul King's Copse. C'è una fila di piccoli cottage in pietra ai margini del bosco. A quanto pare, si tratta di vecchi alloggi per i lavoratori. So che lì c'era un'antica segheria. Ne puoi vedere dei resti nel bosco se ci vai di giorno. Non avevo mai visto i cottage prima d'ora, ma devono trovarsi sul terreno che serve a Gray Lachlan per il progetto. Abbiamo visto Ginny Button avvicinarsi in auto a uno dei cottage insieme a Sylvia Blume. La signorina Blume è scesa dall'auto ed è andata alla porta. Aveva la chiave, quindi immagino che viva lì. Ginny l'ha rincorsa e l'ha minacciata. La signorina Blume le ha urlato che sapeva cosa aveva fatto e che non l'avrebbe passata liscia. Forse non ha nessun collegamento con gli omicidi, ma...»

«È un altro indizio,» confermò Morrie. «Scoprirò tutto quello che posso su Sylvia Blume e il suo cottage, e su questa Ginny Button.»

Morrie sollevò le scatole dai carrelli e io disposi i libri su due tavoli a cavalletto, facendo attenzione a tenere separati i libri religiosi dalla narrativa popolare. Accanto a noi, un uomo drappeggiava un panno blu sul suo tavolo e disponeva in modo gradevole degli attizzatoi di ferro e dei portabottiglie. Quando si girò a parlare con un cliente, mi sembrò di riconoscere la sua voce profonda e l'accento tedesco. Era l'uomo che aveva parlato alla signorina Blume dalla finestra la sera prima!

Forse non ho nemmeno bisogno che Morrie faccia una ricerca illegale per scoprire cosa sta succedendo. Mi avvicinai alla bancarella dell'uomo.

«Sono bellissimi.» Presi in mano uno dei portabottiglie. Aveva la forma di un cane e quando si inseriva la bottiglia di vino, questa diventava il corpo dell'animale. Pensavo che a mia madre sarebbe piaciuto molto, ma era più di quanto potessi permettermi. «Li ha fatti tutti lei?»

«*Ja*,» fu la risposta. «Grazie per i complimenti. Sono un fabbro. Ho una piccola officina nella mia proprietà e mi occupo anche di estrarre e fondere il minerale.»

«È difficile?»

«È un lavoro duro per una persona sola. In Germania lavoravo con altri tre artigiani e andavamo in giro per i mercati medievali a vendere i nostri lavori. Ma poi i miei genitori sono morti e ci hanno lasciato solo questa casetta qui in Inghilterra, dove venivamo in vacanza in tempi più felici. Io e mia sorella ci siamo trasferiti qui qualche anno fa e ho trasformato in officina il piccolo fabbricato sul retro, quindi non ho lo spazio per assumere altre persone. Ma me la cavo. Giro per i mercati della zona e faccio lavoretti su commissione: cancelli, balaustre e cose del genere.»

«Vive in uno dei piccoli cottage vicino al King's Copse?» Fece una smorfia di sorpresa e io aggiunsi rapidamente: «Ieri stavo passeggiando con un'amica e ho notato il suo camioncino. Cosa ne pensa di quel grande progetto in corso?»

«Le nuove case sono molto brutte e mi dispiacerà lasciare il bosco. Ma ci hanno offerto molti soldi per il terreno e per abbattere i cottage. Con i soldi potrei costruirmi un'officina più grande da qualche altra parte e magari anche assumere di nuovo degli aiutanti.» Lanciò un'occhiata verso la chiesa, dove le signore dei libri vietati erano tutte indaffarate a sistemare i fiori e a preparare i cestini con il programma del funerale. «Suppongo che ora che è morta, l'edificazione potrà andare avanti.»

«Vive accanto a una donna del mio club del libro, Sylvia Blume. Era lei l'amica con cui stavo passeggiando.»

«Sì, Sylvia. La cartomante.» Era difficile capire dal suo tono cosa pensasse di lei.

«Com'è, come vicina di casa?» Lui si accigliò alla mia domanda curiosa e io reagii in fretta. «È solo che ultimamente mi è sembrata un po' silenziosa e riservata, e sono preoccupata per lei.»

«Legge la fortuna e raccoglie erbe. Ieri sera ha avuto una discussione con un'altra donna, ma questo è tutto ciò che so. Non mi piace spettegolare sui vicini. Mi limito a lavorare in officina. Non mi interessa quello che succede intorno a me.»

«*Helmut, ich habe dein Mittagessen mitgebracht,*» disse una voce familiare dietro di me. Greta della panetteria aveva un piatto pieno di panini e torte, e il fabbro, Helmut, lo prese con un sorriso. Greta mi fece un cenno con i suoi modi bruschi. «Ciao, Mina.»

«Ciao, Greta. Sei stata gentile a venire al funerale. So che la signora Scarlett era una tua cliente abituale. Parlava così bene della tua panetteria.»

Greta annuì di nuovo. «*Ja*. È molto triste. La signora Ellis mi ha chiesto di preparare un rinfresco. Ho una bancarella laggiù.»

Guardai in direzione del tavolo che mi stava indicando, completamente ricoperto di torte, pasticci e rotolini con la salsiccia.

«Sembra fantastico. Te la stai cavando bene nonostante il Terrore di Argleton ancora in libertà.»

«Quel topo schifoso!» Avvampò per la rabbia. «È tornato un sacco di volte nella mia cucina. Vedo i suoi piccoli escrementi ovunque, ma non riesco a prenderlo in trappola. Beh, gliela farò vedere io. Ho una trappola terribile a cui non sfuggirà nemmeno un topo intelligente.»

Interessante, quindi deve essere riuscito a tornare dal passato. «Oh, bene. Spero davvero che lo catturi.»

«Sì.» Greta lanciò uno sguardo dietro di lei verso la sua bancarella, dove si era già radunata una piccola folla. «È meglio che vada.»

«Sì, anch'io.» Notai l'uomo che in libreria mi aveva chiesto di David Copperfield intento a spulciare in una delle mie scatole. «I clienti hanno sempre bisogno di essere seguiti. Buona fortuna per oggi, Helmut. Spero che si possa trasferire presto in una officina più grande!»

Helmut mi rivolse un cenno di apprezzamento. Quando arrivai alla mia bancarella una cliente mi ficcò un libro sotto il naso.

«Perché hai portato questi libri alla festa della chiesa?» mi chiese una voce femminile.

Alzai lo sguardo e incrociai gli occhi penetranti di una donna di mezza età dall'aspetto severo, con i capelli grigi tirati così tanto indietro che le si era formata una piega sulla fronte lungo l'attaccatura dei capelli. In una mano stringeva il manico di un bastone da passeggio in legno decorato. Nell'altra teneva una copia di *«Uomini e topi,»* e mi stava facendo vedere la copertina.

«Ho portato con me un'ampia selezione di titoli,» le spiegai.

«Si dà il caso che questo sia un libro che la signora Scarlett ha apprezzato...»

«*Quest'*opera è volgare,» disse lei, picchiettando sulla copertina con dita ben tenute e senza gioielli. «Non ha posto nella Casa di Dio.»

Wow, il puritanesimo a un nuovo livello. «Tecnicamente, non siamo *in* Chiesa.»

«Signorina, non mi risponda così!» La donna batté il bastone a terra. «Siamo su un terreno sacro e Dio osserva ogni nostra mossa. Non è contento che queste porcherie vengano vendute sul *Suo* terreno per corrompere i *Suoi* figli. Le *ordino di* esaminare subito questi libri e di rimuovere tutto ciò che non è sano.»

Non c'era niente che mi facesse arrabbiare di più della censura, a parte i genitori che abbandonavano i figli e Morrie quando chiacchierava di un film che non avevo ancora visto. «Lei non ha letto questo libro, vero? Contiene un potente messaggio sull'amore e sull'accettazione. Credo che tutti i presenti *dovrebbero* leggerlo e non sarò io a fare da censore.»

Dietro di me, Morrie ridacchiò. Feci un passo indietro e gli calpestai un piede. *Potresti anche aiutarmi.*

La donna mi guardò assottigliando gli occhi. «Tu sei la ragazza che lavora nella libreria gestita da quel detestabile zingaro. Non c'è da stupirsi che tu non abbia alcun senso della decenza.»

Non l'ha detto.

«Come, scusi?» Avevo le guance che bruciavano di rabbia. *Spero che lei sia pronta per una guerra, signora.* «Lei usa un insulto razziale contro il mio datore di lavoro, un membro perfettamente rispettabile di questa comunità, che paga le tasse, e poi vuole fare *a me* una predica sulla decenza? Non credo che...»

La signora Ellis arrivò di corsa, con la borsa ricamata che le sbatteva contro il fianco. Afferrò la donna per un braccio. «Signore, qual è il problema?»

«Mabel, mi aspettavo che quando hai organizzato questo disastro avresti almeno informato i proprietari delle bancarelle dei nostri standard,» ribatté la donna, picchiando a terra il bastone per sottolineare le sue parole. «Voglio che questa libreria volgare e i suoi maleducati dipendenti se ne vadano prima della fine del funerale.»

«Ti prego, Dorothy,» la blandì la voce della signora Ellis. «Questo è il funerale di Gladys. I libri non possono fare male.»

Quindi questa è Dorothy Ingram? Era sicuramente temibile. Non stentavo a credere che fosse stata lei a far rimuovere la gentile signora Winstone dal gruppo dei giovani.

«Non fanno male?» Dorothy sbuffò. «Questi libri riempiranno le menti dei nostri bambini innocenti con idee malvagie e non cristiane. Già è grave che si celebri nella nostra bella chiesa il funerale di quella vile donna, e in più ne ho abbastanza dell'influenza negativa del vostro club del libro su questo villaggio.»

La signora Ellis agitò le mani. «Sì, sì, ma sono quasi le undici. Tra poco inizierà la funzione. Se Mina se ne va ora, interromperà la processione.»

Dorothy mi lanciò un'occhiataccia, poi fece un cenno alla signora Ellis. «Molto bene. Prendi i tuoi libri, ragazza, e preparati a partire non appena la processione si sarà avviata al cimitero. Mabel, ci vediamo dentro. Dirò all'organista di iniziare.» Se ne andò infuriata, voltandosi indietro per lanciarmi un'ultima occhiataccia.

Non appena si allontanò, la signora Ellis fece un gesto scortese alle sue spalle. Io soffocai una risata.

«Quindi quella è Dorothy Ingram,» dissi.

«È piena di carità cristiana,» ribatté Morrie sorridendo alle mie spalle.

Gli lanciai un'occhiata. «Tu potevi almeno aiutarmi.»

«Sembrava che la stessi gestendo bene. Inoltre, se mi fossi avvicinato troppo a te, il fumo che ti usciva dalle orecchie mi avrebbe appiattito i capelli.» Si passò una mano tra le ciocche perfettamente acconciate.

«Non preoccuparti per Dorothy. È tutta fuoco e fiamme, ma è solo perché nella vita non ha nulla, a parte la Chiesa. Non è mai stata sposata, sai, a meno che non si conti il fatto di essere sposata con Dio, che a mio parere non offre nessuno dei vantaggi di un marito...» La signora Ellis si accigliò. «È strano.»

Seguii lo sguardo della signora Ellis. Intorno alla chiesa, le persone convenute per la cerimonia erano raccolte in piccoli gruppi e parlavano a bassa voce lanciando qualche occhiata alle bancarelle in attesa dell'inizio della funzione. In disparte rispetto alla folla, sui gradini in fondo alla chiesa, c'erano Dorothy Ingram e Ginny Button. Le due donne avevano i capi chinati ed erano impegnate in una fitta conversazione.

«Dorothy non frequenterebbe mai persone come Ginny: una donnaccia che partorisce un figlio fuori dal matrimonio,» disse la signora Ellis battendosi un dito sul mento. «Cosa sta succedendo?»

Il cuore mi finì sotto le ginocchia quando diversi elementi andarono al loro posto. *Quello che sta succedendo è che Dorothy Ingram ce l'ha con l'immorale Club dei Libri Banditi, e in particolare con la sua leader più schietta. Se voleva fare del male alla signora Scarlett, aveva bisogno di qualcuno all'interno per farlo. Qualcuno come Ginny.*

«Morrie, aiuta tu i clienti!» gridai, facendomi strada tra la folla. Mi appiattii contro il lato della chiesa e scrutai a terra, fingendo di cercare un gioiello perso lungo il bordo del giardino. Procedetti a tastoni lungo il muro, avvicinandomi al punto in cui si trovavano le due signore. Mi sforzai di sentire quello che stavano dicendo.

«... l'ho tolta di mezzo per te...» disse Dorothy, lanciando un'occhiata furtiva al parcheggio della chiesa. Ora non sembrava più tanto retta e giusta mentre si appoggiava pesantemente al bastone, come se fosse l'unica cosa che la teneva in piedi. «Ha pagato per i suoi peccati e ora io e te non abbiamo più nulla da spartire.»

«Non abbiamo finito qui,» disse Ginny. «C'è un'altra cosa che devi fare per me.»

«Non sono il tuo burattino, signorina Button. Dio detesta i ricattatori.»

«E anche gli *assassini*, Dorothy. Spero che tu non mi stia minacciando, brutta stronza moralista,» disse Ginny sbadigliando in modo ostentato e accarezzandosi la collana di diamanti e rubini. «Non mi interessa quello che Dio pensa di me. A me interessa solo ottenere ciò che voglio. Fai quello che ti chiedo o tutto il villaggio saprà il tuo piccolo sporco segreto.»

«Lo vedremo!» Dorothy sbuffò. Si girò sui tacchi e se ne andò infuriata.

Ginny ha detto chiaro e tondo che Dorothy è un'assassina! Mi sarei aspettata che Dorothy avesse minacciato Ginny per farla tacere, non il contrario. Ma non c'erano dubbi su quello che avevo sentito. Dorothy aveva detto: «Mi sono occupata io di lei.» *Lei* era la signora Scarlett.

Ma come ha fatto a uccidere Gladys Scarlett con l'arsenico se non erano amiche intime? E poi, perché Ginny la voleva morta?

Mi precipitai di nuovo al nostro banchetto, ansiosa di riferire a Morrie quello che avevo sentito, ma lui era stato circondato da diverse ragazzine del gruppo giovanile. Lo guardavano sbattendo gli occhi, gli facevano i complimenti per i vestiti e gli ponevano ogni sorta di domanda. Lui se la stava godendo. Con un sospiro, lo lasciai alla sua folla adorante e iniziai a inscatolare i libri, mentre osservavo i fedeli che entravano in chiesa. Le altre signore del Club dei Libri Banditi si accalcavano all'ingresso, distribuendo programmi e tirando fuori fazzoletti dalle maniche per soffiarsi il naso. La signora Winstone mi rivolse un sorriso gentile mentre si asciugava gli occhi. Le campane risuonarono in tutta la città e tristi inni si sentirono fino al parcheggio.

Quarantacinque minuti dopo, Morrie e io avevamo venduto una pila di romanzi di vampiri alle adolescenti e una serie di vecchie bibbie al figlio del parroco, e avevamo rimesso tutte le scatole nei carrelli. Accanto a noi, Helmut stava facendo affari d'oro: aveva completamente esaurito i portabottiglie di vino e stava prendendo ordinazioni per altri. *Evidentemente, a una festa della chiesa va bene promuovere i mali dell'alcol, ma non i pericoli della lettura.*

Con un ultimo terribile inno, la funzione si conclude. I fedeli uscirono dalla chiesa e il corteo funebre percorse la strada fino al cimitero. Mentre la pesante bara di mogano attraversava il parcheggio, alzai la mano facendo le corna.

Riposa in pace, signora Scarlett. Spero che tu sia in Cielo a fare un po' di casino. Spero...

Un urlo penetrante interruppe i miei pensieri. Mi voltai di scatto. La signora Ellis uscì di corsa dalla chiesa, le guance solitamente rosee ora bianche come degli stracci, e le mani che si agitavano freneticamente. La processione si fermò e tutti i volti della folla si girarono verso di lei.

«Venite, presto!» urlò. «Oh, è terribile!»

Morrie lasciò il carrello e corse in direzione della chiesa. Io gli andai dietro, facendomi strada tra i fedeli confusi all'ingresso. Morrie fece capolino nella chiesa e si ritrasse, con la bocca stretta in una linea sottile. Con le braccia e l'intero corpo bloccò il passaggio dalla porta. La signora Ellis mi cadde tra le braccia, singhiozzando sulla mia spalla.

«Ho dimenticato lo scialle. Sono to-tornata dentro per ra-raccoglierlo,» mi disse singhiozzando. «E l'ho vista.»

«Visto chi?» Mi precipitai verso la porta. Continuavo a ripetermi la conversazione tra Dorothy Ingram e Ginny Button. *Che cosa è successo?*

Morrie allungò una mano per fermarmi. «Mina, non...»

Ignorandolo, mi infilai sotto il suo braccio ed entrai in chiesa. Le candele tremolavano dalle applique accanto alle porte e sull'altare, ma non illuminavano molto l'ambiente. Socchiusi gli occhi nella penombra, cercando di capire cosa avesse spaventato la signora Ellis. Non vedevo nulla di strano.

Mentre mi muovevo nella luce che entrava dalle vetrate, notai un mucchio di vestiti stropicciati in fondo alla scala a chiocciola che portava al campanile.

Oh, no.

Mi avvicinai.

Non sono vestiti.

Feci un altro passo, scrutando la figura accasciata. Ginny Button giaceva in fondo alle scale, con il vestito strappato. Aveva una pozza di sangue tra le gambe e il collo torto a un angolo impossibile.

18

Con il cuore a mille, mi inginocchiai davanti a Ginny Button e controllai se c'era polso. Non c'era. I suoi occhi vitrei mi fissavano, silenziosi e accusatori, come se fossi stata io a spingerla. Tirai fuori il telefono e chiamai un'ambulanza. Nonostante Ginny fosse morta, forse c'era una possibilità di salvare il bambino…

«Salve… abbiamo bisogno di un'ambulanza alla chiesa presbiteriana di Argleton. Una donna è caduta dalle scale.» Le mani di Morrie mi strinsero e mi tirò contro di sé. «Non ha polso, ma è incinta. Sì… sì… grazie.»

Morrie mi accarezzò i capelli. «Toh, un'altra vittima di omicidio. Sei sicura di non essere maledetta, bellezza?»

«Non è divertente.» *Ti prego, fa' che il bambino di Ginny stia bene.* «E non si tratta di omicidio. È inciampata sulle scale.»

«No, non è andata così.» Morrie indicò il collo. Il collo nudo. «Qualcuno le ha rubato la collana.»

Rabbrividii. Aveva ragione. La costosa collana di Ginny era sparita. E c'era qualcos'altro… in mano stringeva un oggetto bianco. Un pezzo di carta. Lo presi dalle sue dita e lessi il messaggio, girando il foglietto per verificare la presenza di una firma, ma non c'era. Era scritto in un carattere semplice:

Incontriamoci in cima al campanile dopo la cerimonia. Abbiamo qualcosa di importante da discutere.

Morrie mi prese il biglietto e tenne il foglio per gli angoli, scrutandolo in controluce. «Carta da stampante standard, a getto d'inchiostro. Non c'è molto da capire, a parte il tono minaccioso del messaggio.»

Osservai la folla che entrava in chiesa. *Avrebbe potuto farlo chiunque.* Le donne urlarono alla vista del corpo. Il parroco e suo figlio cercarono di fare uscire tutti, ma ovviamente era impossibile tenere quei curiosi abitanti del villaggio lontani da un cadavere. A causa della fredda giornata invernale, la maggior parte di loro indossava guanti. Probabilmente non ci sarebbero state impronte digitali sul biglietto.

«Qualcuno l'ha attirata sul campanile e l'ha uccisa!» gridò la signora Ellis, leggendo il biglietto da dietro la mia spalla. La gente fissava con orrore il cadavere. Le sue parole attraversarono la folla e le teste si chinarono per sussurrare ipotesi su chi potesse essere stato.

«Non lo sappiamo ancora,» dissi per tranquillizzare la signora Ellis, in modo che né lei né altri tra la folla si facessero prendere dal panico e fuggissero. «Probabilmente Ginny è inciampata salendo le scale. Sono scivolose e irregolari e guardi che scarpe indossa.» I tacchi a spillo di Ginny non erano certo calzature adeguate per salire gli antichi gradini di una chiesa.

«È stata uccisa, lo so! È la stessa persona che ha avvelenato Gladys. Non capisci? Qualcuno ce l'ha con il Club dei Libri Banditi.»

Mi balenarono nella mente le narici dilatate e la bocca contorta di Dorothy Ingram, così come le parole minacciose della sua conversazione segreta con Ginny. *Forse la signora Ellis ha ragione.* «La polizia esaminerà ogni possibilità. Ha visto qualcun altro all'interno mentre cercava il suo scialle?»

«No. Sono arrivata alla fine dei banchi e ho notato qualcosa in fondo alle scale che portano al campanile. Ho pensato che fosse caduta una delle composizioni floreali, così sono venuta a sistemarla e... oh...»

Avvolsi le braccia intorno alle spalle della signora Ellis e cercai di allontanarla dalla macabra scena. Fuori, le sirene si avvicinavano sempre di più. «Credo proprio che Ginny sia caduta...»

«Non è caduta, è stata spinta!» La signora Ellis mi si aggrappò alla camicia. «Ginny era agile come una capra di montagna, con quelle scarpe. Non sarebbe caduta. E guarda, qualcuno le ha preso la collana di diamanti. Era la sua preferita, non se la toglieva mai. Oh, Mina, devi aiutarmi.»

«Di cosa sta parlando? Lei non è in pericolo.»

«Invece sì!» La signora Ellis strabuzzò gli occhi. «Qualcuno sta uccidendo i membri del Club dei Libri Banditi. E la prossima potrei essere io!»

19

Dopo aver rilasciato le nostre dichiarazioni alla polizia, lasciai Morrie per riportare i libri al negozio e il carrello al supermercato, e aiutai la signora Ellis a tornare alla Libreria Nevermore. La accompagnai all'appartamento di sopra e lei si sistemò sulla sedia di Heathcliff accanto al fuoco, mentre io mettevo a bollire l'acqua per il tè: l'unica risposta inglese appropriata per un terribile spavento.

Più ci pensavo e più mi rendevo conto che poteva avere ragione sul fatto che il Club dei Libri Banditi fosse stato preso di mira. Prima la signora Scarlett, e ora Ginny Button. L'unico fattore che le due signore avevano in comune era la loro appartenenza al club, e il fatto che entrambe avevano incrociato Dorothy Ingram

E poi c'era quella strana conversazione che avevo ascoltato tra Dorothy e Ginny Button. Dalle parole di Dorothy, sembrava quasi che Ginny la stesse ricattando. Ma quale segreto poteva avere una donna come Dorothy e cosa sarebbe stata disposta a fare per evitare che venisse reso pubblico?

Passai il tè alla signora Ellis, e lei lo prese con dita tremanti.

«Signora Ellis, Dorothy Ingram ha mai minacciato qualcuno del club del libro?»

«Oh, sì. Ogni pochi mesi quella donna malvagia si impunta contro qualcosa nel villaggio che non corrisponde ai suoi standard puritani. Scrive lettere alla *Gazzetta*, tappezza i negozi di volantini e manda in fibrillazione il comitato della chiesa. Il parroco la ascolta, lo sai. Ma non è mai riuscita ad avere la meglio su Gladys. Ogni volta che Dorothy iniziava una campagna contro il Club dei Libri Banditi, Gladys trovava un modo per farla passare per una sciocca e far sì che la gente smettesse di prenderla sul serio, e allora Dorothy trovava un altro gruppo da terrorizzare.»

«Ho letto una lettera sulla *Gazzetta* in cui Gladys prendeva le difese di Sylvia Blume.»

«Sì, è successo parecchi anni fa, quando Sylvia voleva aprire un negozio di cristalli e offrire i suoi servizi. Dorothy ha cercato di scatenare una vera e propria caccia alle streghe. Gladys non sopportava i bulli, così ha scritto al giornale. Naturalmente, Dorothy non ha il potere di impedire che un'attività commerciale legittima apra i battenti nella strada principale e, dopo la lettera di Gladys al giornale, niente di ciò che Dorothy diceva avrebbe impedito agli abitanti del villaggio di fare la fila per farsi leggere l'aura, quindi da allora ha lasciato Sylvia in pace.»

O no? La visita di Ginny a casa di Sylvia Blume continuava a tormentarmi. Ero sicura che fosse tutto collegato, ma non sapevo come.

«Penso che dovrebbe dire alla polizia quello che ha detto a me,» dissi. «Potrebbe servire a scagionare i Lachlan da ogni accusa. Dopotutto, non possono aver ucciso Ginny se sono ancora alla stazione di polizia.»

«Oh, l'ho già detto nella dichiarazione che ho rilasciato in chiesa, ma non credo che mi abbiano presa sul serio. E non hanno ancora lasciato liberi Cynthia e suo marito. Ho tanta paura, Mina. Se qualcuno spinge una donna incinta giù dalle scale, pensa a cosa potrebbe arrivare a fare! Non staresti con me stanotte?» La signora Ellis piagnucolava. «Ho il terrore che qualcuno venga a farmi del male.»

«Sì, certo.» Poi mi ricordai. «Oh, no, non posso. Ho una cena con mia madre.»

E i miei tre... fidanzati.

«Vengo anch'io!» La signora Ellis si riprese. «Prometto di non dare fastidio. Porterò anche il mio famosissimo *cottage pie*. Ne ho uno in fondo al freezer proprio per un'occasione come questa.»

In nome di Astarte, cosa dovrei rispondere?

«Ehm... non so se ci sarà abbastanza spazio per tutti. Ci saranno Heathcliff, Morrie e Quoth, e Jo, il medico legale. La casa di mia madre è molto piccola.»

«Sciocchezze. Con degli ospiti così belli, una in più non farà la differenza. E potrei riuscire a strappare a quella dottoressa qualche informazione utile per aiutarvi a risolvere il caso.»

Sospirai. Pensai che la serata non sarebbe potuta andare peggio di così. «Certo, immagino possa venire.»

Dopo aver terminato la sua tazza di tè, la signora Ellis si risvegliò un po'. Grimalkin si acciambellò sulle sue gambe e non ebbi il coraggio di ricordarle che Heathcliff non voleva che nessuno si sedesse sulla sua sedia. Le portai una pila di libri d'amore pieni di sesso e una tavoletta di cioccolato, e si riprese in un battibaleno.

Al piano di sotto radunai Heathcliff, Morrie e il corvo e li misi al corrente di quanto era successo in chiesa e della conversazione che avevo ascoltato tra Ginny Button e Dorothy Ingram.

«La signora Ellis è convinta che abbia a che fare con il Club dei Libri Banditi e, dopo oggi, lo penso anch'io.»

«Se quella strega cerca di farti del male, le farò ingoiare un crocifisso insanguinato,» ringhiò Heathcliff.

«Se dietro tutto questo c'è Dorothy Ingram, dubito che stia cercando me. Io ho partecipato solo a un incontro.»

«Hai portato in chiesa tutti quei libri immorali,» osservò Morrie.

«È vero. Però credo che, qualsiasi cosa sia, risalga a molto prima. Ginny ha parlato del "piccolo, sporco segreto" di Dorothy. Magari Dorothy sta uccidendo per proteggere quel segreto. L'unica cosa che non ha senso è la conversazione tra Ginny e Dorothy.»

«Sono d'accordo,» commentò Morrie strofinandosi il mento. «Da come l'hai raccontata tu, sembra che Dorothy abbia ucciso la signora Scarlett su ordine *di Ginny* per evitare che Ginny rivelasse un segreto su di lei. Ma Ginny voleva che Dorothy facesse dell'altro lavoro sporco. Dorothy l'ha spinta giù dalle scale per fermare il ricatto.»

«Quindi forse non ucciderà più?»

«Non ci conterei. Non sappiamo chi altro conosca quel piccolo sporco segreto. Sappiamo già che Gladys è tipa da spifferare cose in giro per la città. Non è quello che ha fatto con i Lachlan?»

Annuii.

«In questo caso, tutto ciò che dobbiamo fare è capire perché Ginny Button avrebbe voluto la morte della signora Scarlett, e che cosa sapeva di losco su Dorothy Ingram.» Morrie sorrise. «Una puttana bacchettona come lei? Scommetto che è assolutamente *losca*.»

«Preferirei non scoprirlo, se per te è lo stesso,» mormorò Heathcliff.

«Vuoi dire che non sei minimamente curioso?» Morrie sembrava scandalizzato. «Confesso che non ti capirò mai, Heathcliff. Io adoro i segreti intriganti.»

Ecco, appunto. James Moriarty aveva già una quantità infinita di miei segreti custoditi nelle ampie camere della sua mente. Mi chiesi ancora una volta se anche Morrie avesse qualche segreto piccante. Impersonava fin troppo bene la parte del cattivo scanzonato e irrispettoso. Ma sospettavo che sotto quella parvenza ci fosse un uomo che nascondeva oceani di dolore.

Oppure... forse sotto la parvenza c'era solo il diavolo in persona. O l'uno, o l'altro.

«Indagherò sul passato di Dorothy. Ho già fatto un controllo approfondito su tutte le signore del Club dei Libri Banditi, e non è saltato fuori nulla sul conto di Ginny, a parte il fatto che quella collana di diamanti e rubini era assicurata per ventimila sterline. L'unica vecchietta con dei precedenti è la signora Ellis, che una volta ha mostrato le tette a un agente di polizia nel tentativo di evitare una multa per divieto di sosta.»

«Evvai, signora Ellis!» Feci un ampio sorriso. «Me lo sentivo, che in gioventù era stata una ribelle.»

«Gioventù? È successo l'anno scorso.»

Heathcliff si strozzò con la ciambella.

Quoth scese dal trespolo sul lampadario per venirsi ad appollaiare sulla mia spalla. Chinò la testa, gli ampi occhi castani tinti di preoccupazione. Lo accarezzai.

Sono preoccupato per te, mi disse telepaticamente. *Perché ti stai immischiando in un altro omicidio? Non ci dovrebbe pensare la polizia a risolvere il caso?*

«Sono d'accordo con l'uccello,» aggiunse Heathcliff. «Abbiamo già abbastanza di cui occuparci, vista la propensione del negozio ad aprire porte e a fare sorprese, e la nostra continua faida con Il-Negozio-Che-Non-Si-Deve-Nominare. Risolvere omicidi non fa parte delle tue mansioni.»

Io passai lo sguardo su tutti loro, incontrando feroci occhi neri, calcolatori occhi blu e gentili occhi castani. «Adesso sì. La polizia sta ancora cercando di attribuire la morte della signora Scarlett ai Lachlan. Ritengono che Ginny Button sia caduta dalle scale. Se dietro tutto questo c'è Dorothy Ingram, dobbiamo arrivare in fondo prima che muoia qualcun altro.» Feci una smorfia. «*Dopo* che avremo sopportato una cena con mia madre.»

20

«Perché dobbiamo prendere un taxi?» si lamentò Heathcliff. «È uno spreco di soldi. La tua bancarella alla chiesa non è che abbia fruttato milioni.»

«Su con la vita, Lord Irascibile,» gli dissi con un sorriso. Heathcliff odiava quando gli affibbiavamo dei nomi nobili inventati. «Prendiamo un taxi dato che abito troppo lontano perché la signora Ellis vada a piedi, soprattutto con un assassino in libertà. E questa è l'ultima lamentela che sentirò, altrimenti dopo cena vi costringerò a restare per il gioco dei mimi.»

Il taxi arrivò, e Heathcliff chiuse la bocca. Salimmo tutti e cinque: la signora Ellis sul sedile anteriore, con le ampie spalle coperte dallo scialle di paillettes. Io al centro tra Heathcliff e Morrie. Quoth sul sedile ribaltabile dietro. Jo aveva chiamato prima per dirci che non sarebbe venuta: doveva fare l'autopsia su Ginny Button. Mi aveva anche dato la buona notizia che il bambino, un maschietto, era sopravvissuto ed era in condizioni stabili all'ospedale.

Morrie e la signora Ellis continuavano a chiacchierare mentre attraversavamo il quartiere popolare. Io guardavo fuori dal finestrino, rabbrividendo per ogni dettaglio che notavo. Le enormi dita di Heathcliff mi strinsero un ginocchio per tutta la strada. Pensavo che stesse solo cercando di rassicurarmi, ma quando lo guardai in faccia, aveva i lineamenti tirati. *Anche lui è nervoso.*

Non sapevo cosa pensare in proposito.

Svoltammo l'ultima curva e rallentammo davanti al condominio dove vivevo. I vicini di casa stavano dando una specie di festa. La gente si riversava fuori dalla porta sulla pedana traballante, sul prato incolto e sulla strada. Il nostro autista imprecò quando fu costretto a sterzare intorno a un grande divano cui era stato appiccato il fuoco in mezzo alla strada. La gente rideva e gridava mentre gettava lattine di birra nel fuoco.

«Bene,» disse la signora Ellis fingendosi entusiasta mentre scendeva dal taxi e si stringeva la borsa al petto. «È una cosa *deliziosa*. Molto festosa.»

«Almeno stanno al caldo,» disse Morrie battendo i denti. Aveva indossato una delle sue giacche sartoriali su un paio di pantaloni grigi, una sottile camicia bianca e un gilet di seta nera. Il suo aspetto era delizioso, ma non era esattamente vestito per una serata invernale britannica.

Mia madre aprì la porta d'ingresso e ci guardò raggiante. Indossava un grembiule e un cappello da cuoco fatto di giornali arrotolati. «Entrate!»

No, mamma, no. Ogni volta che portavo qualcuno a casa si comportava come una completa idiota cercando di fingere di essere super elegante. In realtà, non avevo più portato nessuno dalla prima volta che Ashley era venuta a cena e mia madre aveva cercato di affumicare il suo salmone con il Gore-Met Kitchen Whiz (un altro dei suoi programmi per fare soldi in fretta) e aveva procurato ad Ashley un'intossicazione alimentare.

Strinsi i denti. *Facciamo quello che dobbiamo fare e la smetterà di tormentarmi per la libreria.* «Ciao mamma, siamo tutti qui.» I ragazzi entrarono dopo di me, e anche la signora Ellis. Mentre ci accomodavamo nel soggiorno, sbirciai il tavolo del cucinino. Mia madre aveva tolto gli scatoloni di cianfrusaglie che di solito lo ricoprivano e aveva sistemato le tovagliette (di cartone colorato) e tutte le nostre stoviglie e bicchieri migliori (tutti spaiati, scelti solo perché erano quelli meno sbeccati). Al centro del tavolo c'erano due ciotole, chiuse con dei coperchi. Rabbrividivo al pensiero di cosa potesse esserci dentro. Una pila di dizionari di lingue animalesche era stata disposta ad arte sul tavolo.

Sarà un disastro.

«Bene, eccoci qui.» Mia madre si strinse le mani al petto. «Sono così felice di conoscere finalmente i nuovi amici di Mina.»

Morrie si fece avanti e tese la mano. «James Moriarty, anche se i miei amici mi chiamano Morrie. È un piacere conoscerla, signora Wilde. Ho portato un vino per l'occasione: è uno spumante, quindi dovrà essere tenuto al fresco, possibilmente a sei gradi. Ha un secchiello per il ghiaccio?»

Mia madre non colse il significato del nome di Morrie. Non era una grande lettrice. «Grazie, Morrie. Niente secchiello per il ghiaccio, temo. Ma potresti metterlo in freezer per un po'? Accidenti, come sei alto.»

«Sì, vero. A parte lo spirito brillante, è una delle mie caratteristiche migliori.» Morrie andò in cucina per risolvere il problema del vino.

Heathcliff si presentò e tese la mano. Il suo fisico imponente si stagliava nel piccolo appartamento e, sotto la luce al neon, gli occhi neri e i capelli selvaggi gli conferivano un'aria minacciosa. «Heathcliff,» borbottò.

Mia madre esitò un attimo prima di stringergli la mano. «Hai un cognome, Heathcliff?»

«Solo Heathcliff.»

«Si chiama Earnshaw,» intervenni, lanciando a Heathcliff un'occhiata di sfida. Nel suo mondo aveva solo il nome, ma il nostro mondo prevedeva anche un cognome.

«Heathcliff Earnshaw.» Parole che stavano decisamente male sulla lingua di mia madre. «È un nome che suona molto inglese. Ma tu non sei inglese, vero?»

La fulminai con lo sguardo, ma lei fece finta di non accorgersene.

Heathcliff scrollò le spalle. «Dipende dalla definizione di inglese.»

«Beh, *Heathcliff*, direi che un vero inglese è...»

«Io sono Allan Poe,» disse Quoth passando oltre Heathcliff e tendendo la mano.

Grazie, mio bellissimo corvo.

Quando mia madre si voltò da Heathcliff per salutare Quoth, fece un piccolo sussulto e le si velarono gli occhi. Qualsiasi cosa orrenda stesse per dire a Heathcliff, la dimenticò. La bellezza di Quoth aveva quell'effetto sulle persone.

«È un piacere, Allan,» sussurrò mia madre, con gli occhi che accarezzavano quella pelle di porcellana, quei profondi occhi bordati di fuoco e i capelli neri e fluenti come una cascata a mezzanotte.

«E io sono Mabel Ellis. Ero una delle insegnanti di Mina.» La signora Ellis strinse mia madre in un affettuoso abbraccio. «È molto gentile da parte sua ospitarmi. Tenga. Ho portato un cottage pie.»

«Oh, che bello, grazie. Beh, non restiamo con le mani in mano. Prego, accomodatevi. Ho preparato dei bocconcini di pollo piccanti come antipasto.» Ci sedemmo in bilico sui logori divani e sulle sedie da pranzo in plastica scheggiata mentre mia madre ci porgeva un piatto con delle pepite di pollo cosparse di peperoncino e infilzate in stuzzicadenti.

«Certo.» Morrie si accomodò a fatica sul divano e si mise in bocca due crocchette. Io soffocai una risatina quando spalancò gli occhi e iniziò a sventolarsi il viso con una mano. Evidentemente mia madre aveva esagerato con il peperoncino.

«Io passo,» dissi con un sorriso.

Anche Heathcliff e Quoth passarono. La signora Ellis ne prese uno, ma tolse il peperoncino battendo la pepita sul bordo del divano mentre mia madre era girata di spalle. Mia madre tornò con un vassoio di bevande e distribuì dei bicchieri di plastica pieni del costoso vino di Morrie e facemmo un brindisi imbarazzante.

«Allora, Heathcliff, tu non sei di Argleton?» chiese mia madre, cercando di nuovo di metterlo alle strette e fargli ammettere di essere un gitano.

«Vivo nel negozio.»

«Ma non sei cresciuto qui, giusto?»

«Credo che mia madre ti stia chiedendo da dove vieni,» dissi, lanciandole un'occhiataccia. Lei sorrise dolcemente, masticando una crocchetta di pollo.

«Sono cresciuto in una fattoria nella brughiera dello Yorkshire,» spiegò. «Anche se non è lì che sono nato. I miei genitori mi hanno abbandonato per le strade di Liverpool e sono stato trovato e cresciuto dalla famiglia Earnshaw. Non conosco le mie vere origini e non mi interessano.»

«A giudicare dalla tua carnagione, direi che sei un rom,» disse mia madre.

«L'ha già insinuato qualcuno,» rispose lui brusco.

«Morrie, invece, viene da Londra,» annunciai, sperando di cambiare argomento.

Mia madre fece una smorfia. «Londra è così grande e

rumorosa. Dobbiamo apparire degli zotici di campagna a chi ha vissuto nella grande città.»

«Argleton ha un ritmo di vita più lento, ma non è priva di fascino.» Morrie mi passò un dito sulla coscia e un brivido mi attraversò il corpo. «Però sì, Londra è sempre stata la mia città. A parte un breve periodo a Oxford, dove mi sono laureato, sono sempre stato là, e forse ci tornerò.»

«Oxford?» Mia madre drizzò le orecchie. «Hai sentito, Mina?»

«Sì, mamma. Ho sentito. Anch'io stavo pensando di andare a Oxford, se ti ricordi.»

«Ma tu non hai mai avuto la testa per quel tipo di studi. Sei troppo creativa. Morrie è intelligente. Cosa fai, Morrie? Il medico? L'avvocato? L'imprenditore tecnologico?» Aveva gli occhi che brillavano. La vedevo già in possesso dei soldi di Morrie, che si comperava la strabiliante villa di un calciatore e una piscina fatta a fagiolo.

«Ho una certa esperienza in campo medico, ma sono soprattutto un matematico.»

«Ah.» Mia madre si immobilizzò. «E quanto guadagna un matematico?»

«Mamma, non si chiede alle persone quanto guadagnano!»

«Non ti preoccupare,» mi tranquillizzò Morrie. «Tutto dipende dal tipo di matematica che si fa. Il mio lavoro è eccezionalmente redditizio.»

«Oh, beh, ma è meraviglioso.» Mia madre mi lanciò un'occhiata che diceva mille cose, e già sapevo che stava immaginando come sarebbe stato il mio abito da sposa quando avrei sposato Morrie, il matematico bello e ricco. *Pavimento, ti prego, ingoiami ora.* «E tu, Allan? Dove sei nato?»

«Richmond, Stati Uniti,» rispose Quoth.

«È da lì che viene il tuo accento? Non sembri americano.»

«Ah no?» Quoth inclinò la testa di lato. I capelli gli

ricaddero sulle spalle. Non riuscii a resistere all'impulso e mi avvicinai per sistemarglieli dietro l'orecchio. Lui sobbalzò quando le mie dita gli sfiorarono la pelle. *È preoccupato.*

«Ha sicuramente un che di esotico, con quel suono così sexy e roco,» intervenne la signora Ellis. Accanto a lei, Heathcliff si strozzò con il vino.

Mia madre non sapeva come rispondere. Buttò giù il vino in un sorso solo e per fortuna dimenticò di chiedere a Quoth che lavoro facesse. Si voltò invece verso Heathcliff. «Allora, succede qualcosa di interessante alla libreria, delitti a parte?»

«Mamma!»

«Che c'è, tesoro? Sto solo *chiedendo*. Sicuramente il signor Heathcliff incontra clienti interessanti.»

«No,» mormorò Heathcliff senza staccarsi dal bicchiere.

«Abbiamo avuto un'apparizione del Terrore di Argleton,» disse Morrie, rabbrividendo al ricordo del topo nei pantaloni.

«Il topo del giornale?» Mia madre drizzò le orecchie. «Gli avete fatto una foto?»

«Più o meno. Quella dannata cosa è troppo veloce per noi. Nemmeno Grimalkin, la nostra gatta, è riuscita a prenderlo.»

«So cosa!» Mia madre rovistò nella pila di libri sul tavolo. Ne tirò fuori uno e lo mise sulle gambe di Heathcliff. «Vi serve questo!»

Diedi un'occhiata al titolo. *Linguaggio dei topi per umani.* «Mamma, no.»

«Sì, è perfetto! Si possono tradurre gli squittii, capire cosa cerca, e poi usare le informazioni per intrappolarlo.»

Heathcliff muoveva la mandibola. Pensavo fosse arrabbiato, ma poi notai il luccichio che aveva negli occhi mentre cercava di trattenere le risate.

Morrie si sfregò il mento. «Vale la pena tentare. A questo punto, farei di tutto per liberarmi di quella creatura immonda. Quanto le devo per il libro?»

«Per voi è gratis. Quando catturerete il topo, il giornale scriverà un articolo su di voi e potrete raccontare come il mio libro vi abbia aiutato. Possiamo lavorare insieme per migliorare le nostre pubbliche relazioni!»

«Un piano eccellente.» Morrie diede una pacca sul ginocchio di Heathcliff. «Lui ha decisamente bisogno di aiuto per le sue pubbliche relazioni.»

Heathcliff si infilò il libro nella giacca. «Grazie,» riuscì a pronunciare.

«Mamma, in realtà c'è una cosa che vorremmo chiederti. Di recente Sylvia Blume ha avuto qualche scontro con Dorothy Ingram? Oppure con Ginny Button?»

«Oh, Mina, non ti starai immischiando in quell'omicidio, vero?» Mia madre si accigliò. «Attirerai su di te i sospetti della polizia.»

«Non lo farò, mamma. Te lo prometto.» Pensai in fretta. «È che mentre aiutavo la signora Ellis a scrivere il necrologio ho trovato un vecchio articolo di giornale.»

Tirai fuori il telefono e le mostrai l'articolo. Lei gli diede un'occhiata e un sorriso le si disegnò sulle labbra quando lesse le parole taglienti della signora Scarlett.

«La brutta storia di Sylvia con Dorothy Ingram è finita molti anni fa. Per quanto ne so io, Dorothy non ha mai messo piede in quel negozio e non ha mai detto una parola sul fatto che Sylvia fosse una strega. Ginny Button ci veniva sempre, tutta carica di gioielli, per farsi leggere la fortuna. Stranamente, non pagava mai. Non mi piaceva molto: diceva cose davvero sgradevoli sui miei vestiti.» Mia madre si lisciò il davanti dell'elegante abito color senape che aveva preso al negozio di beneficenza. «Immagino che ora non dirà più nulla.»

«Hai mai visto Ginny con la signora Scarlett?»

«Oh, sempre! Quelle due erano molto impegnate nell'associazione di storia locale, che sta lavorando a quel grande progetto del vecchio ospedale di Argleton: prima che venga demolito stanno lavorando alla raccolta di documenti e altro. Quando tornavano in città venivano a prendere un caffè e a spettegolare con Sylvia. Ovviamente,» si accigliò, «di recente non è più successo.»

«Perché no?»

«Non lo so, tesoro. Sylvia ha detto solo che non era contenta di come Gladys gestiva il comitato di pianificazione. Ma io non mi immischio in queste cose politiche.»

Qualcosa trillò in cucina. Mia madre si alzò in piedi. «Oh, ecco la cena. Mina, puoi far sedere tutti a tavola e assicurarti che i bicchieri siano pieni?»

Scostai le sedie e tutti si sedettero. Mia madre tornò di corsa dalla cucina, con un grande vassoio di qualcosa che assomigliava in modo sospetto a un *meatball stack*.

No... Ma che le passa per la testa?

Io ero praticamente cresciuta con quel piatto. Lo preparava con strati di frittelle di patate, uova sode e salsicce di scarsa qualità tagliate a pezzetti e cotte in un sugo in scatola, il tutto rifinito con uno strato di formaggio.

Mi sentii avvampare. Quello era il piatto forte di mia madre, ma per chiunque altro era un orribile pasticcio, unto e molliccio. Valeva quasi, *quasi*, la pena di vedere la faccia che fece quel buongustaio di Morrie quando lei gli posò il piatto davanti e iniziò a incidere la crosta di formaggio.

«Basta così, Morrie?» disse allegra, servendogliene una dose enorme. La salsa di pomodoro brillava di un rosso raccapricciante sotto la luce al neon della cucina.

«Oh, sì, va benissimo.» Morrie prese il vino e lo bevve tutto, poi afferrò la bottiglia sul bancone e si riempì di nuovo il bicchiere fino all'orlo.

«Mina, passa l'insalata,» ordinò mia madre, mentre

scodellava una dose ancora più generosa nel piatto di Heathcliff.

Con cautela, sollevai i coperchi dei due piatti sul tavolo, rivelando un'insalata di patate del supermercato e degli involtini dall'aspetto triste. Accanto al cibo di mia madre, il cottage pie ben gratinato della signora Ellis sembrava un piatto stellato Michelin.

Heathcliff si calò sul suo cibo non appena mia madre gli ebbe porto il piatto. Lei era raggiante, come se fosse stato un complimento alle sue abilità culinarie. Non era così: evidentemente la brughiera aveva anestetizzato le papille gustative di Heathcliff, perché lui mangiava *di tutto*. Una volta l'avevo visto masticare una stringa di liquirizia così vecchia che era praticamente fossile. Io mi rigirai il cibo nel piatto, troppo mortificata per assaggiarne un solo boccone.

«È delizioso, Helen.» Morrie mi strizzò l'occhio mentre si sforzava di mandare giù un altro boccone. «È questo che prepari ogni volta che Mina porta a casa un fidanzato?»

«Mina non ha mai portato a casa un ragazzo prima d'ora,» disse mia madre, sorridendo alle sue parole. Mi chiesi se avesse già scelto i fiori per il matrimonio. «Non le piace coinvolgermi in questa parte della sua vita, vero, tesoro?»

Chissà come mai, mamma?

«Sono sorpreso,» disse Morrie, costruendo un muro con le patate, nel tentativo di far sembrare che avesse mangiato di più. «Mina è così bella e terribilmente intelligente. Immagino che l'unico motivo per cui non ha avuto più fidanzati sia il fatto che accumula cadaveri ovunque passi.»

Heathcliff rise sotto voce. Accanto a me, Quoth si contorceva sulla sedia. Si portò una mano alla guancia e una piuma nera gli uscì dalla pelle. *Merda, merda.*

«Mina è *troppo* intelligente. È questo il suo problema. Continuo a dirle che ai ragazzi non piacciono le ragazze intelligenti, a meno che non siano matematici, ovviamente. Uno di voi è il ragazzo di Mina?» Mia madre si guardò intorno, poi posò un sorriso di speranza su Morrie.

Oh mamma, se solo sapessi...

«Non so se riuscirebbe a scegliere solamente uno di noi,» disse Morrie senza problemi, mentre faceva scivolare il contenuto del suo piatto in quello di Heathcliff.

«Devo andare in bagno,» disse Quoth con un filo di voce.

«Certamente, Allan. È...» Quoth mi scoccò uno sguardo disperato prima di sparire nel corridoio. Mia madre mi lanciò un'occhiata che io ignorai con decisione.

«In realtà, mamma, devo... rinfrescarmi il viso,» ansimai.

«Ma Mina, voglio sapere con chi esci!»

«Morrie ha ragione. Non potrei mai scegliere. Torno subito.» Mi precipitai nel corridoio. La porta del bagno era ancora aperta, ma quella della mia camera era chiusa. Bussai. «Quoth?»

«Cra!»

Spinsi la porta per aprirla. I vestiti erano sparsi sul pavimento della stanza. Un corvo sbatteva contro la finestra, con gli artigli che cercavano di fare presa mentre cercava di manovrare la maniglia per aprirla.

«Oh, no, neanche per sogno.» Afferrai il chiavistello e lo chiusi. Quoth saltò con rabbia sul letto. Mi inginocchiai accanto a lui, incrociando il suo sguardo spaventato. «Se io devo sopportare questa tortura, allora devi farlo anche tu. Ti ho visto nelle ultime due settimane: stai imparando a controllare le mutazioni. Devi solo volerlo fare. Se non vuoi farlo per te stesso, fallo per me.»

«Cra!» Quoth sbatté le ali e saltellò da un piede all'altro.

Mina, non posso farlo. Non posso! Di' a tua madre che mi sono sentito male e sono dovuto andare a casa...

Io mi misi in piedi. «No. Non voglio coprirti. Ci vediamo

fuori. Non lasciarmi là da sola con Morrie, Heathcliff e *mia madre*.»

Lasciai la porta leggermente aperta e tornai a tavola. Morrie e mia madre avevano la testa china e bisbigliavano furtivamente. La signora Ellis aveva finito il suo vino e aveva iniziato a bere il mio, mentre Heathcliff stava spazzolando il cibo di Quoth.

«Cosa mi sono persa?» chiesi allegra, con un finto sorriso.

«Oh, Mina. Morrie mi stava giusto raccontando tutte le tue idee geniali per il negozio,» rispose mia madre raggiante. «Hai organizzato un club del libro e delle conferenze con gli autori, hai appeso opere di artisti locali e hai avviato pagine sui social. E hai anche illuminato quel luogo tetro con lampade e lanterne!»

«Oh, sì, Mina è piena di progetti per il *mio* negozio,» mormorò Heathcliff.

«Sai quale potrebbe essere un'altra idea davvero intelligente?» Mia madre sollevò uno dei suoi dizionari. «Dei dizionari sugli animali domestici esposti sul bancone! Ci sono così tanti proprietari di animali ad Argleton e...»

«Mamma, *no*.»

«In quella vecchia libreria ci sono centinaia di libri che nessuno compra. Non vedo perché aggiungerne altri sia un problema.» Mia madre era radiosa. «Soprattutto con le tue capacità imprenditoriali, Mina. Potresti inventare un piano di marketing intelligente e...»

Fuori si sentì un forte botto in strada, mentre uno dei vicini sparava con il fucile ad aria compressa. Qualcosa andò a sbattere contro il muro del corridoio, e fu seguito da un debole "cra"»

Sospirai e spinsi indietro la sedia. «Vado a vedere cos'è. Forse si è incastrata la porta del bagno.»

«Cra!» Quoth entrò in volo, strabuzzando gli occhi. Si

fiondò sul tavolo, schizzando via piatti e posate per tutta la stanza. Poi scivolò giù dal bordo e si schiantò sul pavimento.

«Quoth?» Mi avvicinai a lui, ma nel panico non mi vide. Si arrampicò sul divano e si lanciò in aria, volando in cerchio per la stanza ed emettendo grida spaventate.

«Aahhh, che ci fa quell'uccello qui dentro?» Mia madre prese la scopa e la scagliò contro Quoth. «Sciò, sciò!»

Ho cercato di uscire dalla finestra! Quoth mi urlò nella testa. *I tuoi vicini mi hanno sparato!*

«Stai tranquillo. È solo un fucile ad aria compressa,» gridai, tuffandomi verso di lui. Ma evidentemente aveva il corpo pieno di adrenalina che gli fece scattare l'istinto di fuggire. Si tuffò tra le mie braccia ma poi tornò verso il tavolo.

«Colpiscilo con la bottiglia del vino!» gridò mia madre.

«No, mamma, va tutto bene. Lui è... ehm, è Quoth, l'uccello del negozio.» Cercai di far uscire Quoth da sotto il tavolo. «È un po' possessivo, quindi deve averci seguito fino a qui. Credo che i vicini lo abbiano spaventato.»

«Beh, fallo uscire da qui.»

Cercai di cacciarlo verso il corridoio, ma lui non ne volle sapere. Scivolò sul pavimento della cucina e si infilò nello spazio tra il bancone e le scatole dei dizionari di mia madre. La pila di scatole traballò e quella più in alto scivolò giù e si schiantò sul pavimento.

«Oh, Mina,» gridò mia madre. «Fermalo!»

Mentre mi arrampicavo sui mobili per cercare di afferrare Quoth in preda al panico, uno squillo acuto si unì alle sue grida. Morrie si portò il telefono all'orecchio e fece per uscire dalla stanza. Io gli afferrai un ginocchio con una mano. «Non puoi lasciarmi qui.»

«Mi dispiace, bellezza, ma non riesco a sentire nulla con il chiasso che fa Quoth. Inoltre, sembra che tu abbia tutto sotto controllo.» Morrie fece l'occhiolino.

«Digli che ti richiamino. Ho *bisogno di* te.»

«Non ci metterò molto.» Morrie si allontanò. Heathcliff non si mosse dal tavolo, anche se i suoi occhi mi seguivano fissandomi intensamente.

«Beh, è divertente!» La signora Ellis era raggiante e si prese dell'altro vino di Morrie mentre Quoth usciva da dietro le scatole e si dirigeva verso il divano. Io corsi dall'altra parte della stanza e lo abbracciai.

«Preso!» Sollevai il suo corpo tremante. Poverino, era davvero terrorizzato. Me lo strinsi al petto e gli feci delle coccole.

Mina, Mina, mi hanno sparato!

Lo so. Shhh. Ora va tutto bene.

«Sei sicura che vada bene tenere così quell'uccello?» Mia madre mi guardò preoccupata. «E se fosse portatore di malattie?»

«No, sta bene. Lo vacciniamo.» Quoth appoggiò la testa sulla mia spalla. Cercai freneticamente un modo per salvare la situazione. «Lo tengo così e si comporterà bene, te lo garantisco. Sbaglio, o ho visto una specie di meringa in cucina?»

«Oh, sì!» Mia madre si precipitò a finire di preparare il dolce. Mi accasciai accanto a Heathcliff, con Quoth tra le braccia. «Nella tua scrivania al negozio hai qualcosa di più forte del vino?»

«Ho alcolici nascosti in tutta la libreria. È l'unico modo per sopportare i clienti. Perché?»

«Dopo questa sera, avrò bisogno di berli tutti. Fino all'ultima goccia.»

«Non se arrivo prima io.» Gli occhi scuri di Heathcliff scintillarono e gli angoli delle sue labbra si tirarono verso l'alto, quasi a formare un sorriso. Sentii uno strano sfarfallio nel petto mentre gli stringevo la mano.

«Ecco qua!» Mia madre entrò nella stanza con un grande

vassoio. Si accigliò quando vide me e Heathcliff seduti insieme. «Dove sono gli altri? Allan non è ancora tornato dal bagno?»

«Ha detto che era costipato,» borbottò Heathcliff.

Gli colpii uno stivale con un calcio. Lui trasalì, ma non ritrattò la sua affermazione.

«Morrie è dovuto uscire per una telefonata.» Fissai il dolce con orrore. «Mamma, che cos'è?»

«Lo chiamo "Helen mess". È una specie di *Eton mess*, solo che al posto del purè di fragole ho usato una salsa alla fragola e poi delle caramelle gommose alla liquirizia.» Indicò la montagna gigante di caramelle. «E ho ricoperto la superficie di cioccolatini. Ho pensato che avremmo potuto fare qualcosa di elegante per festeggiare la presenza dei tuoi amici.»

«Sembra delizioso.» Le permisi di servirmene una porzione enorme in una scodella. «Grazie.»

Morrie rientrò di corsa agitando il telefono. «Mi dispiace, Helen. Non possiamo fermarci per il dessert.» Si infilò il telefono in tasca. «Era Jo. La signora Winstone è stata ricoverata in ospedale. Qualcuno ha cercato di ucciderla.»

21

«Oh, sto *benissimo*,» gracchiò la signora Winstone. «I medici dicono che domani sarò fuori.»

Non sembrava stare per niente bene. Una chiazza viola le copriva metà del viso e aveva altri lividi sulle braccia. Azionò il pulsante del letto per alzare la testa e guardarci in faccia e una contrazione della mascella rivelò la sua sofferenza per quel movimento a scatti.

Non posso credere che qualcuno abbia cercato di uccidere questa dolce signora. Non sembrava vero.

«Pffft. Cosa ne sanno i medici? Sono perfino peggio di quei detective incompetenti,» disse la signora Ellis, stringendo la mano della cugina. «Brenda, i membri del nostro club del libro sono stati eliminati uno a uno e Gray e Cynthia sono ancora dalla polizia. Beh, quindi non possono essere stati i Lachlan, perché sono sotto chiave!»

«Ho appena parlato con l'ispettore Hayes,» disse la signora Winstone, con i lineamenti alterati da una certa irritazione. «Quello stupido poliziotto non crede che la morte di Gladys sia legata alla mia aggressione.»

«Bah! Allora è ancora più stupido di quanto pensassi.» La signora Ellis accarezzò le dita della signora Winstone. «Ora non preoccuparti. Mina ci aiuterà a catturare la persona che ti ha aggredito.»

La signora Winstone spalancò gli occhi. «Mina, davvero? Oh, sei un tesoro.»

«Ci provo,» promisi, perché era quello che si doveva fare se una persona in un letto d'ospedale ti guardava con un'espressione così piena di speranze. «Ma deve ricordare che non sono un agente di polizia, quindi non...»

«Oh, io non mi fido affatto di quell'ispettore Hayes, anche se con quei baffi è molto affascinante.» La signora Ellis sospirò. «Hai un sospettato in mente?»

«Un paio.» Pensai alla signorina Blume che parlava con Ginny al suo cottage e alla faccia arrabbiata di Dorothy Ingram in chiesa. «Sto iniziando a mettere insieme i pezzi. Può dirmi cosa è successo?»

«Ero in biblioteca con i bibliotecari per parlare della possibilità di gestire un'ora di artigianato e di racconti per bambini. Sono molto entusiasti, soprattutto dopo che hanno sentito parlare così bene della mia gestione del gruppo dei giovani. A quanto pare, tutti quei bambini adorabili mi implorano di tornare.» Sorrise malinconica. «Sulla strada verso casa mi sono fermata al supermercato a fare la spesa. Avevo sistemato la spesa sul gradino di casa e stavo cercando le chiavi nella borsa quando qualcuno è sbucato alle mie spalle e mi ha colpito in faccia con qualcosa di duro.» Alzò un braccio e fece una smorfia. «Ricordo di aver pensato: "Non mi prenderai come hai fatto con la povera Gladys!" Mi sono fiondata sull'aggressore, l'ho afferrato per un braccio e ho lottato con lui, riuscendo ad afferrare l'oggetto con cui mi aveva colpito. Era lungo, rotondo e di legno. Solo che l'aggressore me l'ha strappato via, mi ha dato un calcio e io sono caduta e ho sbattuto la testa sulla soglia. Mi ha colpito ancora,» mi spiegò indicandosi i lividi sulle braccia. «Deve aver pensato che fossi spacciata perché è scappato senza finire il lavoro.»

Un lungo oggetto di legno, come il bastone da passeggio di Dorothy Ingram.

«È riuscita a vedere bene la persona che l'ha aggredita? Può descriverla?»

«Era una persona esile, forse una donna, ma non ne sono sicura.» La signora Winstone si strinse le mani. «Indossava abiti scuri e un velo sul viso. Quando sono scesa dall'auto aveva appena iniziato a fare buio e la lampadina sopra la porta è rotta, quindi temo di non poter dire altro con certezza.»

«E in biblioteca aveva detto a qualcuno che sarebbe andata a fare la spesa?»

«Beh... sì. Un paio di signore della chiesa erano davanti alla biblioteca che distribuivano opuscoli con letture autorizzate. Mi sono fermata a chiacchierare. Cassandra Irons e Dorothy Ingram erano d'accordo con me sulla scarsa scelta di verdure al supermercato. Dorothy mi ha detto che quella mattina erano arrivate delle carote fresche dalla fattoria Ingles e che se fossi arrivata in fretta sarei riuscita a procurarmene un po' per cena.»

«Quindi Dorothy sapeva che sarebbe andata al supermercato?»

La signora Winstone annuì.

«E tornando a casa ha incrociato delle auto? E suo marito, dov'era? Ha notato qualcosa di insolito?»

«Oh, Harold è fuori città per lavoro, sta cercando di recuperare alcuni documenti relativi al progetto del vecchio ospedale. È via da qualche giorno e ha detto di non aspettarlo per almeno tre settimane.»

«E non può lasciar perdere e venire a trovarla in ospedale?»

Cominciavo a credere a quello che la signora Ellis aveva detto su Harold Winstone, il famoso storico.

«Oh no, gli ho detto di non preoccuparsi per me,» esclamò lei raggiante. «Sto bene e Harold è molto preso dal suo lavoro. Non voglio disturbarlo. Per quanto riguarda le altre cose che ricordo, quando ho svoltato c'era un'auto grigia parcheggiata all'angolo. La ricordo bene, perché era parcheggiata proprio davanti alla casa della mia vicina Gillian Appleby e ciò è molto insolito. Gli ospiti di Gillian parcheggiano sempre nel suo vialetto, ma ho notato che le sue tende erano chiuse. Non sembrava nemmeno che fosse a casa.»

Mi rivolsi alla signora Ellis. «Lei sa che tipo di auto ha la signora Ingram?»

«Credo che sia una Nissan grigia,» rispose la signora Ellis. «Mina, cosa stai insinuando?»

Mi girai verso di lei. «Dorothy Ingram aveva l'opportunità... sapeva che la signora Winstone stava andando al supermercato, il che le ha dato abbastanza tempo per andare lì e nascondersi in giardino. Possiede un'auto grigia e usa un bastone da passeggio che potrebbe essere stato l'arma. Inoltre, aveva un movente: voleva far chiudere il Club dei Libri Banditi. Penso che sia responsabile non solo dell'aggressione a Brenda, ma anche degli altri omicidi.»

La signora Ellis sussultò. «Non è certo un motivo sufficiente per uccidere le povere Gladys e Ginny e rischiare di uccidere anche il bambino di Ginny!»

«Se ho imparato una cosa dalle centinaia di gialli che ho letto nel corso degli anni, è che le persone possono avere motivazioni di ogni sorta, che non si possono spiegare. Sia la signora Scarlett che Ginny Button hanno subito l'ira di Dorothy per il loro cosiddetto comportamento peccaminoso. Gladys per aver fondato il club del libro e Ginny per aver avuto un figlio fuori dal matrimonio, e credo che stesse ricattando anche

Dorothy Ingram.» Accarezzai il braccio della signora Winstone. «E lei stava cercando di corrompere le menti di bambini innocenti con libri non autorizzati. Tutto torna. Dobbiamo rivolgerci alla polizia.»

«Ho già detto loro tutto quello che ho appena detto a te,» disse la signora Winstone. «Nonostante il biglietto che aveva tra le mani e la collana scomparsa, pensano che la morte della povera Ginny sia stata solo un incidente. Hayes sostiene che uno dei presenti al funerale si sia intascato i diamanti nella confusione e pensa che io sia stata colpita alla testa da un giovane teppista che cercava di rubarmi la borsa. Però quando mi sono ripresa la borsa era a terra accanto a me!»

«Cosa possiamo fare se la polizia si rifiuta di ascoltarci?» si lamentò la signora Ellis.

«Dobbiamo trovare delle prove più convincenti. Se per lei va bene, Brenda, vorrei dare un'occhiata al suo giardino.»

«Certo.» Le dita di Brenda strinsero le mie. «Se c'è Dorothy dietro tutto questo, voglio che finisca in prigione per quello che ha quasi fatto al bambino della povera Ginny. Fare del male a un bambino è una cosa terribile. È una fortuna che il bambino sia sopravvissuto.»

Quel povero bambino. «Cosa gli succederà ora? Andrà da suo padre?»

«No, no. Anche se Ginny sapeva chi era il padre, non ha diffuso questa informazione,» disse la signora Ellis. «Il bambino lo adotterà Brenda non appena sarà in grado di farlo, non è meraviglioso?»

Brenda sorrise, raggiante. «Ho sempre voluto un figlio. Se c'è un lato positivo in questa tragedia, è che posso dare a quel bambino una casa felice.»

Un'infermiera entrò e ci allontanò per permettere alla signora Winstone di riposare. Nel corridoio, la signora Ellis rabbrividì. «Cosa faccio? Se Dorothy sta davvero uccidendo i membri del Club dei Libri Banditi, allora la prossima potrei essere io!»

«Non permetterò che accada.» Pensai al Terrore di Argleton e alle elaborate trappole escogitate da Greta e dagli altri negozianti del villaggio. «Ho un'idea. Prepareremo una trappola.»

22

«Dimmi di nuovo come pensi di trasformare il mio negozio in una trappola?» ringhiò Heathcliff.

«È semplice. Ho lasciato dei biglietti nelle cassette della posta della signora Ellis e della signorina Blume per invitarle a un pigiama party speciale del Club dei Libri Banditi per onorare la scomparsa delle loro care amiche. In quell'occasione si parlerà anche di una campagna di reclutamento per promuovere i libri banditi tra i giovani. L'incontro si terrà proprio qui in negozio. La signora Ellis si assicurerà di parlarne con le vecchie pettegole che conosce, cioè praticamente tutte. Ci assicureremo che la notizia arrivi a Dorothy Ingram. Questa sera le signore si sistemeranno nella sala di Storia del Mondo e nessun cibo o oggetto sarà ammesso a meno che qualcuno di noi non l'abbia acquistato o ispezionato personalmente. E poi aspetteremo. Quoth seguirà Dorothy e vedrà cosa fa.»

«Ho un problema con questo piano,» annunciò Heathcliff.

«Solo uno?» si intromise Morrie, picchiettando sul telefono. «Io ne ho almeno diciassette, a cominciare dal fatto che Mina starà a dormire al piano di sotto con le vecchie befane e non al piano di sopra nel mio letto.»

«Non è esatto dire che andrò *a letto,* dato che c'è un assassino a piede libero,» gli feci notare.

«Non sarebbe nemmeno esatto dire che nel letto mio dormiresti, bellezza.»

«Quello che voglio sapere è perché ogni maledetta trappola deve coinvolgere il mio negozio,» brontolò Heathcliff. «E perché tu devi metterti in pericolo?»

«Perché se succedesse qualcosa alla signora Ellis, non potrei vivere con me stessa sapendo che avrei potuto fare qualcosa che non ho fatto. Questa è la mia ultima parola.»

Lasciai i ragazzi a mettere in sicurezza le finestre e ad allestire una trappola esplosiva sulla porta dell'aula di Storia del Mondo, poi andai alla panetteria di Greta e ordinai un bel po' di cibo, che vidi preparare e aspettai fosse pronto. Non potevo permettermi di correre rischi. Poi andai al negozio di alcolici e scelsi alcune bottiglie di vino. Controllai accuratamente i tappi per assicurarmi che fossero sigillati. Nell'appartamento della signora Ellis, tolsi dal letto lenzuola e piumone e li portai alla biblioteca, per preparare il pigiama party.

Quoth mi raggiunse all'ingresso e mi aiutò a trasportare il tutto. «Questo posto sembra quasi accogliente ora.»

Dovetti dargli ragione. Tutti i mobili erano stati spostati di lato, come avevo fatto per la riunione del Club dei Libri Banditi. Morrie aveva collegato un proiettore a uno dei suoi hard disk e stava già proiettando la versione del 1939 di *Cime tempestose,* con Laurence Olivier che faceva del suo meglio per interpretare Heathcliff.

«Se non temessi per la mia vita, sarebbe molto divertente!» La signora Ellis prese una ciambella alla crema dalla cima della pila e si distese sulla poltrona. «Dovresti organizzare più spesso eventi come questo in libreria. Sono sicura che Brenda sarebbe felice di portarci il gruppo dei giovani.»

La mia mente era in fermento mentre pensavo a serate di cinema a tema "libri" con il proiettore, e magari a conferenze sulla storia locale o a presentazioni di libri. «Sto cercando di convincere Heathcliff.»

«No,» si intromise lui da dietro la sua scrivania nell'altra stanza.

«Non hai nemmeno sentito quello che ho detto.»

«Vuoi trasformare il negozio in un luogo attraente in cui la gente voglia venire, e io ho detto di no.»

Gli feci una linguaccia. «Non sei divertente.»

«Venerdì sera la pensavi diversamente.»

La signora Ellis si alzò di scatto, con gli occhi che le brillavano. «Cos'è successo venerdì sera, cara?»

Arrossii. «Torni al suo film, signora Ellis. Devo parlare con Heathcliff *in privato*.»

Lei mi strinse la mano e mi tirò vicina a lei per sussurrarmi qualcosa di così sconcio da farmi arrossire dalla testa ai piedi.

Come ha fatto questa donna a insegnare a bambini innocenti per quarant'anni?

Sgattaiolai fuori dalla stanza e mi sedetti sul bordo della scrivania di Heathcliff. «Sono tutti sistemati, comodi come insetti in un tappeto.»

«È un modo di dire orrendo. Un insetto non ha bisogno di un tappeto, gli basta sì e no un fazzoletto.» Girò una pagina del libro. «Morrie ti vuole di sopra.»

«Davvero? Non vuoi che...»

«No.» Infilò le dita tra le pagine e stirò la bocca in un sorriso. «Faccio io il primo turno di guardia.»

«Sei sicuro?»

Si appoggiò allo schienale della sedia, incrociò le gambe

all'altezza delle caviglie e accarezzò la pila di libri accanto a sé. «Lo faccio volentieri.»

«Okay, metti la sveglia e vieni a prendere Morrie tra due ore.»

«Se lo dici tu.»

Andai al piano di sopra. Avevo messo altre luci intorno alle scale. Morrie le aveva lasciate accese per me. Mentre mi facevo strada tra le luci accese fino all'appartamento del secondo piano, mi sembrava di salire in un mondo magico. E, in un certo senso, lo era.

«Morrie?» Spinsi la porta dell'appartamento, aspettandomi di vedere il bagliore dello schermo del suo computer dalla nicchia che usava come ufficio. Invece, il soggiorno era immerso nella penombra e l'unica luce proveniva dal corridoio che portava al bagno e alle camere da letto.

«Ah, bellezza,» mi chiamò una voce zuccherosa dalle profondità dell'appartamento. «Non vuoi venire a cercarmi?»

Entrai nel corridoio, con il cuore che batteva all'impazzata per l'emozione. La porta di Morrie era socchiusa. La spinsi con il piede e sbirciai dentro. «Che c'è?»

«Ho una sorpresa per te,» sussurrò, le sue parole grondavano di desiderio.

«Sì?» Tutti i pensieri di catturare l'assassino svanirono mentre l'eccitazione mi percorreva la schiena. Entrai nella stanza. La lampada sul comodino di Morrie era accesa, il fascio di luce puntato al soffitto, dove un paio di manette di cuoio e acciaio pendevano dal gancio sopra il letto.

«Sorpresa,» mi sussurrò Morrie all'orecchio, arrivandomi da dietro le spalle e calandomi una benda sugli occhi. «Stanotte sei mia.»

23

Quando il tessuto mi si appoggiò sugli occhi, un leggero brivido di panico mi si accese nello stomaco. Allungai una mano e gli afferrai il polso. «Morrie, cos'è questa cosa?»

Lui abbassò la benda e uscì dall'ombra in modo che lo vedessi. Indossava una bella camicia azzurra che metteva in risalto il ghiaccio dei suoi occhi e aveva un sorriso malvagio, che mi trasformò gambe e braccia in gelatina. Fece un cenno alle manette che pendevano dal soffitto.

«Ho pensato a te, Mina, a come temi l'oscurità. Non solo l'oscurità che potrebbe diventare il tuo mondo, ma anche l'oscurità che vedi dentro di me.» Morrie fece una pausa. «E anche dentro Heathcliff e Quoth. Ma, soprattutto, quella che vedi in te e di cui hai paura.»

Deglutii a fatica, fissando la benda. Ripensai alle luci blu che mi avevano attraversato la vista e di cui finora sapeva solo Quoth. «Sembro proprio un gatto spaventato.»

«Non lo sei. Sei la persona più coraggiosa che abbia mai conosciuto.» Morrie si chinò in avanti, premendomi le labbra sulla fronte. Si soffermò lì, il calore delle sue labbra che bruciava i miei dubbi. «Forse se imparerai che l'oscurità non è nulla da temere, allora sarai in grado di liberare tutta la furia che so essere nascosta dentro di te.»

«Non so...»

«L'altro giorno hai detto di voler provare. Ritiri ciò che hai detto?»

«No, è solo che...»

«Hai rispettato la tua parte dell'accordo con Heathcliff, quindi ho deciso di premiarti. Ti fidi di me?» chiese Morrie.

Mi fidavo? In linea teorica, non avrei dovuto. Dovevo continuare a ricordare a me stessa che quell'hacker sexy era in realtà James Moriarty, il "Napoleone del crimine", l'arcinemico di Sherlock Holmes. Eppure, nonostante avessi visto Morrie compiere una serie di atti illegali nel corso della caccia al vero assassino di Ashley e nel tentativo di venire a capo degli omicidi del Club dei Libri Banditi, sapevo che in lui c'era dell'altro. *Sapevo* che se fossi crollata, lui sarebbe stato lì a prendermi.

«Mi fido di te.»

Morrie mi riposizionò la benda sugli occhi. L'oscurità mi avvolse, invadendomi come un'onda fredda. Il panico si accese di nuovo.

La bocca di Morrie premeva contro la mia, la sua lingua cercava, godeva. I suoi polpastrelli mi scesero lungo le braccia e i brividi di panico si trasformarono in brividi di desiderio.

Lo voglio. Lo desidero ardentemente. Ma Dorothy Ingram... la gente al piano di sotto...

«Morrie, non possiamo farlo ora.»

«Possiamo fare tutto quello che vuoi,» mormorò appoggiato alle mie labbra. «L'ho messo in chiaro con Heathcliff. È per questo che farà lui il primo turno di guardia. Nessuno ci disturberà a meno che non ci sia un'emergenza.»

«Hai detto a Heathcliff...»

«Certo.» Morrie mi afferrò il collo, spingendomi il mento

verso l'alto mentre mi baciava con più passione. «Anche a Quoth. Non potevo certo farli correre qui ogni volta che avresti urlato.»

Volevo chiedergli cosa Heathcliff avesse detto di me e Morrie e di *tutto questo*, ma poi le labbra di Morrie si allontanarono. Privata del suo contatto, io mi protesi in avanti cercandolo. Lui ridacchiò nell'allontanarsi, spostandosi dietro di me. La sua pelle mi sfiorava, il tocco leggero come una piuma faceva cose eccitanti dentro di me.

Le dita di Morrie mi danzarono su una spalla, scivolarono sotto il tessuto e mi spinsero giù la camicetta. Le sue labbra mi sfiorarono il collo. I suoi denti... *oh, oh*.

Gemevo mentre Morrie mi baciava e accarezzava il collo, le orecchie, la clavicola. Nell'oscurità, ogni tocco mi accendeva il corpo, ogni centimetro di pelle formicolava nell'attesa della sua prossima mossa. Non mi accorsi nemmeno che mi aveva sbottonato la camicetta e l'aveva gettata via. Le sue dita si infilarono sotto la spallina del reggiseno, e la sganciarono con facilità.

Morrie mi abbracciò e mi aiutò a salire sul letto. «Braccia sopra la testa,» sussurrò con voce autorevole e tesa per il desiderio.

Obbediente, alzai le mani. Con quanta facilità mi ero calata nel ruolo e gli avevo affidato il mio corpo. Era proprio come nel King's Copse con Heathcliff. Mi ero dovuta fidare anche di lui. Ma in realtà si trattava di fidarmi di me stessa: se fossi caduta nell'oscurità e quei ragazzi non mi avessero salvata sarei stata in grado di salvarmi da sola. Non ci avevo mai creduto fino a quando non ero tornata a casa, alla Libreria Nevermore.

Morrie mi infilò i polsi nelle manette e li bloccò. Io diedi uno strattone. Ero bloccata. Le dita di Morrie mi sfiorarono le caviglie mentre mi posizionava i piedi alla larghezza delle spalle sul fondo del letto.

«Normalmente userei una barra di divaricazione sulle caviglie per tenerti così,» disse, lasciandomi una scia di baci lungo la gamba fino a farmi gemere. «Ma voglio mantenere le cose semplici per la tua prima volta.»

Barra divaricatrice? La mia mente viaggiava a mille. *Come fa Morrie a conoscere queste cose? Non ci sono barre divaricatrici in* L'Ultima Avventura.

L'aria passava sulla mia pelle nuda. Morrie ritirò le mani. Rimasi nuda, aspettando che mi toccasse. La stanza si animò di suoni. Il respiro di Morrie, lento e pesante. Il fruscio di abiti, o tessuti, o... il tintinnio di un bicchiere... Voci flebili del film che arrivavano dal piano di sotto... *ma dov'è Morrie? Perché non mi tocca...*

Sussultai quando un freddo feroce mi passò tra i seni, i bordi accesi di un calore umido. *Un cubetto di ghiaccio,* mi resi conto. Morrie aveva un cubetto di ghiaccio in bocca.

Oh.

Tracciò un cerchio di ghiaccio sul mio addome che mi fece vibrare la pelle per la sorpresa, e subito dopo arrivò il calore delle sue labbra e della sua lingua. Cercai di tenere fermo il corpo, concentrandomi sulle sensazioni che Morrie mi disegnava sulla pelle.

Gemetti mentre Morrie allontanava il ghiaccio. Lui rispose premendomi il cubetto su un capezzolo. Ansimai, attraversata da un dolore freddo e lancinante. Morrie mi spinse dentro un dito, mentre teneva fermo il cubetto di ghiaccio e io mi contorcevo, gorgogliavo e gridavo perché mi faceva male ma era così bello e *perché perché perché perché.*

Se era questo che intendeva quando parlava di abbracciare l'oscurità, allora forse potevo abituarmi.

«Attenta, bellezza. Le tue grida hanno attirato un uccellino.»

«Quoth?» sussurrai.

«Non volevo...» gracchiò la sua voce roca dall'ingresso. «Ho solo sentito l'urlo e...»

«Ti ho detto cosa stavo facendo qui dentro. Non dovresti sorvegliare la nostra sospettata di omicidio?»

«Stavo uscendo. Ho pensato che stessi facendo del male a Mina.» La voce di Quoth si fece tesa.

«Ti sembra che stia soffrendo?» Morrie sembrava divertito.

«No,» sussurrò Quoth. Quante emozioni in quell'unica parola: il mio cuore si spalancò per lui. L'avrei abbracciato se non avessi avuto le braccia legate sopra la testa.

Perché non sono completamente mortificata in questo momento? Perché mi preoccupo di più dei sentimenti di Quoth che del fatto che mi sta vedendo nuda e appesa sopra il letto di Morrie?

Perché il pensiero che Quoth mi veda nuda e incatenata mi fa eccitare e mi fa rivoltare lo stomaco in questo modo?

«Perché non vieni qui ad aiutarmi, uccellino?» disse Morrie. «Sempre che Mina sia d'accordo.»

«Va bene,» dissi.

Cosa? Cosa ho appena detto?

Avevo il cuore che batteva forte mentre il letto cigolava e un'altra presenza si ergeva dietro di me. «Sei sicura di volerlo fare, Mina?» Il respiro di Quoth mi solleticò il collo.

«Sono sicura.»

«Bene. Perché sei terribilmente bella.» Quoth sospirò e mi premette le labbra sulla pelle.

24

Quando le labbra di Quoth mi sfiorarono emisi un gemito, il mio corpo tremò tutto: per i nervi, per la paura, per il desiderio.

Quoth rimase fermo in quel punto e il calore del suo bacio mi si diffuse su tutta la pelle. Il letto cigolò di nuovo e capii che Morrie era in piedi davanti a me. Sussultai quando mi prese i seni tra le mani, stuzzicandomi i capezzoli con le dita, ancora fredde per aver maneggiato il ghiaccio.

Le uniche parti di loro che mi toccavano erano le dita di Morrie e le labbra di Quoth. Eppure, il mio corpo rispondeva. Tutti i miei sensi andarono in tilt. I loro profumi si mescolavano nell'aria intorno a me: il pompelmo e la vaniglia di Morrie, l'aria frizzante, il sole e l'erba appena tagliata di Quoth. Mi bagnai le labbra con la lingua, desiderando assaggiare uno di loro, *tutti e due*. L'aria si muoveva intorno a me mentre loro si spostavano sul letto, i loro corpi vicini, così vicini, ma irraggiungibili. Oh, avevo una voglia matta di toccarli. Scariche elettriche emanavano dalla loro pelle e crepitavano contro la mia, sempre più vicini...

Con baci piumosi Quoth spostò le labbra lungo la mia

clavicola. Le sue dita si intrecciarono nei miei capelli mentre mi baciava lungo la spina dorsale e sulle spalle, e ogni tocco mi faceva drizzare i capelli. Io mi lasciai andare, sorretta dalle manette, mentre cercavo di premermi contro il corpo di Quoth. Ma lui rimaneva appena fuori dalla mia portata.

«Ha voglia,» disse Morrie ridacchiando. Le sue mani mi sfioravano i fianchi, stuzzicandomi le cosce, girando tra le mie gambe, arrivando così vicine al punto in cui convergevano tutti i miei dolori, ma non mi toccavano mai, non mi davano mai quello che volevo.

«Per favore...» mormorai.

«Visto che me lo chiedi così gentilmente...» Morrie si fece avanti. Con una mano mi prese una guancia e la sua lingua si tuffò tra le mie labbra. L'altra mano si infilò tra le mie gambe, andando a colpirmi il clitoride. Io barcollai sotto quella forza improvvisa e la mia schiena andò a sbattere contro Quoth. Gemetti mentre lui mi avvolgeva con il suo corpo e mi circondava con il suo calore protettivo.

I due mi tennero ferma, esattamente dove volevo essere. Quattro mani mi accarezzavano il corpo, esplorando ogni parte di me, girando intorno ai miei seni, circondando e pizzicandomi i capezzoli, accarezzando e strofinandomi il clitoride. Mi persi nelle sensazioni, rinunciando a sapere chi fosse chi e cosa stessero facendo, e mi abbandonai all'edonismo di essere adorata da loro due.

Mi dissolsi sotto le loro carezze implacabili. Il dolore dentro di me divenne un fuoco ruggente, un inferno, che mi attraversò le vene e mi inghiottì completamente. Quando venni, gridai tra le labbra di Morrie.

Una luce blu esplose nell'oscurità. Mi mancarono le gambe. Le manette che mi sorreggevano mi graffiavano i polsi.

«Oh, no, bellezza. Non abbiamo ancora finito con te.» Morrie sussurrò qualcosa a Quoth. Mi sforzai di sentire cosa avessero in mente. Ma poi le loro mani erano di nuovo su di me, che toccavano, si immergevano e accarezzavano.

Il letto cigolò quando uno di loro si inginocchiò sul bordo. Due mani mi presero le cosce, facendomi oscillare in avanti. Una lingua mi scivolò addosso, separandomi le labbra e lambendomi. *Morrie. Deve essere Morrie con il suo ritmo freddo e controllato...*

Dietro di me, il fruscio dell'involucro di un preservativo. Un dito mi toccò una guancia, leggero come una piuma, facendomi girare la testa di lato. Le labbra di Quoth sfiorarono le mie, morbide, caute. Le separai con le mie, facendo scivolare la lingua sulla sua, attirandolo a me, più in profondità.

«Mina,» sussurrò, con la voce strozzata dal desiderio. «Tu mi vuoi?»

«Ti ho desiderato dal primo momento in cui ti ho visto,» risposi sottovoce.

Quoth gemette, piegandosi contro la mia schiena. Il suo cazzo mi premeva tra le gambe, duro e pronto. Allargai le cosce. Lui mi scivolò dentro.

Oh, sì.

Quoth era fantastico, perfetto, mi riempiva completamente. Sospirò appoggiato alle mie labbra mentre si muoveva lento, uscendo per poi spingersi di nuovo dentro. E nel frattempo le forti mani di Morrie mi stringevano le gambe e la sua lingua mi lambiva.

Questo è... non posso...

Quell'intensità mi lasciò senza fiato. Venni di nuovo, urlando contro le labbra di Quoth, succube del mio corpo. Ero sostenuta dalla presa ferma di Morrie e dal cazzo di Quoth. Le unghie di Quoth mi si conficcarono nelle cosce mentre mi accompagnava nel mio orgasmo, gemendo stretto dalle mie pareti.

Non si fermarono. Il mio clitoride era in fiamme e Morrie

continuava con il suo ritmo incessante. Quoth affondò dentro di me, arrivando in profondità, e questa volta urlai, invasa da un altro orgasmo. Stelle luminose blu e viola mi esplosero negli occhi.

Wow. Okay... wow...

Mi trasformai in un fascio traballante di nervi e venni di nuovo quando Quoth mi azzannò una spalla. Il morso mi scatenò una fitta di dolore, mentre sentivo la tensione nei suoi muscoli e il suo cazzo che si contraeva. E venne.

«Tocca a me,» esclamò Morrie felice.

«Non posso...» dissi con voce ansimante.

«Certo che puoi.» Quoth ricadde all'indietro. Morrie si spostò dietro di me e indossò un preservativo. Capii che Quoth si era spostato davanti a me, perché il suo corpo premeva contro il mio petto e le sue labbra cercavano le mie.

Morrie mi divaricò di nuovo le gambe e si fece strada dentro di me. Il mio corpo si irrigidì per il dolore, adattandosi lentamente alle sue dimensioni. Mentre Morrie spingeva con il suo ritmo regolare e controllato, Quoth mi baciava, con la lingua che sbatteva contro la mia, le labbra che parlavano di tutte le cose che non riusciva a dirmi. La sua anima si sfogò in un bacio che mi rubò il fiato e allo stesso tempo mi spezzò il cuore.

In quel momento ogni cosa era semplicemente perfetta. Quoth diede sfogo alle sue speranze dentro di me mentre Morrie dava sfogo a tutto il suo desiderio di controllo. Il corpo di Morrie si tese e i suoi denti andarono a raschiare lo stesso punto della mia spalla nell'attimo in cui anche lui venne, in quel nanosecondo in cui concesse al suo caos di regnare.

Morrie mi si accasciò addosso. Il sudore mi appiccicava la pelle e non sentivo più i polsi. Quoth mi premette le labbra sulla fronte. «Grazie,» sussurrò.

Cercai di dirgli che era il benvenuto, cosa un po' strana da dire dopo il primo rapporto a tre, ma le mie labbra si erano intorpidite e non riuscii a pronunciare quelle parole.

«Appoggiati a me, bellezza.» Le forti braccia di Morrie mi avvolsero. Allungò le mani e sganciò le manette. Il mio corpo si afflosciò contro il suo. Non riuscivo a reggermi in piedi.

Mi tolse la benda dagli occhi. Il volto che mi fissava non era quello del maestro criminale sicuro di sé che vedevo di solito. Gli occhi gelidi di Morrie erano pieni di preoccupazione, i lineamenti tirati. Il sudore gli colava sulla fronte. Mi fece un sorriso sbilenco. «Stai bene?»

«Io...» Faticai a trovare le parole. «È stato fantastico.»

«Bene.» Morrie si lasciò andare a uno dei suoi sorrisi di autocompiacimento e, proprio in quel momento, indossò di nuovo la sua maschera. Mi prese in braccio e mi depositò sul letto. «Quoth ti coccolerà per un po'.»

«Ma tu...»

«Devo andare in un altro posto.» Morrie si allontanò nell'oscurità. Allungai una mano verso di lui, ma la porta si chiuse con un colpo. Era sparito.

Mi tremavano le labbra. *Cosa è appena successo?* Morrie aveva appena orchestrato il miglior sesso della mia vita. In qualche modo mi aveva convinta a fare una cosa a tre e non avevo assolutamente rimpianti. E poi, un'occhiata ora che ero senza benda, ed era scappato via.

La mia mente lavorava. Dietro tutta quella spavalderia stava succedendo qualcosa nella testa di Morrie. L'avevo appena intravisto? Era per quello che era scappato, perché non voleva essere vulnerabile di fronte a me e a Quoth?

A proposito di vulnerabilità...

Quoth sollevò il bordo del lenzuolo. Io gli sorrisi, facendogli cenno di accomodarsi. Si infilò accanto a me, avvolse le braccia intorno al mio corpo e mi tirò contro di lui, poi intrecciò le gambe alle mie. Io appoggiai la testa al suo bicipite e lo fissai, osservando l'anello arancione che brillava sul bordo di quei profondi occhi castani.

«Dovrebbe stare qui anche lui,» disse Quoth, mentre mi passava le dita sul viso e sulle spalle, facendomi venire la pelle d'oca.

«Va tutto bene. Ho te.» Gli appoggiai la testa sulla spalla e una mano sul petto, sopra il cuore che batteva.

Lui sospirò. «Mina, come è successo? Come ho fatto a essere così fortunato?»

«Ringrazia Morrie. Mi chiedo se aveva pianificato che le cose andassero così. Sai che mi ha detto che dovevo andare a letto con te e Heathcliff? Sospettava che io e te ci saremmo girati intorno per mesi se non ci avesse spinto l'una nelle braccia dell'altro.»

«Se è così, ritiro tutte le cose cattive che ho detto su di lui.» Quoth strizzò gli occhi e sorrise. *Oh, Iside, quel sorriso...*

«Però non rimangiarti quella volta che l'hai definito il *Napollastrone* del crimine, perché è stato esilarante.»

Lui rise, abbracciandomi più forte. «Mai.»

«Quoth,» sussurrai appoggiata al suo petto. «Scusami se ho cercato di costringerti a tornare umano, quando eravamo a casa di mia madre. Pensavo avessi solo bisogno di una parola dura, ma mi sbagliavo. Eri davvero terrorizzato.» Mi si spezzò il cuore ricordando come il suo corpo di corvo avesse tremato tra le mie braccia.

«Va tutto bene.»

«Non ne sono sicura. Pensavo fosse un modo per aiutarti, ma non capisco cosa significhi essere te, cosa succede nel tuo corpo o nella tua mente.»

«Sono un cupo, sgraziato, spettrale, smunto e minaccioso uccello del passato,» disse lui. «Sai tutto quello che devi sapere.»

«Non dovresti parlare di te stesso in questo modo, anche se

Poe l'ha fatto. Tu sei molto di più per me. Per favore, non permettermi di spingerti a uscire e a fare cose se non puoi...»

«*Voglio* essere un umano, Mina.» La voce di Quoth fremeva di veleno. «*Voglio* poter stare al mondo con te. Voglio poterti aiutare quando...» Si bloccò.

«Finisci la frase. Vuoi aiutarmi quando diventerò cieca.» Non esitai sulla parola, come facevo di solito. «Lo apprezzo, ma sto iniziando a capire che non è compito tuo. È mio.»

«Ho giurato che ti avrei protetta,» insistette.

«L'hai fatto, e questo è molto nobile, anche se un po' strano. Ma se non mi proteggo almeno un po' da sola, non potrò mai più guardare negli occhi il mio poster di Sid Vicious.» Risi. «In effetti, questo potrebbe presto diventare un vero problema.»

«Hai visto di nuovo le luci colorate?»

«Sì.» Lo strinsi. «Ho ancora paura, ma sento che con te, Heathcliff e Morrie al mio fianco, posso vincere la paura. E desidero essere al tuo fianco mentre tu vinci la tua. Però non voglio forzarti, perché non è così che si fa, d'accordo?»

«Non potresti mai costringermi,» disse Quoth con foga.

«Bene. E in futuro sarai così gentile da dirmi se mi sto comportando bene.»

Lui rise di nuovo. «Stai zitta e chiudi gli occhi, Mina Wilde. Se parli ancora vorrà dire che ci stiamo allontanando.»

25

Io e Quoth eravamo a letto insieme, con le labbra e le mani che esploravano il corpo dell'altro in uno strano mondo tra la veglia e il sonno. Dei passi pesanti salirono le scale, facendomi trasalire dalle mie fantasticherie. Mi alzai di scatto proprio nel momento in cui Heathcliff mi chiamò.

Mi sfilai da sotto il braccio di Quoth e raccolsi il piumone di Morrie intorno a me come un abito, poi uscii nel corridoio.

Heathcliff era in piedi davanti al camino, gli occhi infuocati. La tensione emanava a ondate dal suo corpo. Io rimasi ferma, incerta se stesse per iniziare a urlare e a lanciare oggetti o se volesse sbattermi contro il muro e scoparmi. Speravo nella seconda ipotesi.

«Morrie mi sta facendo impazzire. Sono salito per...» Le parole di Heathcliff gli morirono sulle labbra mentre fece un passo verso di me e abbassò gli occhi sulla mia spalla. Seguii il suo sguardo e notai una linea di lividi viola sulla mia pelle. Succhiotti.

«Il lavoro di Morrie,» sussurrò, premendomi un dito sulla pelle. Il succhiotto si schiarì per poi scurirsi di nuovo.

«E di Quoth,» aggiunsi io.

Heathcliff sollevò un sopracciglio. «Quindi sarà così, vero?»

«Non lo so. Non ho idea di quello che sto facendo. So solo che mi sono sentita bene. Siete tutti meravigliosi.»

«Tu sei fantastica.» Heathcliff chiuse la distanza tra noi, appoggiando le sue labbra sulle mie, poi le sue mani mi afferrarono i capelli e io lasciai cadere il lenzuolo e premetti il mio corpo contro il suo.

Percepii la tensione nelle sue braccia mentre le sue mani esploravano il mio corpo, sollevandomi per poi tirarmi contro di lui, come se non fossimo mai abbastanza vicini a meno di infilarci uno dentro l'altra. I miei sensi languidi presero vita, assaporando la possessività del suo tocco.

Heathcliff mi fece girare su me stessa, poi mi sbatté contro il muro, divorandomi la bocca con la sua. Riuscii a infilargli una mano tra le gambe e ad abbassargli la cerniera. Quando gli strinsi il cazzo, lui gemette contro le mie labbra.

Tirò fuori un preservativo dalla tasca, e ne strappò l'involucro con i denti. Lo indossò e io avvolsi le gambe intorno a lui. Mi sorresse senza fatica, stringendomi il culo con le mani enormi mentre mi penetrava in un unico, fluido, movimento.

La mia schiena sbatteva contro il muro e lui mi prendeva, spingendosi ripetutamente dentro di me, più a fondo e più forte di quanto avesse mai fatto prima. I suoi occhi selvaggi si conficcarono nei miei e io affondai nelle loro nere profondità.

Heathcliff accelerò il ritmo. Io inarcai la schiena, piantandogli le unghie nelle spalle, il dolore che esplodeva dentro di me, e venni invasa dall'orgasmo.

Wow. Wowowowowow.

Non ero mai venuta solo con la penetrazione. Ma qualcosa nell'angolazione e nel modo in cui gli occhi ardenti di Heathcliff bruciavano nei miei mi aveva mandato fuori di testa. Dietro la sua testa nell'oscurità brillavano due occhi contornati da fiamme. Quoth, seduto sul suo trespolo, ci osservava, sempre a controllare che nessuno mi facesse del male.

Heathcliff gridò mentre veniva, il suono come una liberazione di qualcosa di antico e primordiale. Dentro di me, il suo cazzo ebbe un guizzo e si liberò. Lui si accasciò contro di me, tenendomi ancora stretta.

La mia mente si arrovellava in un milione di pensieri disordinati. *Ho appena avuto un rapporto a tre. Sono appena andata a letto con tre uomini nella stessa notte.*

E a loro sta bene. E a me... anche a me potrebbe andare bene.

Avremmo potuto discutere i dettagli più tardi, una volta liberi dall'omicidio da risolvere. Ma ora, mentre Heathcliff si accasciava sulla sedia e mi tirava sulle ginocchia per avvolgermi in un abbraccio, e gli occhi vigili di Quoth bruciavano nella penombra, in quel momento non avevo affatto paura.

26

«Sveglia, dormiglioni.»
Heathcliff balzò in piedi, facendomi cadere a terra. «Allontanati da lei o ti sventro come un pesce!» urlò, brandendo un attizzatoio nell'oscurità.

«Rilassati,» disse ridendo una voce che riconobbi essere quella di Morrie. «Nessun pericolo imminente.»

«Merda.» Mi strofinai gli occhi. «Che ora è? È l'ora del mio turno?»

«Sono le sette del mattino. Sono salito per sapere se volete che prepari la colazione. Pensavo a una piccola *boule de pain*...»

«Non ci hai svegliato?» brontolò Heathcliff. «Che cosa è successo? Quoth è uscito per seguire il sospetto?»

«Rilassati, va tutto bene. Ho provato a svegliarvi, ma Mina era troppo carina e tu mi hai ringhiato contro e non volevo rischiare il collo. Ho vegliato io le befane. Quoth ha passato la notte a guardare Dorothy Ingram dalla finestra. A quanto pare, ha lavorato a maglia a una sciarpa orrenda e ha pianto per tutta la durata di *Un amore splendido*.»

«Non ti ho ringhiato contro!» urlò Heathcliff.

«Ti assicuro che l'hai fatto, proprio come stai facendo ora.»

«Non avrei potuto. Stavo dormendo.»

«Allora ringhi nel sonno, come un gigantesco orsacchiotto di peluche.» Morrie si scansò mentre Heathcliff gli sferrava un pugno.

«Ragazzi, possiamo concentrarci, *per favore?* La signora Ellis, la signorina Blume, stanno bene?»

«Sì, perfettamente al sicuro e in ottima forma. Ho appena portato loro il tè. La signorina Blume ha gettato il suo dalla finestra per "leggere le foglie". Mentre uscivo, la signora Ellis mi ha palpato il culo.»

Io sorrisi. Stavano decisamente bene. «Che significa che Dorothy non si è presentata?»

«Probabilmente niente,» disse Morrie. «Forse la tua assassina non ha ricevuto il messaggio del pigiama party, o forse ha sospettato una trappola, oppure le tue urla di estasi hanno richeggiato in tutto il villaggio e hanno svelato l'intero gioco.»

Avevo le guance che mi bruciavano. Mi alzai in piedi. «Vado a parlare con loro,» borbottai mentre mi dirigevo verso le scale.

Quando entrai nell'aula di Storia del Mondo la signora Ellis mi fece l'occhiolino. *Fantastico, quindi mi ha sentito anche lei. Quella storia avrebbe fatto il giro del paese prima del tramonto.*

E, oh Ator, la signorina Blume lavora con mia madre. Questo è molto, molto male.

«Avete dormito bene?» riuscii a chiedere.

«Oh, meglio di quanto ci si potesse aspettare,» rispose la signora Ellis con un gran sorriso. Mi sentivo il viso in fiamme. «Siamo state sveglie tutta la notte, ad ascoltare il suono del nostro assassino che veniva a prenderci.»

«Abbiamo sentito ogni sorta di scricchiolii e gemiti,» aggiunse la signorina Blume. «Questo vecchio edificio è certamente *vivace.*»

Astarte, uccidimi ora.

«Beh, certo» mi schiarii la gola. «Ovviamente eravate in estrema sicurezza. Vi va bene rimanere qui in negozio oggi? Io e Morrie andremo a ispezionare il giardino della signora Winstone.»

La signora Ellis ripiegò il piumone. «Oh, no, non possiamo stare qui. Dobbiamo andare a trovare Brenda all'ospedale, e Sylvia ha dei clienti prenotati.»

«Molto bene, Quoth… ehm, *Allan* verrà con voi all'ospedale.»

«Mina,» sussurrò Quoth da dietro di me. «Posso parlarti in privato per un momento?»

Gli occhi della signora Ellis le uscirono dalla testa mentre si chinava in avanti per scrutare dietro l'angolo un Quoth a torso nudo, che sparì nell'ombra.

«Certo.» Lo seguii attraverso il corridoio e nella stanza di Letteratura per l'Infanzia. Quoth mi cinse il polso con le sue lunghe dita.

«Non avevi appena detto che avresti smesso di farmi pressioni?» Aveva il fuoco negli occhi.

«Non avevi detto che volevi essere spinto?» risposi io.

«Assomigli troppo a Morrie. Osservare un'anziana signora dalla finestra è una cosa, ma hai visto cosa è successo a casa di tua madre. Se faccio casino, Mina… se muto forma davanti a qualcuno del posto…»

Gli strinsi la mano, perdendomi nel castano intenso dei suoi occhi. «Sei solo nervoso, tutto qui. Gli altri ti hanno riempito la testa di ogni genere di sciocchezze. Ti meriti una vita vera, Quoth. Voglio camminare mano nella mano con te per la città e osservare la gente che si volta a guardarci. Voglio portarti a un concerto punk per farti sentire il modo in cui la musica ti taglia dentro e fa uscire tutte le cose brutte. Voglio che andiamo alla National Gallery e alla Tate Modern, e forse un giorno potremmo anche fare un viaggio a Parigi e visitare il Louvre e vedere tutti gli incredibili dipinti che ti riempiranno di gioia. La tua vita potrebbe essere così e io potrei condividerla con te, e sarebbe fantastico. Ma se vuoi quella vita, devi portare la signora Ellis e la signorina Blume all'ospedale. Okay?»

In tutta risposta, Quoth si portò una mia mano alle labbra. Una scossa di elettricità mi attraversò il corpo. Purtroppo, lui si allontanò subito e si girò per andarsene.

«Dove stai andando?» Cercai di tirarlo indietro, ma mi sfuggì dalla presa.

Il suo sorriso brillante illuminava la stanza meglio di qualsiasi lampada di seconda mano. «Se devo andare all'ospedale, dovrò mettermi una camicia.»

Sorridendo, andai a prendere Morrie per uscire con lui per le nostre indagini. Lungo la strada ci fermammo alla panetteria per un caffè. Appena ci girammo per andarcene, con in mano le nostre tazze da asporto e le ciambelle alla crema, entrarono Dorothy Ingram e altre due signore della parrocchia. Passandomi accanto zoppicando, con il suo bastone da passeggio ben stretto in mano, Dorothy mi lanciò un'occhiataccia. Io le scoccai uno sguardo malefico, resistendo all'impulso di tendere un piede e farla inciampare.

Morrie non fece altro che chiacchierare per tutta la strada. Cercai di chiedergli della sera prima, del motivo per cui fosse scappato, ma non riuscivo a trovare le parole. Non riuscivo ancora a credere che fosse successo.

I Winstone vivevano in un grazioso cottage lungo un piccolo vicolo dall'altra parte del parco, affacciato su un pittoresco prato. Anche se era pieno inverno, il giardino era un'esplosione di colori e di disegni. Morrie prese una lente d'ingrandimento tascabile e girò intorno al muretto di pietra, mentre io mi chinai per esaminare la scalinata dove la signora era stata aggredita. Uno dei lati era fiancheggiato da un'alta siepe di glicine che avrebbe sicuramente offerto una copertura sufficiente a un aggressore in agguato.

Mi chinai per esaminarla. C'erano alcuni ramoscelli spezzati sul davanti, ma non così tanti come mi sarei aspettata, visto il tipo di colluttazione descritta dalla signora Winstone. *O l'aspirante assassino è stato prudente, oppure è sgattaiolato lungo il sentiero invece di nascondersi tra i cespugli.* Mi raffigurai Dorothy Ingram con il suo bastone e la sua zoppia: non si sarebbe potuta avvicinare di soppiatto a nessuno. Scrutai meglio la siepe. Il terreno non sembrava calpestato. *Ovviamente Dorothy è una donna minuta e non ha bisogno di tanto spazio quanto un uomo grande e grosso.*

Scostai le foglie morte, cercando altri rametti spezzati. Forse potevo individuare il punto in cui si era accovacciata in attesa. La mia mano sfiorò qualcosa di duro e liscio. Lo presi tra le dita, lo tirai fuori e lo sollevai verso la luce.

Un bastone da passeggio in legno.

L'assassino deve averlo fatto cadere mentre fuggiva. Studiai l'asta e notai delle macchie di sangue secco intorno all'impugnatura decorata.

La mia mente lavorava. *Dorothy aveva con sé il bastone quando l'abbiamo vista alla panetteria. Il che significa che questo non può essere suo.*

A meno che non ne abbia più di uno. Ma sembra improbabile. È un bastone molto particolare e costoso, si direbbe.

«Morrie!» gridai. «Ho trovato qualcosa.»

Lui si avvicinò di corsa. Ispezionò il bastone passando le dita lungo il fusto e studiando il sangue secco vicino all'impugnatura. «Questa è sicuramente l'arma con cui è stata colpita la signora Winstone.»

«Ma prima Dorothy ce l'aveva, il suo bastone.» Indicai l'impugnatura. «Credo che questo sia diverso. Quello di

Dorothy ha dei fiori intagliati intorno alla presa. Questo ha delle forme a mezzaluna.»

«Si tratta delle fasi lunari, mescolate a forme geometriche sacre. È un disegno occulto.» Morrie fece una smorfia. «Hai ragione. La nostra fanatica religiosa non lo userebbe.»

Fissai il bastone da passeggio che avevo tra le mani, quasi non riuscendo a credere a ciò che vedevo. Quel bastone mandava all'aria la nostra teoria. Dorothy Ingram aveva tutti i motivi e le opportunità per uccidere i membri del Club dei Libri Banditi. Ma se quel bastone non era suo, allora di chi era?

27

Io e Morrie ci sedemmo sul marciapiede e finimmo il nostro caffè ormai freddo. Morrie mi fece ripassare in rassegna le prove che avevamo raccolto fino a quel momento, in particolare la conversazione che avevo ascoltato tra Dorothy e Ginny Button.

«Dorothy sembrava spaventata da Ginny,» rammentai, cercando di ricordare le parole esatte che avevo ascoltato. «Ha detto: "L'ho tolta di mezzo per te. Ha pagato per i suoi peccati e ora io e te non abbiamo più nulla a che spartire." Solo che Ginny voleva che facesse qualcos'altro, così ha detto che Dio detesta i ricattatori. Poi Ginny ha aggiunto che sperava che Dorothy non la stesse minacciando, perché le sarebbe dispiaciuto che qualcuno scoprisse il suo segreto.»

«Il suo sporco segreto,» mi corresse Morrie, con un'eccessiva dose di piacere.

«Sì, certo. Il suo *sporco* segreto. E ha chiamato Dorothy "assassina". Dorothy si è arrabbiata e se ne è andata infuriata. E poi, Ginny ce la ritroviamo morta in fondo alle scale.»

«E Sylvia e Ginny le avevi viste la sera prima?»

«Sì. Ginny aveva detto qualcosa che aveva spaventato Sylvia

e, mentre Ginny tornava verso l'auto, Sylvia aveva urlato: "Forse pensi di essere intoccabile, ma io so cosa hai fatto. Sei una carogna e non la passerai liscia!"»

«Quindi potrebbe essere stata Ginny a uccidere la signora Scarlett,» rifletté Morrie. «Oppure potrebbe aver convinto Dorothy a farlo. E se Sylvia avesse scoperto il tutto? Magari avrebbe potuto spingere lei, Ginny. Era al funerale. Però, se Ginny è morta, chi ha aggredito la signora Winstone?»

«Perché sei scappato ieri sera?» chiesi di punto in bianco.

«Heathcliff aveva bisogno di me al piano di sotto. Stavamo aspettando di intrappolare un assassino, se ricordi.»

«Non è questo il motivo. Hai orchestrato l'intera serata per me, compreso mandare di sopra Heathcliff. Allora perché non sei rimasto?»

«È semplice. Avevi appena vissuto un'intensa esperienza sessuale. Era importante che qualcuno si prendesse cura di te, che riportasse le tue emozioni a un livello di normalità e serenità. Avevi bisogno di coccole, dolci baci e poesie. Non è la mia specialità.» Morrie mi fece un sorriso incerto. «Quoth adora le coccole, quindi eri in buone mani. Questo è il bello del nostro accordo, bellezza. Hai tutti i vantaggi.»

«E tu non devi fare alcun lavoro che coinvolga le emozioni, giusto?» chiesi. «Così rimani distaccato, in controllo e al di sopra di tutto?»

Morrie si morse un labbro. «Non cercherei di fare psicanalisi da due soldi, Sigmund Wilde. L'ultima persona che l'ha fatto è finita sul bordo di una cascata insieme a me, o almeno così mi hanno detto. Parlare di sentimenti vanifica lo scopo di provarli. Non voglio che la mia mente diventi uno sport da guardare. Non perdere di vista il premio: stiamo cercando di catturare un assassino.»

Bel cambio di argomento, Morrie. Non pensare che sia finita. Se io devo affrontare la mia realtà, lo devi fare anche tu.

«Continuo a pensare che sia stata Dorothy,» commentai. «Non ha senso che sia stata Sylvia, se spingere Ginny significava farla desistere da qualsiasi cosa stesse facendo. Forse Dorothy ha comprato un altro bastone da passeggio per depistare le autorità.»

Morrie scrollò le spalle. «Possibile. Penso che dovremmo parlare con Dorothy e vedere se riusciamo a scuoterla un po'. Ho sentito la sua conversazione in panetteria. Ha detto che stava andando in chiesa a fare le pulizie. Con un po' di fortuna la troveremo lì, da sola.»

Ci precipitammo verso la chiesa. Nel parcheggio c'era solo una macchina, una Nissan grigia. La porta di legno della chiesa era socchiusa. Io e Morrie sbirciammo all'interno, ma senza la luce delle candele non riuscivo a vedere nulla.

Morrie entrò e sbatté la porta dietro di sé. *BANG*. Il suono rimbombò nell'imponente navata centrale.

«Chi sei? Cosa vuoi?» si levò una voce dall'altare. «Non vedi che sono occupata?»

«Dorothy Ingram, è un piacere,» sussurrò Morrie. «Siamo una coppia di cittadini preoccupati e siamo venuti a parlare con lei dei recenti crimini avvenuti in città. In particolare, due omicidi e un'aggressione ai danni di membri del Club dei Libri Banditi.»

Dorothy raddrizzò la schiena, spolverandosi le mani sul grembiule bianco che indossava sopra l'austero abito nero. «Siete agenti di polizia?»

«Per modo di dire,» disse Morrie, tirando fuori il telefono dalla tasca e toccando lo schermo.

«Non mentite nella casa di Dio,» ribatté lei di getto. Anche al buio, potevo sentire che mi lanciava occhiate affilate come coltelli. «Voi due lavorate in quella libreria pagana. Non vedo alcun motivo per parlare con voi e non vedo come potrei essere utile. Conoscevo a malapena quelle sfortunate signore.»

«Ma in realtà non è così, vero?» le chiesi. «Ti ho sentita parlare con Ginny prima del funerale della signora Scarlett. Ti stava ricattando. Voleva che facessi qualcosa per lei, altrimenti avrebbe raccontato a tutti il tuo *sporco segreto*.»

«È assurdo.» La paura si percepiva netta nelle parole di Dorothy.

«Davvero? Odiavi la signora Scarlett per la sua influenza sulla comunità. Continuava a calpestare i tuoi piani per rendere la città più sana e timorata di Dio. Per te il Club dei Libri Banditi era un affronto personale.»

«Se anche fosse vero, io non l'ho toccata con un dito. Uccidere è contro i comandamenti di Dio! Non commetterei mai un atto così spregevole.»

«E nella scala morale di Dio dove si colloca l'aborto di un figlio non ancora nato?» chiese Morrie, sempre concentrato sul suo telefono.

Dorothy impallidì. «Cosa... di cosa stai parlando?»

Morrie sollevò il telefono. Sullo schermo c'era la scansione di un modulo stampato. «Mentre parlavamo, sono entrato nel tuo cellulare e... qual è stato il primo messaggio che Ginny Button ti ha inviato? Questo modulo di ricovero in una clinica per aborti... con il tuo nome sopra.»

«Non è mio. È stato falsificato!» urlò Dorothy.

«Non credo proprio,» rispose Morrie con un sorriso, rimettendo il telefono in tasca. «Avevi solo diciannove anni e non eri sposata. Cosa penserebbe Dio? Dimmi, è stata una singola notte di passione sfrenata o avevi un amante fisso? Era legato? Ti ha fatto urlare? Te l'ha infilato nel culo?»

«Allontanati da me, uomo volgare!» urlò Dorothy, agitando la scopa contro Morrie.

È davvero sconvolta. Mi avvicinai per fermare Morrie, ma lui ormai era scatenato. Le strappò la scopa di mano e se la ruppe sul ginocchio come se niente fosse. Tra i singhiozzi, lei si rannicchiò dietro l'altare, mentre lui continuava a parlare nel suo tono calmo e allegro. «Così hai abortito e nessuno l'ha mai saputo. Solo che Ginny Button si è imbattuta in qualche modo in questo vecchio fascicolo e lo ha usato per farti eseguire i suoi ordini. Ti ha fatto avvelenare Gladys Scarlett e poi tu l'hai buttata giù dalle scale per farla smettere di ricattarti. So che lavori nella farmacia della città. Puoi avere avuto accesso all'attrezzatura necessaria per produrre arsenico. Non provavi di certo affetto per Gladys Scarlett. Ma quello che invece *non* so, quello che voglio disperatamente sapere, è perché Ginny voleva la morte della signora Scarlett.»

Dorothy spuntò da dietro l'altare, ridendo come una iena. «Che mucchio di cazzate! Ginny non mi ha chiesto di uccidere Gladys Scarlett. Voleva che usassi la mia posizione nel comitato della parrocchia per far allontanare Brenda Winstone dal gruppo dei giovani. Ero felicissima di farlo perché l'influenza di Gladys aveva contaminato la dolce natura di Brenda. Ma poi, il giorno del funerale, Ginny disse che non bastava. Voleva che Brenda *soffrisse*. Voleva che la accusassi di aver toccato un bambino in modo inappropriato, così che non potesse più avvicinarsi ai bambini.»

Pensai a come Brenda si era illuminata quando aveva inseguito i bambini in giro per il negozio e a come la sua voce aveva tentennato quando aveva detto che suo marito non voleva figli. *Che cosa malvagia da fare: poteva di certo distruggere Brenda.*

«Quindi hai scritto quel biglietto e hai chiesto a Ginny di incontrarti dopo la funzione,» disse Morrie. «Forse hai cercato di farla ragionare, ma lei si è rifiutata di tirarsi indietro. E così tu l'hai spinta.»

«No! Non ho incontrato Ginny dopo la funzione. Ero in piedi sulla porta con un cesto di fiori per i fedeli, affinché li mettessero sulla tomba di quell'empia donna. Cassandra Irons, a cui non sono particolarmente legata, può testimoniare che non mi ero mossa di lì fino a quando la signora Ellis non ha urlato.»

«Perché Ginny voleva fare del male alla signora Winstone?» la interruppi.

«Non me l'ha mai rivelato e io non gliel'ho chiesto. Non mi interessano i piccoli battibecchi tra prostitute e pagani.» Dorothy Ingram si scostò dall'altare e agitò le braccia. «Se non c'è altro, vi sarei grata se mi lasciaste in pace. Se avete un po' di gentilezza nel cuore, non rivelate il mio segreto in città.»

«Oh, non preoccuparti.» Morrie si fece un furtivo segno della croce. «Adoro mantenere i segreti. Così sono molto più preziosi. Dobbiamo andare. Salutami Gesù. Cià-ciao!»

«*Cià-ciao?*» Gli diedi un pugno sul braccio mentre uscivamo dalla chiesa.

«Giusto per essere cordiale. Allora, Mina, mia cara detective, tu le credi?»

«Io... non ne sono sicura. Sinceramente mi è più difficile credere che abbia abortito. Ma se sta dicendo la verità, questo ci riporta al punto di partenza. Se Dorothy Ingram non ha ucciso nessuna delle due né ha aggredito la signora Winstone, allora chi è stato?»

«Forse quando la signorina Blume ha detto a Ginny "So cos'hai fatto", intendeva aver fatto cacciare la signora Winstone dal gruppo dei giovani. Nel qual caso, il movente di Ginny potrebbe essere stato un altro.» Morrie sollevò il telefono. «Penso che dobbiamo capire se Ginny Button stava ricattando qualcun altro.»

«Come facciamo a capirlo?»

«Non ho trovato nulla nelle sue e-mail. È stata molto attenta. Ma anche i ricattatori più attenti lasciano delle tracce. Dobbiamo scoprire se ha dei documenti sospetti su qualcun altro.»

«Come facciamo? Il suo telefono sarà dalla polizia.»

«Una ragazza sveglia come Ginny avrà anche i documenti cartacei.» Morrie toccò il telefono per visualizzare una mappa, individuando una casa nel villaggio. «L'unico modo per ottenere delle risposte è fare una piccola irruzione.»

28

Ginny Button viveva in una bifamiliare Tudor in una delle strade più pittoresche della città. Dalle finestre pendevano fioriere piene di erbe aromatiche e fiori invernali e la porta d'ingresso rosa era stata ridipinta di recente. La decappottabile sportiva rossa che aveva accompagnato a casa Sylvia Blume era sotto la tettoia. L'apparenza era chiaramente importante per lei: aveva dedicato tempo a perfezionare la sua casa nello stesso modo in cui aveva perfezionato la sua immagine. Mi chiesi da dove provenissero tutti i suoi soldi: non era sposata e la signora Ellis mi aveva detto che era un'assistente amministrativa del comune, con uno stipendio di sicuro modesto.

Quoth mi conficcò gli artigli nel braccio. Lungo la strada eravamo passati a prenderlo in libreria, promettendo di riportarlo entro venti minuti così che le signore potessero andare a fare visita all'ospedale. Avevo imparato dal caso di Ashley quanto utile potesse rivelarsi un corvo quando si commetteva un'effrazione.

«Dovremo fare in fretta,» disse Morrie mentre ci conduceva

dietro casa, passando per un giardino ordinato. «Non voglio lasciare Heathcliff da solo con le befane più del necessario.»

«È ragionevole.» Accarezzai le morbide piume di Quoth mentre Morrie scrutava la facciata per trovare un punto d'ingresso.

La signora Ellis gli ha pizzicato il sedere stamattina, disse Quoth nella mia testa. *Lui le ha detto che ciò era contro le regole. Lei ha detto che non c'erano regole, così lui ha scritto una lista e l'ha inchiodata al muro.*

«Ovvio.» Rabbrividii al pensiero di quali regole Heathcliff avrebbe potuto includere in quella che sarebbe stata una lista sicuramente esaustiva.

«Ah.» Morrie indicò una finestra aperta al secondo piano. «Ecco la nostra via d'accesso.»

Sei in debito con me per questo, la voce di Quoth risuonò tra le mie orecchie mentre lui spiccava il volo. Si librò ed entrò dalla finestra, atterrando all'interno con un leggero *plop*.

Qualche istante dopo, la porta sul retro si aprì e un Quoth nudo ci fece entrare. Sbirciai nella minuscola cucina immacolata, ammirando come Ginny avesse modernizzato la vecchia casa usando mobili scartati e arredi industriali. Stronza o no, quella donna aveva un gusto impeccabile.

«C'è uno studio qui,» sussurrò Morrie, attraversando lentamente il soggiorno fino ad arrivare a una piccola nicchia. Mise a terra la borsa con le attrezzature del computer. «Io cercherò qui. Voi due prendete le camere da letto. Non toccare nulla con il tuo culo nudo, uccellino.»

Seguii Quoth su per le ripide scale, con il cuore che mi batteva forte. Da qualche parte nella casa, un leggero *scricchiolio* di qualcosa che raschiava il legno mi fece saltare i nervi. *È solo una vecchia casa, non c'è nulla di cui preoccuparsi.*

Fotografie erano appesa a ogni parete: una giovane Ginny che sorrideva a braccetto di uomini apparentemente importanti. C'era un uomo diverso in ogni foto e riconobbi alcuni dei loro volti come celebrità minori e giocatori di football. Sul pianerottolo una serie di scatti glamour e diverse copertine di riviste con Ginny rivelavano che in qualche momento del suo passato era stata una modella.

Mi chiedo se è così che ha fatto i soldi. Questo potrebbe spiegare perché ora si trova ad Argleton, invece che a Londra. Ginny era ancora bellissima, ma aveva decisamente superato il periodo di massimo splendore della sua carriera da modella e non era più così attraente per il mondo dei calciatori. Inoltre, avevo la sensazione che non avrebbe perso tempo a frequentare una scena in cui non fosse stata al centro dell'attenzione.

La prima camera da letto era una stanza per gli ospiti, con un letto degno di un hotel di lusso ricoperto da una montagna di cuscini. Tirai fuori i cassetti della toeletta: erano pieni di capi di vestiario, ma nessun biglietto ricattatore. Quoth aprì l'armadio e ispezionò le file di scarpe. «Perché una persona ha bisogno di così tante scarpe?» chiese.

«Questo è uno degli eterni misteri della vita.»

Scritch-scritch. Ecco di nuovo quel suono.

Passammo alla suite padronale. Quoth iniziò a lavorare ai cassetti mentre io tiravo fuori delle scatole da sotto il letto. In una scatola di scarpe malconcia, trovai una pila di lettere d'amore (roba davvero sudicia) tra Ginny e un uomo che si firmava semplicemente "H".

«Guarda qui,» dissi sollevando una delle lettere. «Questo "H" deve essere il padre del bambino di Ginny. Lei conservava le copie di tutte le lettere che gli ha inviato e questa lettera è datata due settimane fa. Ginny voleva che H lasciasse la moglie e la sposasse.»

Quoth si chinò sulla mia spalla, i suoi capelli mi solleticarono la pelle. «C'è una risposta?»

Sfogliai il mucchio di lettere. «Non che io veda. Ma

immagino che non sia successo niente, altrimenti avrebbe avuto un anello al dito.»

Scritch-scritch. Scritch-scritch.

«Quoth, riesci a sentirlo?» Mi guardai intorno. Lì il rumore era ancora più forte.

«Termiti,» disse Quoth. «Nel legno di una casa vecchia come questa ci devono essere insetti di tutti i tipi.» Si leccò il labbro con aria famelica, come se il pensiero dei disgustosi insetti del legno lo eccitasse.

«Squeak!» sussurrò una voce sconosciuta.

«Le termiti di solito fanno *squeak*?»

«È solo un cardine... no, aspetta, sento un odore...» mormorò Quoth, annusando mentre si chinava per prendere un'altra scatola da sotto il letto. A volte era facile dimenticare che Quoth era in parte uccello. Soprattutto quando si accovacciava accanto a me, completamente nudo, con una lunga coscia che sfiorava la mia.

Scritch-scritch, scritch-scritch, criiiick...

«Proviene dall'armadio,» gridai.

Avevo a malapena pronunciato quelle parole quando la porta dell'armadio si aprì e una piccola palla di pelo bianco si diresse verso di me, squittendo di gioia. Il topo attraversò di corsa la stanza e passò sotto le tende. Quando le sue zampe posteriori scomparvero nel tessuto, notai una macchia marrone fin troppo familiare sopra la zampa posteriore.

«È il Terrore di Argleton! Oh, Quoth, mi chiedo come sia rimasto incastrato nell'armadio di Ginny...»

«Cra!»

Piume di corvo esplosero in tutta la stanza mentre l'istinto animale di Quoth si scatenava. Si tuffò verso la finestra, dimenticando di averla chiusa prima. Io gridai nel vederlo schiantarsi contro il vetro per poi accasciarsi sul pavimento.

«Quoth!» Mi precipitai verso di lui e gli toccai l'angolo

dell'ala proprio mentre si rialzava e scuoteva la testa roteando gli occhi.

Il Terrore di Argleton colse quel momento per sfrecciare di nuovo davanti a Quoth, stridendo di gioia e arrampicandosi sul comò e lungo il binario da cui pendevano i quadri. Quoth si lanciò all'inseguimento, con il corpo che barcollava e andava a sbattere dappertutto.

«No, ragazzi, fermatevi!» Mi misi a rincorrerli. Qualcosa andò in frantumi al piano di sotto. Morrie imprecò.

«Morrie, aiuto!» Mi arrampicai sul letto per fare scendere Quoth prima che distruggesse il lampadario. Non riuscivo a vedere dove fosse finito il topo, ma dal modo in cui Quoth grattava la parte superiore dell'armadio, potevo azzardare un'ipotesi.

Spalancai di nuovo la finestra e, dopo aver agitato le braccia all'impazzata, riuscii a far volare fuori Quoth. Scesi dal letto per riprendere fiato.

Ma cosa credevo, quando ho pensato che avere un corvo in giro avrebbe reso le cose più facili?

La testa di Morrie apparve alla porta. «È ora di volare via, bellezza. Siamo stati qui già troppo a lungo. Ehi, dov'è l'uccellino?»

Gli tesi una mano e lui mi aiutò ad alzarmi. «Non dovresti chiamarlo così. Ed è fuori. È arrivato il Terrore di Argleton e lui si è trasformato in un demone.»

Morrie rabbrividì mentre mi tirava in piedi. Notai una pila di fogli sotto il suo braccio. «Se quel topo è qui, ce ne andiamo *subito*.»

Mi trascinò al piano di sotto e poi fuori dalla porta posteriore aperta, che si tirò dietro e chiuse a chiave. Corremmo lungo il lato del cortile, dove Quoth svolazzò giù da un albero vicino e si appollaiò sulla mia spalla, con gli artigli che mi si conficcavano nella pelle.

Morrie non smise di correre finché non raggiungemmo l'angolo della strada. Si controllò le gambe dei pantaloni alla ricerca di eventuali topi residui e poi si raddrizzò di nuovo.

«Cra,» disse Quoth, con la testa che si muoveva su e giù come se stesse ridendo.

«Sì, beh, tu non te la sei cavata molto meglio, vero? Che furbacchione. Mentre voi due facevate nuove amicizie, io ho trovato qualcosa di veramente utile.» Morrie sollevò la sua pila di fogli. «I documenti dell'aborto di Dorothy Ingram e questo rapporto medico su una morte misteriosa. E una richiesta ufficiale di cambio di nome. Secondo questi articoli e documenti, un certo Wesley Bayliss è morto nel vecchio ospedale dopo aver ingerito della cicuta. Poco dopo, sua moglie, Sally Bayliss, cambiò nome e si trasferì ad Argleton da un villaggio vicino. Volete indovinare come si chiama ora?»

«Come?»

Morrie sorrise. «Signorina Sylvia Blume. Il che significa che Ginny Button stava ricattando la nostra medium spiritica.»

29

Fissai il foglio in mano a Morrie, con una sensazione di nausea. «La signorina Blume ha detto di non essere mai stata sposata.»

«Ha mentito,» disse.

Con le mani che tremavano, tirai fuori il telefono e digitai il numero di Jo.

«Ciao, Mina. Spero che tu mi stia chiamando per dirmi come è andato il tuo appuntamento con Heathcliff.»

«È andato... bene.» Arrossii quando Quoth mi diede un colpetto alla mano con la testa e Morrie mi sfiorò con un dito l'incisione intorno al polso, e io mi ricordai di quello che era successo la sera precedente. *Ho molte cose da raccontare a Jo.* «Ma non posso parlarne ora. Devo chiederti della cicuta.»

«È il veleno che ha ucciso Socrate. Che c'è da dire?»

«Sai qualcosa al riguardo? Per esempio, come potrebbe essere usata per uccidere?» Feci una pausa, cercando di pensare a un motivo plausibile per cui avrei potuto chiederle della cicuta. «Sto cercando di vincere una discussione con Morrie.»

Jo rise. «Sono felice di contribuire a una causa così nobile. La cicuta appartiene alla famiglia delle *Apiaceae*, la stessa delle carote e della pastinaca. Nei rimedi erboristici viene usata in piccole quantità da secoli. Agisce come una neurotossina. Provoca un intorpidimento che attraversa il corpo dai piedi al petto. La vittima rimane lucida per tutta la durata del processo; Platone riferisce che Socrate parlò con i suoi pupilli fino al momento in cui il veleno gli raggiunse il cuore. Per quanto riguarda i registri forensi, nessuno dall'antichità è stato ucciso con la cicuta. Ci sono molti decessi causati dalla cicuta, ma sono sempre accidentali: di solito si tratta di foraggiatori che pensano di aver trovato un raccolto pregiato di pastinaca selvatica o, in Italia, di ricchi nobili che mangiano passeracei, a loro volta portatori del veleno dopo avere mangiato semi di cicuta. Anche se, ovviamente, è sempre difficile dirlo. Potrebbero esserci molti avvelenatori che hanno usato la cicuta nel corso degli anni.»

Me ne viene in mente una. «Grazie, Jo. Lo apprezzo molto.»

«Aspetta, non tenermi sulle spine. Hai vinto?»

La mano di Morrie mi si infilò sotto la camicia e le sue dita mi accarezzarono un capezzolo. «Sì,» dissi con voce sforzata. «Ho assolutamente, decisamente vinto.»

Riattaccai, spingendo via Morrie anche se il mio corpo urlava per averne ancora. «Non se ne parla. Potremmo avere lasciato la signora Ellis da sola con il suo assassino.»

«Non è sola.» Morrie mi baciò il collo e le sue mani si misero a vagare lungo il mio corpo. «C'è Heathcliff a proteggerla.»

Lo spinsi via, questa volta con più forza. «Forse *tu* non sei preoccupato che i tuoi amici vengano nutriti con cicuta o arsenico da qualche pazza indovina, ma io sì. Dobbiamo tornare al negozio!»

Mi staccai da Morrie e attraversai di corsa il villaggio verso la Libreria Nevermore, con Quoth che mi seguiva in volo. Le costose scarpe di Morrie risuonavano dietro di me. «Mina, aspetta!»

C'è qualcosa che non va. Lo sento.

Spinsi la porta per aprirla. «Heathcliff? Signora Ellis?» Gridai. «Siete qui?»

«Oh, Mina cara, sei tornata!» rispose Sylvia. «Siamo proprio qui dove ci hai lasciato, *non vediamo l'ora* di uscire.»

Con il cuore che batteva all'impazzata, mi feci strada tra le pile di libri e li trovai tutti e tre nell'aula di Storia del Mondo. Con mia grande sorpresa, Heathcliff era seduto al tavolo di fronte alla signora Ellis, con Grimalkin acciambellata sulle gambe e una partita di Scarabeo davanti a sé. Aveva un'espressione sofferente e stringeva in mano una tazza di tè. Dietro di lui, la signorina Blume era in piedi accanto al carrello del tè e stava versando un'altra tazza.

«Mi ha costretto a giocare a questo gioco insulso,» mormorò Heathcliff, lanciando uno sguardo alla signora Ellis. «E poi balla per la stanza quando vince. Ci sono scialli e borse di tessuto ricamato in giro dappertutto. È tutto estremamente divertente finché qualcuno non perde una I...»

Il tè! Naturalmente. Lo prepara Sylvia, e lo ha servito al Club dei Libri Banditi. Scommetto che ha aggiunto arsenico alla tazza della signora Scarlett!

Strappai la tazza dalle mani di Heathcliff e gliela allontanai. Lui mi guardò preoccupato. «Non era una battuta così brutta. Lei ne ha fatte di molto peggiori, credimi sulla parola.»

«Credimi sulla parola! Ah ah!» gridò la signora Ellis divertita, ma il suo viso si rabbuiò preoccupato quando mi vide. «Stai bene, tesoro? Sei un po' pallida.»

«Forse i tuoi chakra hanno bisogno di essere allineati,» aggiunse Sylvia. «Sarei felice di aiutarti.»

Avevo la mente che vorticava. Non riuscivo a pensare ad altro che ad allontanare Sylvia dalla libreria, dal tè, dai liquidi e dalle cose che avrebbe potuto usare per fare del male ai miei amici.

«Sto bene, grazie,» sussultai. «Non volevi andare a lavorare oggi?»

«Sì.» Sylvia diede un'occhiata all'orologio. «Ho due appuntamenti questo pomeriggio.»

«Beh, Morrie e io saremo felici di accompagnarti se sei pronta.»

«Oh, sì, suppongo di sì, se davvero non vuoi che dia un'occhiata ai tuoi chakra.» La sua espressione perplessa mi fece venire il voltastomaco. «Devo andare a prendere delle cose a casa.»

«Va bene. Ti accompagniamo noi. Sarebbe bene controllare se l'assassino è stato a casa tua.»

«Sarebbe un sollievo, grazie.» Sylvia si chinò per porgere il tè alla signora Ellis, ma io glielo strappai di mano. «Mi dispiace, signora Ellis. Ci è appena finito dentro un ragno. Non può berlo.»

«Cra!» aggiunse Quoth dalla mia spalla.

Heathcliff si alzò e mi seguì nella sala principale. Gli misi in mano entrambe le tazze. «Portale di sopra e lasciale sulla scrivania di Morrie. Non permettere a nessuno di bere o mangiare qualcosa toccato da Sylvia.»

Gli occhi scuri di Heathcliff mi studiarono. «Da questo comportamento bizzarro posso dedurre che avete un nuovo sospettato?»

«Deduci bene.»

«E stai per scappare con lei in mezzo ai boschi,» ringhiò.

«Ci sarà Morrie con me. Non sono in pericolo.» Mi avvicinai e gli diedi un bacio sulla guancia. «Te lo prometto.»

Heathcliff brontolò sottovoce mentre saliva le scale. Grimalkin gli sfilò intorno alle caviglie, supponendo che se si stesse dirigendo verso la cucina, le avrebbe offerto un dolcetto.

Quoth rimase per accompagnare la signora Ellis all'ospedale. Morrie e io affiancammo Sylvia mentre raccoglieva le borse e lasciava il negozio. All'interno, barattoli e bottiglie di vetro che tintinnavano. Non potevo immaginare quali orrori avesse nascosto nelle profondità di quelle borse.

Ha avvelenato il marito e si è rifatta una vita. E ora lo sta facendo di nuovo. Ma perché?

La signorina Blume continuava a chiacchierare mentre uscivamo dal villaggio e percorrevamo la strada verso il King's Copse. Ogni tanto Morrie si portava la mano alla tasca: non glielo chiesi, ma sapevo che aveva qualche tipo di arma al suo interno. Questo mi fece sentire meglio e mi odiai per ciò. *Non avrei dovuto chiedere protezione a James Moriarty.*

Passammo oltre lo stretto sentiero che avevamo percorso io e Heathcliff. Un chilometro e mezzo più avanti un vialetto sterrato entrava tra gli alberi. Lo imboccammo e ci dirigemmo al bosco, fino al semicerchio di casette.

Alla luce del giorno, i cottage apparivano piccoli e squallidi. I comignoli crollavano su tetti fatiscenti. Mucchi di rifiuti erano accatastati lungo muri di pietra. La passerella che conduceva al bosco dove ci eravamo fermati io e Heathcliff sembrava sprofondare nel terreno circostante, le assi rotte e crollate in diversi punti.

«Ecco la mia umile dimora.» All'ultima casa, la signorina Blume estrasse dall'ampia gonna un mazzo di chiavi e ne inserì una nella serratura. Aprì la porta con una spallata, rivelando un'oscurità sconfinata all'interno.

Entrai seguendo Morrie e aspettai che la luce grigia proveniente dalle finestre disegnasse dei riquadri all'interno. La casa della signorina Blume assomigliava a un incrocio tra il bunker di un catastrofista e la tana di una strega. Ogni parete era rivestita di stretti scaffali stipati di barattoli di conserve ed enormi sacchi di farina e zucchero, oltre a centinaia di flaconi di medicinali e barattoli di erbe. Mi si strinse lo stomaco quando notai alcune bottiglie etichettate con l'immagine nera di un teschio e ossa incrociate. *Ci sono veleni ovunque in questa casa.* Pile di cipolle sbilenche e verdure sporche erano allineate sui banchi della minuscola cucina, mentre da dei grandi stenditoi sotto la finestra più grande pendevano dei rametti.

«Cos'è tutta questa roba?» chiesi, scrutando le etichette scritte con cura sui barattoli.

«Erbe. Le raccolgo e le essicco tutte io.» Sylvia indicò gli stampi di legno quadrati e gli strumenti da taglio sul tavolo della cucina. «Faccio saponi alle erbe e creme per la pelle, oltre a rimedi, miscele di tè e kit di incantesimi per il mio negozio. Il bosco è una fonte di materiali.»

Nell'angolo notai un bidone rotondo. Quando mi chinai per ispezionarne il contenuto, mi si strinse lo stomaco. All'interno c'erano diversi bastoni da passeggio in legno intagliato, tutti di lunghezze e disegni diversi. Frugai nel bidone e ne trovai uno identico al disegno floreale di Dorothy Ingram e un altro che faceva il paio con quello trovato nei cespugli della signora Winstone.

Dietro di me, l'espressione di Morrie si fece più dura.

«Questi sono dei bellissimi bastoni da passeggio,» dissi, stampandomi un sorriso sul volto mentre le porgevo quello con le fasi lunari.

«Ah, sapevo che Mina, l'artista, li avrebbe trovati,» disse la signorina Blume raggiante. «Sono molto orgogliosa di questo particolare disegno. La tornitura e l'intaglio del legno sono i miei hobby. Realizzo ciotole rituali e statue per il negozio. Ho intagliato a mano tutti quei bastoni da passeggio, che sono tra i miei più venduti. Utilizzo solo alberi caduti e rami che trovo nel bosco. Vi piacerebbe vedere il mio laboratorio?»

No. Vorrei uscire da qui e andare direttamente alla polizia. «Molto volentieri.»

Sylvia ci guidò attraverso il minuscolo cottage e uscimmo da una porta sgangherata sul retro. Uscendo, notai dei secchi sparsi qua e là per raccogliere le gocce dal tetto che perdeva. Rabbrividii per l'umidità. Quei cottage non erano per niente salubri.

All'esterno, un sentiero ricoperto di vegetazione conduceva a una piccola struttura in lamiera ondulata. Sylvia aprì una porta stretta e mi fece cenno di entrare. Guardai Morrie e lui annuì, appoggiato allo stipite della porta.

Non può farmi niente finché c'è Morrie.

Con i nervi a fior di pelle, entrai nel capanno, gettando lo sguardo tra gli scaffali di ciotole e vassoi intagliati e orologi di legno. In un angolo, parecchi altri bastoni da passeggio spuntavano da un portaombrelli.

«La maggior parte dei cottage ha delle officine annesse. Molti artisti vivono qui perché le case costano davvero poco. Nel mio negozio ho molte delle loro opere d'arte e quando possiamo ci scambiamo forniture e scorte. Abbiamo la nostra piccola comunità.» La signorina Blume indicò un altro capannone oltre la bassa recinzione. «Quello è il capannone di Helmut. È un fabbro di talento e nel mio negozio vendo molti dei suoi coltelli magici e altri attrezzi. Vive con la sorella, che prepara dei dolci fantastici.»

«Greta. La conosco.» Mi costrinsi a sorridere.

«Sì, è adorabile. Negli ultimi mesi ho lavorato a stretto contatto con lei e suo fratello, in quanto abbiamo presentato delle proposte alla commissione urbanistica per accelerare lo sviluppo degli alloggi.»

«Tu... tu volevi che il complesso residenziale andasse avanti?»

«Ma certo! Avevano bisogno di questo terreno per le nuove case e avrebbero pagato a ciascuno di noi un'enorme somma di denaro, molto più di quanto valessero queste vecchie baracche. Helmut avrebbe costruito una vera e propria officina e io avevo in programma di comperarmi un negozio con una casa al piano di sopra.» Sylvia alzò gli occhi verso il tetto, dove la ruggine aveva fatto dei grossi buchi nel ferro. L'acqua gocciolava sul freddo pavimento di pietra. «Oh, vivere in una casa calda e asciutta, non riesco nemmeno a immaginare il lusso! Naturalmente, con tutto il clamore che c'è stato per il progetto presentato, non abbiamo ancora ricevuto il nostro pagamento. E se i Lachlan vengono arrestati per l'omicidio della cara Gladys, non sono sicura che lo avremo mai.»

Sylvia vuole che il progetto vada avanti! La protesta della signora Scarlett la ostacolava!

«Grazie mille per averci mostrato il tuo laboratorio, Sylvia. Se prendi quello che ti serve, poi ti accompagniamo al negozio.»

«Certo. Grazie mille. Io e Mabel apprezziamo molto quello che state facendo. La polizia non è stata molto d'aiuto. Credono ancora che i Lachlan abbiano avvelenato Gladys, ma ti pare?»

No, per niente.

Mentre Sylvia si affannava a riempire altre due borse di saponi, cristalli e barattoli di foglie strane, Morrie e io fingevamo di cercare segni della presenza dell'assassino conversando a voce bassa tra di noi.

«Ci sono più veleni in questa stanza che nel salotto di Lucrezia Borgia,» commentò lui.

«Sono d'accordo. E hai visto tutte quelle attrezzature da laboratorio di chimica accanto agli stampi per la produzione del sapone? La signorina Blume ha gli strumenti e le competenze per isolare l'arsenico. Credo che abbia dato alla signora Scarlett un po' del suo tè "corretto". E i bastoni da passeggio...»

«Le prove puntano sicuramente verso una persona. *E inoltre,* abbiamo un movente per l'omicidio della prima donna. Se la signora Scarlett fosse riuscita a influenzare negativamente la commissione urbanistica, nessuno dei proprietari dei cottage avrebbe ricevuto il suo compenso.» Morrie rabbrividì mentre si asciugava una macchia umida dalla spalla. «Con tutta questa umidità e miseria, varrebbe la pena uccidere qualcuno, pur di avere i soldi per comprare una casa calda e asciutta.»

«Presto, sta tornando!» Smettemmo di parlare proprio quando Sylvia arrivò, carica di borse.

«Vogliamo andare?» disse sorridendo. «Grazie ancora per avermi aiutato e per aver cercato l'assassino. La scorsa notte è stata divertente, però io *non vedo l'ora* di tornare al lavoro.»

30

«Hai appena delineato una trama machiavellica degna di un romanzo di Agatha Christie,» mormorò Heathcliff mentre lo aggiornavo su ciò che avevamo scoperto al cottage di Sylvia.

«Lo so, ma si dà il caso che non sia un romanzo. Ti sto dicendo che abbiamo trovato l'assassino. Dobbiamo andare alla polizia prima che Sylvia uccida anche la signora Ellis!»

«Ma quali prove hai, a parte un bastone da passeggio di legno che chiunque avrebbe potuto acquistare da lei?» chiese Heathcliff. «Non è nemmeno lo stesso veleno che ha usato su suo marito, sempre che le vostre supposizioni siano corrette.»

«Dimostra che conosce i diversi tipi di veleno! E i rilievi geotecnici condotti al King's Copse trovati da Morrie mostrano depositi di arsenico nel terreno e nel minerale rimasto dalle vecchie miniere.»

«Ma questo non spiega gli altri due omicidi, né l'aggressione. Anche se avesse ucciso l'anziana signora e quella puttana snob che la ricattava, perché aggredire la terza donna?»

Dovevo ammettere che anch'io non capivo, ma ero sicura che avremmo trovato un legame se avessimo cercato abbastanza a fondo. «Tu dovresti essere un ragazzaccio passionale e cupo. Da quando sei diventato così schiavo delle prove?»

«Da quando la polizia ha insistito perché tu smettessi di immischiarti nei loro casi, altrimenti rischieresti di finire di nuovo in prigione,» ribatté Heathcliff.

«Beh, se sei così intelligente, tu chi pensi abbia ucciso la signora Scarlett e Ginny Button, e abbia aggredito la signora Winstone?»

«Aspetta, aspetta!» Morrie si sfregò il mento. «Abbiamo visto tutto nel modo sbagliato.»

Mi girai. «In che senso?»

«Mi è appena venuto in mente, anche se sarebbe dovuto succedere prima, e ciò mi preoccupa, che abbiamo tre crimini diversi, giusto? Un avvelenamento doloso, una spinta giù per le scale con una collana rubata e un brutale pestaggio con un bastone di legno. Cosa ti dice questo?»

«Che l'assassino ha una passione per il Club dei Libri Banditi?»

«No! Pensaci. Perché prendersi la briga di avvelenare lentamente la signora Scarlett in modo da essere sicuri di non essere mai scoperti, se poi si può semplicemente spingere Ginny Button giù per le scale, rubarle i gioielli e poi picchiare la signora Winstone con un bastone da passeggio in pieno giorno?»

Le proteste di Morrie mi illuminarono. «Pensi che abbiamo a che fare con assassini diversi!»

«Certo.» Morrie prese il telefono e iniziò a scarabocchiare con il dito su un'applicazione di appunti. «La morte di Ginny e il tentato omicidio della signora Winstone, sempre che sia un tentato omicidio, sono atti di persone disperate. La morte della signora Scarlett è stata intelligente e subdola per la quantità di pianificazione che ha richiesto. Il che significa che abbiamo a che fare con due assassini diversi, oppure che la situazione della tua sospettata sta diventando precaria.»

«Dobbiamo capire se la signora Winstone...» Mi squillò il telefono. Me lo portai all'orecchio.

«Una notizia meravigliosa,» mi disse allegra la signora Ellis all'altro capo. «Brenda è stata dimessa dall'ospedale. Ora la sto aiutando a sbrigare le pratiche burocratiche, poi la riporto a casa e la sistemo. Ha ancora molto male, ma i medici hanno detto che può riprendersi a casa.»

«E suo marito, Harold? Non la vuole portare a casa lui?»

Ci fu una pausa all'altro capo prima che la signora Ellis dicesse: «Il caro Harold è ancora fuori città per lavoro. Venite, Mina? Il tuo bellissimo amico era qui con noi, ma sembra essere scomparso da qualche parte. Odio pensare chi potremmo trovare a casa di Brenda.»

«Certo che veniamo.» Riattaccai e aggiornai Heathcliff e Morrie su quanto aveva detto la signora Ellis. «Quoth deve aver avuto problemi a mantenere la sua forma umana. Andrò a fare un giro dai Winstone per controllare la casa. Forse Brenda potrebbe dirci perché Sylvia avrebbe voluto ucciderla.»

«Vengo con te.» Morrie prese la giacca.

«Non serve. Quoth seguirà le signore nella sua forma di uccello: mi protegge lui. Ho bisogno che tu vada al negozio di Sylvia Blume e ti assicuri che non se ne vada. E se mia madre è lì, non farle mangiare o bere nulla di ciò che Sylvia offre.»

«E io?» Heathcliff ringhiò.

«Tu resta qui. Occupati del negozio e sii accattivante come al tuo solito. Ti chiamerò se avrò bisogno di te.»

Uscii di corsa dal negozio e attraversai il parco, e quando raggiunsi la casa della signora Winstone ansimavo. Il vialetto era deserto, ma pensai che avessero chiamato un'auto. La signora Ellis non aveva la patente perché le piaceva flirtare con gli autisti. Come avevo previsto, Quoth era appollaiato su un ramo sopra la porta. Il suo sguardo si spostò rapido dalla finestra alla strada. Lo salutai con la mano e lui mi fece un cenno con il capo.

Non le ho perse di vista. Nessuno le ha seguite, mi disse nella testa.

Grazie. Bussai alla porta.

«Solo un minuto.» Sentii la signora Winstone che si muoveva ciabattando.

«Oh, stai comoda, Brenda. Vado io.» La signora Ellis spalancò la porta. «Mina, sono così felice di vederti. Il tuo amico è scappato all'improvviso dall'ospedale e ha lasciato alcuni dei suoi vestiti. Non so dove sia andato, nudo, ma spero di vederlo presto. Entra e aiutami a sistemare Brenda.»

Seguii la signora Ellis nell'ingresso e poi in un comodo salotto. Su ogni superficie, le fotografie erano state girate o appoggiate al muro. Quando passai davanti al tavolo della sala, il mio vestito si impigliò nel bordo di una cornice che cadde sul tappeto. Mi chinai per raccoglierla. Si era capovolta, rivelando l'immagine di una giovane signora Winstone, con un sorriso da un orecchio all'altro, abbracciata a un uomo.

«Mio marito, Harold,» disse lei, con un tono di voce in crescendo. Era seduta in una poltrona reclinabile accanto alla finestra, con i piedi su un poggiapiedi di montone. La signora Ellis armeggiava con il tavolino accanto a lei. «Non è bello?»

«Oh sì.» L'uomo nella fotografia emanava una sorta di fascino elegante. «La signora Ellis ha detto che è via per lavoro. Dov'è andato?»

«Dio solo lo sa,» sentenziò lei, con un tono improvvisamente tagliente. «Ventisei anni di matrimonio e mi ha lasciato.»

Povera signora Winstone. Riposi la fotografia sul tavolo, sentendomi stupida. Ovviamente era per quello che aveva girato tutte le fotografie al contrario e l'uomo non era venuto in ospedale a trovarla. «Mi dispiace tanto.»

«È sempre stato uno stronzo bastardo. Starai meglio senza di lui, cara.» La signora Ellis sapeva dire le cose giuste, quelle che le amiche si dicono in tutto il mondo quando un uomo spezza loro il cuore.

«Era *meraviglioso*,» disse con un sospiro la signora Winstone. Guardò verso l'alto, persa nei suoi pensieri. «Era così bello e intelligente. Non ho mai capito cosa ci abbia trovato in me, anche se ho fatto del mio meglio, tutto ciò che una buona moglie dovrebbe fare. L'ho pregato di darmi dei figli, ma lui mi ha risposto che non avrebbe mai potuto sottrarre tempo al suo lavoro. Ho rinunciato al mio sogno di diventare madre per lui e lui mi ha lasciata!»

«Su, su. Vado a mettere il bollitore sul fuoco,» disse la signora Ellis impilando un altro cuscino dietro la schiena della signora Winstone, e poi allontanandosi per ammirare l'opera. «Ho comprato un po' di cose da mangiare. Mina, mi dai una mano in cucina? I paramedici hanno messo tutto il cibo di Brenda sul ripiano e una parte è da buttare.»

«Mi lavo le mani e arrivo subito.» Scorsi un bagno in fondo al corridoio.

Quando passai davanti alla porta della cucina e all'armadio della biancheria, fui raggiunta da un odore sgradevole: puzza di marcio. *Sarà il cibo a cui si riferiva la signora Ellis. Spesso succede quando si viene portati in ospedale all'improvviso.*

L'arredamento del bagno era esattamente quello che mi aspettavo dalla signora Winstone: morbidi asciugamani e una tenda da doccia in plastica con un motivo di gatti saltellanti. Feci i miei bisogni e mi lavai le mani con un sapone a forma di conchiglia.

La signora Winstone sembra un po' pallida. È stata una situazione difficile da affrontare: suo marito l'ha lasciata e poi è stata picchiata, tutto nella stessa settimana. *Chissà se nel suo armadietto dei medicinali c'è qualcosa che può aiutarla.*

Aprii l'anta dello specchio, sbirciando tra ripiani di cosmetici, profumi e saponi. Mentre prendevo un flacone di ibuprofene dallo scaffale, qualcosa scivolò e cadde nel lavandino. Una collana. C'era qualcosa di familiare, una sensazione opprimente che fosse importante.

Presi la collana e la esposi alla luce. Le pietre a forma di gocce elaborate scintillavano: rubini rosso intenso circondati da grappoli di diamanti. Mi tremò la mano.

Diamanti e rubini.

Mi ricordai dove l'avevo già vista.

Intorno al collo di Ginny Button.

«Gliel'ha data Harold, sai.»

Mi voltai di scatto. La signora Winstone era in piedi sulla porta, con il volto ammaccato contorto in un'espressione di rabbia silente.

Sentivo i margini della mia coscienza prudere per il pericolo. «Suo marito ha regalato una collana a Ginny Button?»

«È il genere di cose che gli uomini come Harold fanno per le loro amanti.»

Mi ci volle qualche istante ad assimilare quelle parole. Harold Winstone. La "H" delle lettere d'amore di Ginny, l'uomo che aveva generato il suo bambino, che lei voleva sposare... era il marito della signora Winstone.

Oh no.

La signora Winstone annuì, gli occhi tristi. «Harold ha avuto molte donne nel corso degli anni. Ci si aspettava che un uomo bello come lui viaggiasse per lavoro. Si sentiva molto solo. Io lo sopportavo perché sapevo che un giorno mi avrebbe dato un figlio e non mi sarei più sentita sola.»

Gettai lo sguardo oltre le spalle della signora Winstone, verso il corridoio, alla ricerca di una via di fuga. *È debole per l'aggressione. Potrei spingerla da parte e correre fuori. Quoth potrebbe trasformarsi e aiutarmi ad affrontarla.* «Perché ha lei questa collana, signora Winstone?»

«L'ho presa alla sgualdrina, e mi prendo anche il suo bambino. È mio di diritto. È *mio* marito.»

«Ma come...»

Rimasi a bocca aperta. La collana mi scivolò dalle dita e finì rumorosamente sulle piastrelle.

La signora Winstone aveva ucciso Ginny Button.

Lei rise. «Ecco, vedi, cara. Sapevo che avresti capito. Gliel'ho strappata prima di spingerla giù dalle scale. Lo schiocco del suo collo è stato come la musica di un coro: così bello, così giusto. Doveva essere fatto. Grazie al Cielo, i medici sono riusciti a salvare il bambino. Il *mio bambino.*»

«Ha ucciso Ginny?»

«Se l'è cercata. Non sarebbe dovuta andare a letto con mio marito né avere il suo bambino, il bambino che avrebbe dovuto essere *mio*. Voleva sbattermelo in faccia; per questo si è iscritta al Club dei Libri Banditi, perché io dovessi guardare tra le tazze da tè e vedere il bambino di Harold che le cresceva dentro. Per questo ha fatto in modo che Dorothy Ingram mi cacciasse dal gruppo giovanile, in modo che non mi rimanesse più nulla, che mi sentissi così umiliata da scomparire dalla faccia della terra e lei potesse diventare la nuova moglie di Harold Winstone.» La signora Winstone scosse tristemente la testa. «Ma si può arrivare fino a un certo punto, poi si reagisce.»

«Ma se ha ucciso Ginny, allora chi ha aggredito lei?»

«Oh, sapevo che sarei stata la prima a essere sospettata se Ginny fosse stata uccisa e se si fosse scoperto che Harold era il padre di suo figlio. Ho pensato che avesse conservato le copie delle sue lettere, nel caso avesse avuto bisogno di ricattare me o Harold in un secondo momento.» Gli occhi della signora Winstone divennero vitrei. La signora Ellis si avvicinò dietro di lei, con uno strofinaccio su una spalla e un'espressione corrucciata mentre ascoltava la confessione della cugina. «Ginny amava usare il ricatto per ottenere ciò che voleva, ecco perché si era fatta assegnare il ruolo di assistente al progetto del vecchio ospedale di Harold: aveva accesso a una varietà di documenti davvero interessanti. Aveva qualcosa su Dorothy Ingram, ne sono certa.»

«Comunque, in questa città i pettegolezzi sono più veloci della polizia. E avevo bisogno che tutti cercassero altrove l'assassino. Così ho organizzato la mia aggressione, l'ho inscenata in modo perfetto, con gli indizi giusti per condurre la polizia all'altro vero colpevole. Ho conservato la collana per metterla nell'auto di Dorothy non appena fossi uscita dall'ospedale. È il modo perfetto per garantire la giusta punizione a tutte le persone coinvolte.» La signora Winstone si indicò i lividi. «È stato molto doloroso, ma non quanto il tradimento di Harold.»

«L'altro vero colpevole... intende Dorothy Ingram?»

«Dorothy ha inveito contro di me per il club del libro, e poi ha permesso a quella puttana di convincere il comitato parrocchiale a licenziarmi. Non è stato giusto. Il gruppo giovanile era il mio unico piacere nella vita e Dorothy me l'ha portato via. Con la cara Gladys morta, e me ricoverata, ero certa che sarebbe stata incriminata lei, a causa del suo odio verso il club del libro, ma la polizia è così incompetente che vuole credere che la morte di Ginny sia stata un incidente!»

«Oh, Brenda,» la confortò la signora Ellis accarezzandole una spalla.

«Ho persino lasciato il bastone da passeggio tra i cespugli perché lo trovassero! Ma solo tu sei stata così intelligente da sospettare di Dorothy,» disse la signora Winstone, con le lacrime agli occhi. Mi si stringeva lo stomaco al pensiero di averla quasi aiutata a incastrare una donna innocente. «Tutto quello che ho sempre voluto era un bambino tutto mio, e Harold stava per averne uno con *lei*. Non potevo sopportarlo. Non potevo proprio. Quel bambino avrebbe dovuto essere mio.» Si inginocchiò a terra.

«Su, su,» le disse la signora Ellis dandole qualche pacca sulla spalla. Intanto, estrasse il cellulare dalla borsa e me lo lanciò, facendomi cenno di portarlo fuori. Mi meravigliai della calma con cui la signora Ellis stava affrontando la confessione di sua cugina. «Io e Mina ti aiuteremo. Ci assicureremo che la polizia capisca perché hai fatto tutto ciò.»

«Volevo che soffrissero tutti per quello che mi avevano fatto. Dorothy, Ginny e Harold: sono loro che hanno sbagliato!»

Ma se hai punito Ginny e Dorothy, perché non Harold? Doveva avergli voluto un bene immenso.

«Ci assicureremo che la polizia lo sappia,» sussurrò la signora Ellis. Sgranò gli occhi mentre alle spalle della cugina mi faceva cenno di fare una telefonata. «Ma dovrai venire con noi e raccontare tutta la storia, in modo che capiscano.»

«Sì, suppongo che debbano sapere tutto,» concordò la signora Winstone.

Il mio dito era pronto sulla tastiera. Però un paio di cose ancora non quadravano. «E la signora Scarlett? Perché l'ha avvelenata? Che ruolo aveva lei in tutto questo?»

La signora Winstone schioccò la lingua. «No, no. Io non ho mai fatto del male a Gladys. È stata lei a parlarmi di Ginny e Harold. La sua sfortunata morte mi ha dato l'opportunità perfetta per far sì che Dorothy pagasse, ma non è stata opera mia.»

31

Dopo aver fatto la telefonata, dovetti aspettare con la signora Winstone e la signora Ellis che arrivasse la polizia. Ogni secondo durò un'eternità, mentre io mi interrogavo sull'omicidio della signora Scarlett. Se non l'aveva uccisa la signora Winstone, allora era stata Sylvia Blume?

Quoth, se riesci a sentirmi, torna alla libreria e racconta a Morrie e Heathcliff quello che è successo.

Non ti lascio finché non arriva la polizia, Mina, fu la sua unica risposta. Occhi castani con bordi di fuoco sbirciavano dalla finestra, seguendo i miei passi nervosi nel salotto.

La signora Winstone era seduta sulla sua sedia e continuava a dondolarsi. Di tanto in tanto mi rivolgeva la parola per raccontarmi di Harold e di quanto fosse meraviglioso. Ancora una volta mi chiesi come avesse potuto uccidere brutalmente un'adultera, incastrare un'altra donna e lasciare che suo marito continuasse la sua vita come se fossero ancora una coppia perfetta.

Provai a chiederle di Harold, ma la signora Ellis mi zittì. *Aspetteremo la polizia. È meglio non stressarla.*

Dopo un'eternità, suonò il campanello. L'ispettore Hayes e

la sergente Wilson erano in piedi sull'uscio. Jo era dietro di loro, con il suo kit per la scena del crimine. Quoth prese il volo dall'albero dietro di loro, per sorvolare la città in direzione della libreria.

«Mina Wilde,» disse Hayes. «Mi sembrava di aver detto che non volevo più vederla coinvolta in un'indagine per omicidio.»

«Vero. E io avevo accettato. Le prometto che questa è l'ultima.» Aprii la porta. «Entri. Brenda è in salotto. Ha molte cose da dirvi.»

I poliziotti si sedettero sul divano a fiori e iniziarono il loro colloquio ufficiale. La signora Ellis teneva la mano alla signora Winstone mentre lei raccontava di nuovo la sua triste storia. Jo mi tirò nel corridoio.

«Complimenti per aver trovato la soluzione e aver ottenuto una confessione dalla vecchia signora. Sei sicura di non essere interessata a fare la detective? È un lavoro duro e la paga fa schifo, ma potremmo lavorare insieme.»

Le sorrisi. «Penso che lascerei a te tutti i cadaveri, se non ti dispiace. Inoltre, non sarei arrivata a questo punto se non fosse stato per te che hai risposto a tutte le mie strane domande e per Morrie, Quoth e Heathcliff che si sono comportati come al solito.»

«A proposito di lavoro di squadra, cos'hai da dirmi sui ragazzi?» Gli occhi di Jo scintillarono di malizia.

«Morrie ti ha detto qualcosa, vero?»

«Potrebbe essersi lasciato sfuggire qualche dettaglio.» Jo mi diede una gomitata nelle costole. «Forza, sputa il rospo.»

«Non hai un caso su cui indagare?»

«Oh, giusto, vero.» Jo sollevò la borsa. «Prima vado a caccia di prove per condannare questa simpatica vecchietta. Poi parleremo di manette.»

Un'altra zaffata di marciume mi passò davanti al naso,

peggio di prima. Ebbi un conato di vomito. «Lo senti questo odore?» Annusai di nuovo. *Sì, decisamente marcio.*

«Non cercare di cambiare argomento...» Il viso di Jo si corrucciò. «Hai ragione. C'è sicuramente qualcosa di putrido qui dentro. Anzi, c'è un distinto odore di cadavere.»

Un cadavere... oh no.

La signora Winstone deve averci visto dal soggiorno. «Voi due, smettetela di ficcare il naso in casa mia!» gridò.

Il sospetto balenò negli occhi di Jo. Mi girai, cercando nel corridoio qualcosa che la signora Winstone non voleva che vedessimo. Il mio sguardo si posò sull'armadio della biancheria. Mi avvicinai allo stipite della porta e annusai.

«Oooh,» mi tappai il naso. «Questo odore proviene *sicuramente* da qui.»

La signora Winstone balzò in piedi. «No. Non aprite...»

Io spalancai la porta. Qualcosa di pesante scivolò dalla penombra e rotolò sul pavimento. Un braccio freddo si appoggiò ai miei stivali.

Anche se era più vecchio e aveva un lato della testa fracassato, riconobbi i tratti della fotografia della signora Winstone. Stavo guardando il cadavere di suo marito, il famoso storico Harold Winstone.

32

«Ragazzi.» Sbattei la porta del negozio così forte che andò a colpire lo scaffale dall'altra parte, facendo ballare uno dei trofei dei topi di Quoth dal suo minuscolo gancio a muro. «Non crederete mai a quello che è appena successo. La signora Winstone ha ammesso di aver ucciso Ginny Button e di essersi fatta del male per incastrare Dorothy Ingram. E aveva il corpo di suo marito Harold nascosto nell'armadio della biancheria. Si è appena costituita alla polizia. Però dice di non aver ucciso lei la signora Scarlett, quindi noi...»

Mi bloccai. Heathcliff e Morrie erano in mezzo all'ingresso, che fissavano qualcosa sul pavimento. Heathcliff teneva in braccio una Grimalkin litigiosa.

«Cosa sta succedendo?»

«La natura ha trionfato dove noi abbiamo fallito,» dichiarò Morrie. Io e Quoth ci precipitammo per vedere e seguii il suo sguardo fino alla minuscola forma sul tappeto.

Era il topolino bianco con la macchia marrone sulla zampa. Il Terrore di Argleton. Solo che non avrebbe più terrorizzato nessuno. Giaceva sulla schiena, con le zampette rivolte verso il soffitto, morto stecchito.

Diedi una pacca a Quoth sulla spalla. «Ce ne hai messo, di tempo.»

«Non guardare me,» disse Quoth. «Io sono entrato e l'ho trovato così.»

«Non è stata nemmeno Grimalkin,» ringhiò Heathcliff mentre la gatta cercava di affettargli i bulbi oculari. La lasciò cadere e lei si fiondò sul topo. Lui la spinse via di nuovo. «Non voglio che tocchi quell'animale. Sembra che sia stato avvelenato.»

Avvelenato. Una sensazione fastidiosa mi attanagliava la mente, un collegamento tra il topo e gli omicidi. Era la stessa sensazione che avevo avuto quando avevo raccolto la collana di Ginny. Mi chinai e lo osservai attentamente. Percepii un leggero sentore di qualcosa nell'aria.

Aglio.

Grimalkin mi passò davanti e toccò il topo con la zampa. La presi in braccio e mi allontanai. «Heathcliff ha ragione. Non toccarlo, ragazza. Nessuno di voi lo tocchi.»

«Alleluia,» mormorò Heathcliff. «Ho ragione. C'è qualcuno che riconosce il mio genio.»

Gettai Grimalkin nella stanza di Letteratura per l'Infanzia e chiusi la porta. Poi andai alla scrivania di Heathcliff e tirai fuori una custodia di plastica: ne tenevamo una scorta per proteggere le stampe artistiche di Quoth. La tenni sopra il topo e vi spinsi dentro il corpicino.

«Mina, cosa stai facendo?» Gli occhi di Morrie gli uscirono dalle orbite.

«Non senti l'odore?» Aprii la busta e annusai di nuovo. *No, non me lo sto assolutamente immaginando.* Un leggerissimo sentore di aglio, lo stesso che avevo sentito nell'alito della signora Scarlett prima che morisse. Gli porsi la busta, ma lui storse il naso e indietreggiò.

«Ho assunto alcune droghe interessanti nella mia vita, ma il mio naso non si avvicinerà mai a quel sacchetto.»

Feci un sospiro. «Bene. Te lo dico io: puzza di aglio. Credo che questo topo abbia mangiato arsenico.»

«È il veleno che ha ucciso la vecchia befana,» esclamò Heathcliff fissandomi.

«Esattamente. Credo che il nostro piccolo amico qui presente abbia assaggiato le stesse scorte. Il che significa che so chi ha ucciso la signora Scarlett.»

33

«Posso aiutarti?» Greta sollevò lo sguardo quando entrai nella panetteria.

«Ciao, Greta. Volevo solo dirti che abbiamo preso il topo,» annunciai. «Il Terrore di Argleton non ti disturberà più.»

«*Danke*. Quella creatura putrida ha fatto un buco in uno dei miei sacchi di farina. Ha fatto un casino dappertutto!» Greta, raggiante, era davanti alle vetrinette. «Temevo che le autorità sanitarie mi avrebbero punita. Per favore, posso offrirti un dolcetto? Sarà gratis per te.»

«Oh, no, non ti preoccupare. Devo andare in un posto.»

«Per favore. Insisto.»

«Oh, beh...» Avevo l'acquolina in bocca mentre osservavo le torte intere e a fette nella vetrina. *No, Mina, sii forte.* «Certo. Una ciambella alla crema, per favore.»

Greta prese le pinze e fece scivolare con abilità uno dei dolcetti cremosi in un sacchetto di carta. «Qualcos'altro?»

«Sì, in effetti. Mi chiedevo se hai di quelle ciambelle speciali senza glutine che hai dato alla signora Scarlett. Vado a trovare un'amica che è una fanatica del cibo salutare e so che le apprezzerebbe molto.»

Greta scosse la testa. «*Nein*. Ho smesso di farle. Erano così costose, tutte quelle farine speciali! Ora che la signora Scarlett è morta, nessuno le vuole più.»

«Mi sembra giusto. Di sicuro tratti bene i tuoi clienti, andando oltre le aspettative, preparando cose che possano andare bene per tutti. Ogni mattina la signora Ellis e la signora Scarlett venivano a comprare le loro ciambelle. La signora Ellis ha detto che gliele mettevi persino da parte per assicurarti che non andassero vendute prima che arrivassero loro.»

«È quello che si dovrebbe fare per i clienti fedeli.»

«Davvero?» Mi chinai in avanti e la fulminai con lo sguardo. «Avvelenarli con l'arsenico?»

Il sorriso di Greta si smorzò. «Cos'hai detto?»

Sollevai la ciambella. «Ogni mattina spolveravi la ciambella della signora Scarlett con l'arsenico. Avrebbe avuto lo stesso aspetto dello zucchero a velo. Un po' ogni giorno, non abbastanza da destare sospetti. E alla fine, sarebbe morta.»

«Non sono stata io a fare questa cosa,» sbottò Greta. «Come *osi* accusarmi senza prove?»

«Ho tutte le prove che mi servono,» dissi alzando il sacchetto contenente il topo morto. «Il Terrore di Argleton è stato ucciso dallo stesso veleno che ha ucciso la signora Scarlett. L'altro giorno mi hai detto di aver messo del veleno per intrappolare il topo. Il tuo errore è stato quello di usare lo *stesso* veleno.»

«Sciocchezze. Io non ne so proprio niente, di arsenico.»

«Anche questa è una bugia. Tuo fratello Helmut estrae minerali e li fonde nella sua officina dietro il King's Copse. So che i minerali di quella zona contengono un'elevata quantità di depositi di arsenico. L'arsenico si secca nel camino dell'officina di Helmut, da dove puoi facilmente raschiare la polvere.»

La bocca di Greta tremolò. Estrassi dalla borsa il sacchetto contenente il Terrore di Argleton e le sventolai il topo in faccia.

«Questo topo puzza di aglio, *esattamente* come la signora Scarlett nei giorni prima di morire. Lo sto portando in laboratorio, dove un semplice test confermerà se il veleno che lo ha ucciso è l'arsenico, e da dove proviene. L'unica cosa che non riesco a capire è *perché*. A parte il fatto che la signora Scarlett era una tua cliente, praticamente non la conoscevi.»

«È una carogna!» urlò Greta. «Ha bloccato il progetto per le sue meschine vendette. Sono quattro anni che io e mio fratello aspettiamo di costruirci una casa nuova! Vuole renderci infelici perché odia i tedeschi. Beh, gliel'ho fatta vedere io. Altroché!»

Chiaro. Si tratta dei soldi che Greta e Helmut avrebbero ottenuto dai costruttori per il loro piccolo cottage.

«Gliel'hai fatta vedere. L'hai avvelenata.» Sollevai il corpo del topo. «E qui ho tutte le prove che servono per condannarti.»

«Dammi quel topo!» Greta si fiondò sul bancone, afferrando un coltello dalla rastrelliera. Io indietreggiai verso la porta, ma lei fu più veloce. Si frappose tra me e la porta e sollevò il coltello, con gli occhi che le brillavano di malvagità.

«Tu sai la verità. Andrai alla polizia. Devo ucciderti.»

34

«Greta, no.» Sollevai le mani. «È finita. Non farai altro che peggiorare la tua situazione.»

«Dammi il topo, Mina.» Greta fece un passo verso di me.

«No.»

Incespicai all'indietro mentre Greta si lanciava verso di me con il coltello. Sbattei con una coscia contro lo spigolo di un tavolo. Lanciai una sedia in mezzo alla stanza, cercando di mettere un ostacolo tra me e lei. *La mia vita ora è così: evitare le coltellate.*

Una figura scura uscì dalla cucina. «Sorella, che fai?»

Greta si bloccò, con il coltello in mano. «Helmut?»

Helmut posò un piatto sul bancone e si precipitò verso l'ingresso. «Stai minacciando questa donna con un coltello?»

«Lo sta facendo,» esclamai io, avvicinandomi alla porta.

«Andrà alla polizia,» sbottò Greta. «Mi porterà via da te.»

«Ho sentito tutto, tutta la vostra conversazione. Lei dice che sei un'assassina, ma non è vero. Non può essere vero.» Helmut si avvicinò alla sorella e le tese la mano. «Dammi il coltello, Greta.»

«Quella donna malvagia ci stava rovinando! Lo ha fatto di proposito perché siamo tedeschi. E ha avuto la faccia tosta di venire qui a chiedere delle ciambelle particolari per la sua stupida dieta!»

«Lo so.» Helmut si avvicinò furtivo, senza togliere gli occhi di dosso. La sua mano era ferma quando prese il manico del coltello. Il polso di Greta ebbe un guizzo, ma lei non abbassò l'arma e continuò a fissare il fratello con quegli occhi di selce.

«Ho raschiato via l'arsenico dal camino della tua officina,» sussurrò. «Ho pensato che, mettendone un po' sulle sue ciambelle ogni giorno, sarei riuscita a farla ammalare e forse lei avrebbe capito.»

«Oh, Greta.» Helmut abbracciò la sorella. Uscii indietreggiando e mi trovai accanto a Morrie, che aveva il telefono all'orecchio e stava parlando con la polizia.

«Di questo passo, dovremo tenere l'ispettore Hayes tra i numeri preferiti,» commentai.

«Non se posso farne a meno,» sospirò Morrie, chiudendo la chiamata e rimettendosi in tasca il telefono. «Preferirei che in futuro tu tenessi la polizia il più lontano possibile dai miei affari.»

Gli sorrisi. «Questi fastidiosi omicidi stanno mettendo in crisi i tuoi piani criminali?»

«È vergognoso,» concordò Morrie, attirandomi a sé e abbracciandomi stretta. «Non è il momento di essere il Napoleone del crimine. Dovrò accontentarmi di essere il fidanzato più bello e intelligente di Mina Wilde.»

35

«Sta dicendo che con questo dizionario è riuscito a capire che il topo aveva una particolare predilezione per il formaggio Havarti e, usando quel particolare formaggio con il veleno, ha finalmente messo fine al suo regno di terrore?» Il sopracciglio della giornalista si alzò così tanto che praticamente andò a toccarle l'attaccatura dei capelli.

«L'ho già detto,» brontolò Heathcliff, sbattendo sulla scrivania *Linguaggio dei topi per umani*. «Possiamo fare la fotografia adesso?»

«Solo un'altra domanda. Cosa farà con i soldi della ricompensa?»

«Andranno in un fondo per aiutare le cure e l'adozione del piccolo Button,» disse mia madre, gettandosi i capelli all'indietro come una star del cinema. «È stata una mia idea, ovviamente. Sono molto attenta alla comunità. Può fare la foto da questa parte? Sylvia Blume dice che questo è il mio lato migliore.»

«Naturalmente.» Il fotografo diede un'ultima aggiustata all'obiettivo e scattò. Mia madre sorrideva da sopra la spalla di Heathcliff mentre il fotografo li ritraeva. Sulla scrivania davanti a loro c'erano pile di dizionari di lingue per animali domestici, con un cartello scritto a mano che mostrava con orgoglio il prezzo (che mia madre aveva aumentato di due sterline grazie alla sua nuova "dimostrazione sociale").

«Questo sarà sul giornale di domani, con un grande titolo: *Il terrore di Argleton è sparito,*» disse la giornalista, chiudendo il taccuino. «Grazie mille per il vostro tempo.»

«Avete qualche libro per cani?» chiese il fotografo, frugando nella pila. «Mi piacerebbe sapere cosa sta abbaiando il mio piccolo Binky.»

«Certo.» Mia madre gli porse il dizionario, scansando Heathcliff nella fretta di raggiungere la cassa. «Contanti o carta di credito?»

Heathcliff sgranò gli occhi. Io soffocai una risata mentre guardavo la scena. Naturalmente alla fine mia madre aveva ottenuto il suo scopo. Era riuscita a farsi strada con l'inganno nella Libreria Nevermore.

Come qualcuno che conosco, mi provocò Quoth da dentro la testa. Guardai verso il punto in cui era seduto sopra l'armadillo e gli mostrai un pugno.

Erano passati due giorni da quando Helmut aveva convinto Greta a consegnarsi alla polizia. Una rapida chiacchierata con Sylvia Blume aveva chiarito ciò che ancora rimaneva oscuro. Suo marito era effettivamente morto per aver mangiato cicuta, ma si era trattato di un terribile incidente. Avevano raccolto del sedano selvatico, che avevano mangiato entrambi in uno stufato quella sera. Il giorno dopo, il marito aveva le dita dei piedi intorpidite e la sensazione si era estesa a tutto il corpo, fino a raggiungergli il cuore. Sylvia aveva mangiato meno stufato, e si era ripresa. Tuttavia, ciò che non era guarito era stata la sua reputazione. Era già la "stregona" del posto e poi suo marito era morto avvelenato. L'attività di erboristeria si era esaurita da un giorno all'altro.

Così aveva cambiato nome, si era trasferita ad Argleton e si era rifatta una vita.

Sylvia spiegò alla polizia e a noi che Ginny aveva scoperto la sua vera identità per caso, mentre scavava per trovare altri dettagli su Dorothy Ingram. Stava aiutando Harold Winstone con il suo progetto di storia dell'ospedale (era così che si erano conosciuti), e quindi aveva accesso a tutti i vecchi registri dell'ospedale, compresi i certificati di morte.

Sylvia chiarì anche che la signora Winstone aveva acquistato uno dei suoi bastoni da passeggio un paio di settimane prima come regalo di bentornato a casa per Harold dopo un viaggio di lavoro che aveva fatto a Londra. Le analisi di Jo rivelarono che il sangue secco sul bastone era quello di Harold. Si trattava dell'arma del delitto, che Brenda Winstone aveva usato anche per picchiare se stessa e che aveva poi gettato tra i cespugli nella speranza di incriminare Dorothy Ingram quando la polizia l'avesse scoperta. Dal momento che avevano trascurato le sue prove, Brenda Winstone aveva dovuto indirizzarmici.

Secondo Jo era improbabile che la signora Winstone finisse in prigione. Il suo avvocato avrebbe sostenuto l'infermità mentale e la giuria sarebbe di certo stata comprensiva, data l'età e lo stato mentale.

Per quanto riguardava Greta, non se la sarebbe cavata così facilmente. Una perquisizione in casa sua aveva rivelato alcuni contenitori e attrezzature con un residuo di arsenico. I camini dell'officina di Helmut erano stati raschiati e la polvere raccolta era stata confrontata con il veleno rinvenuto nella signora Scarlett e nel Terrore di Argleton. Le due cose combaciavano perfettamente.

Ecco fatto. Un altro mistero risolto, un'altra coppia di assassini consegnata alla giustizia. Tutto in una giornata di lavoro alla Libreria Nevermore.

Se solo ci fossimo avvicinati un po' a risolvere il mistero più grande di tutti. Il mistero a cui tenevo di più, perché coinvolgeva tre persone che adoravo. Perché la Libreria Nevermore dava vita a personaggi immaginari? Cosa c'entrava la stanza al piano superiore che viaggiava nel tempo? E perché il signor Simson aveva incaricato i ragazzi di proteggermi, e da *cosa?*

Mi infilai nell'ombra del primo piano, accesi il mio ultimo acquisto (una lampada di peluche di Snoopy con un naso rosso luminoso) e tornai alla pila di libri che stavo sistemando nella sezione Aviazione. Ero quasi arrivata alla fine della pila quando un rumore alle mie spalle mi fece alzare lo sguardo.

All'inizio non vidi nulla di strano. Non c'era nessuno che stesse scattando foto di copertine di libri da acquistare poi sul proprio e-reader, nessun bambino che si arrampicasse sugli scaffali, nessun gatto impertinente che sfrecciasse tra le pile di libri. «Ehilà? C'è qualcuno?»

Non rispose nessuno. Socchiusi gli occhi per vedere meglio. Al centro dell'altra stanza, sul pavimento, c'era un piccolo libro rilegato in pelle.

Mi sentii prudere la pelle. L'aria nella stanza si era raffreddata e mi era venuta la pelle d'oca sulle braccia.

Uno dei ragazzi l'ha lasciato qui o qualcosa del genere? Non l'avevo lasciato io quel libro, ed era un posto strano perché fosse caduto: gli scaffali erano troppo lontani perché fosse finito al centro della stanza. Si trovava esattamente ad angolo retto rispetto alla porta, rivolto verso di me e non potevo fare a meno di notarlo.

Era come... se fosse stato messo lì di proposito.

Ma da chi? E perché?

«Ehilà?» chiamai di nuovo, avvicinandomi carponi per andarlo a vedere da vicino. Il pizzicore lungo la spina dorsale aumentava mentre le mie dita scorrevano sul disegno che era impresso nel cuoio. *Lo stesso disegno che c'è sulla copertina di quel libro vuoto nella stanza dell'occulto.* Il dorso era stato cucito a mano e i bordi delle pagine erano ruvidi e ingialliti. Quel libro era vecchio. Antico. Forse prezioso.

Forse... forse era collegato alla vecchia legatoria di Herman Strepel...

«Vado, cara!» mi disse mia madre dalle scale. «Grazie per aver organizzato tutto questo oggi.»

«Sei stata tu, mamma. Sono tutta impolverata, quindi non scendo. Ci vediamo stasera!» Il campanello del negozio suonò, a confermare la sua uscita. Con il cuore che mi batteva forte, mi presi il libro in grembo e ne aprii la copertina. Le pagine erano scritte a mano: file di lettere greche e vivide illustrazioni di un topo e di una rana. In un'altra immagine, un intero esercito di topi marciava in battaglia armato di spade e scudi.

Lo girai per guardarne il retro. Un sussulto mi sfuggì dalla gola quando riconobbi il nome e le scritte. Mi misi in piedi e mi precipitai al piano di sotto.

Giù, alla sua scrivania, Heathcliff era a malapena visibile dietro una parete di dizionari di lingue animali. «Vedo che mia madre ti ha reclutato nel suo schema piramidale,» commentai.

«È lei il vero Terrore di Argleton,» brontolò. «Cos'è uno schema piramidale?»

«Non importa ora.» Gettai il libro sulla scrivania. «Credo che il negozio ci stia mandando dei messaggi.»

«Come fai a dirlo?»

«Prima compare quel topo e terrorizza l'intero quartiere, poi la stanza al piano di sopra si apre, quindi il topo riappare nella casa della nostra sospettata, in seguito tu mi riveli che il signor Simson ti ha parlato di me fin dall'inizio, e proprio ora ho trovato *questo*, in mezzo al pavimento al piano di sopra.»

«Un idiota ha lasciato un libro sul pavimento. Lo fanno sempre.»

«Non credo proprio. *Guardalo*.»

Heathcliff prese il libro facendolo scivolare sulla scrivania e ne aprì la copertina. «Sì, come sospettavo. È un libro vecchio e puzzolente.»

Puntai il dito sulle immagini. «Guarda. Topi! E qui...» Lo girai sul retro e gli mostrai i segni del rilegatore. «Herman Strepel. Non vedi? È un segno.»

Morrie arrivò dall'altra stanza, con gli occhi che gli brillavano per la curiosità. Quoth scese dall'armadillo svolazzando e si posò sul registratore di cassa. Tutti e quattro scrutammo il libro mentre Heathcliff sfogliava le pagine. «Un segno di cosa?» ringhiò.

«Come faccio a saperlo? Oltre a non avermi insegnato il latino medievale, la scuola di moda non mi ha preparato a leggere nemmeno il greco antico, e neanche a decifrare le librerie maledette.»

Morrie strappò il libro dalle mani di Heathcliff e lo sollevò. «Ne ho sentito parlare. Quest'opera si chiama *Batracomiomachia*, presumibilmente scritta da Omero.»

«Vuoi dire Homer? Simpson?» chiesi con un sorriso.

Heathcliff mi fulminò con lo sguardo. «Farò finta che tu non l'abbia detto.»

«Scusa, non ho potuto farne a meno.»

«Omero, naturalmente, è considerato dagli studiosi come uno dei più antichi e migliori narratori di tutti i tempi.» Morrie sfogliò il retro e studiò l'ultima pagina. «E il fatto che questa sia un'edizione Strepel non può essere una coincidenza.»

«Cra,» concordò Quoth.

«Pensavo che Omero avesse scritto quei poemi epici, l'*Iliade* e l'*Odissea*, su Achille, Paride e la guerra di Troia. Non mi ricordo di topi o rane.»

«Quindi alla scuola di moda hai studiato mitologia classica?» Morrie sollevò un sopracciglio scolpito.

«No.» Gli feci una linguaccia. «Ho visto il film con Brad Pitt. Ashley aveva una cotta enorme per Orlando Bloom.»

Morrie sospirò, come se fossi stata un caso disperato. «*Batracomiomachia* significa "guerra tra rane e topi". In questa storia, un topo va al lago per bere qualcosa e incontra il Re delle Rane, che lo invita a casa sua, dall'altra parte dello stagno, a prendere un tè. Il topo salta sulla schiena del Re delle Rane e iniziano ad attraversare il fiume. A metà strada, il Re incontra un temibile serpente d'acqua. Terrorizzato, si tuffa per mettersi in salvo, dimenticandosi del topo che ha sulla schiena. Il topo annega.»

Heathcliff si appoggiò allo schienale. «È una storia terribile.»

«Sono d'accordo.» Seguii le illustrazioni sopra la spalla di Morrie. «Ci sono anche un topo che vive in una fattoria, che da grande salverà il mondo, o un topo dal cuore d'oro che vive in una taverna?»

«Cra!» intervenne Quoth.

«Non è ancora finita.» Morrie passò alla pagina successiva. «Un altro topo assiste alla morte del primo. Così torna indietro e racconta a tutti i suoi amici topi quello che ha fatto il Re delle Rane. Loro si armano e si dirigono verso l'acqua. Le rane si mobilitano. Gli dei assistono a tutto ciò e discutono sull'opportunità di intervenire, come sono soliti fare gli dei. Ma non intervengono: decidono di limitarsi a guardare. I topi vincono e stanno massacrando le rane e festeggiando la loro vittoria con danze sui cadaveri del nemico, quando Zeus convoca dall'acqua un'armata di granchi per attaccare i topi. Questi ultimi, spaventati dai granchi, si ritirano e la battaglia finisce. Alcune rane vivono per combattere un altro giorno. Fine.»

«Ritiro la mia precedente affermazione,» disse Heathcliff, con un luccichio negli occhi. «Date un Pulitzer a quell'autore.»

«Pensi che Omero potrebbe essere il prossimo personaggio di fantasia a venire in negozio?» Gli occhi di Morrie si illuminarono per l'eccitazione.

Presi il libro e studiai le immagini accuratamente disegnate di topi e rane che si sfidavano. «Improbabile. Omero era l'autore, non un personaggio.»

«Non necessariamente. Dipende dalla tua posizione sulla questione omerica.»

«Che questione è?»

«Oh, bellezza,» sospirò Morrie, adagiandosi sulla sua poltrona di velluto preferita. «Brad Pitt non ti ha insegnato nulla. La questione omerica è uno dei più grandi dibattiti dell'erudizione classica. Omero è esistito davvero o era solo un altro personaggio della mitologia greca? Era una persona o molte persone? Era una donna? Quando ha scritto i suoi poemi epici? Oh, è troppo eccitante. Preparerò una lista di domande per quando arriverà.»

«Frena la baracca. Abbiamo avuto parecchi visitatori immaginari e il loro arrivo non è mai stato preceduto da un libro.» Heathcliff sollevò la testa e i suoi occhi neri mi fissarono. «Non si tratta di un nuovo personaggio letterario. Si tratta di Mina.»

«Che c'entro io?»

«È tutta *colpa tua*. Da quando hai risposto al mio annuncio... anzi, da quando il signor Simson ci ha detto di tenerti d'occhio, le cose si sono fatte strane da queste parti. Quoth può parlarti telepaticamente. La porta della camera da letto si apre. Appaiono libri a caso. Le vittime di omicidio si moltiplicano.»

«Non ho nulla a che spartire con gli omicidi e non sto facendo nulla! C'è qualcosa di strano nella libreria. Forse c'è sempre stato. Ora che sappiamo che sono quasi mille anni che qui c'è una libreria e che il precedente proprietario teneva una stanza di libri occulti e sembrava avere poteri di cartomanzia, mi chiedo se questo luogo non sia la versione libraria di un cimitero indiano. È infestato dagli spiriti dei libri precedenti.»

«È assurdo,» sbottò Heathcliff.

«Tu hai una spiegazione migliore?» gli chiese Morrie.

«Certo che no.» Heathcliff alzò le mani. «Detto tra noi, abbiamo letto ogni libro in quella maledetta stanza dell'occulto. Non c'è nessuna spiegazione per quello che sta succedendo, nessun riferimento in nessun testo a personaggi di fantasia che tornano dalla morte. Tutto ciò che riguarda i buchi spazio-temporali è solo frutto di una fantascienza scadente. Non c'è alcuna ragione per tutto questo.»

«Le varie simulazioni matematiche che ho effettuato dimostrano che tanto la libreria quanto ciò che contiene sono teoricamente impossibili,» aggiunse Morrie. «Se tu hai un'idea su come potremmo ottenere delle risposte, saremmo curiosi di sentirla.»

«In realtà, sì.» Incrociai le braccia e lanciai un'occhiata a ciascuno di loro a turno. «Credo che tutti e quattro dovremmo passare una notte nella camera da letto al piano di sopra.»

CONTINUA

Omicidio e buone maniere, sottovesti e complotti quando Mina e i suoi amici partecipano all'annuale Jane Austen Weekend.
Leggi il libro 3, *Orgoglio e Premeditazione*.

http://books2read.com/prideandpremeditationitalian

(Vai alla prossima pagina per un estratto intrigante).

Non ne hai mai abbastanza di Mina e dei suoi amici? Se ti iscrivi alla newsletter di Steffanie Holmes potrai avere gratuitamente una scena dal punto di vista di Quoth e altre scene bonus e storie extra.

http://www.steffanieholmes.com/newsletteritalian

DALL'AUTORE

Un altro libro, un'altra nota da parte mia. Come se non ne aveste già abbastanza di me!

In *Uomini e Crimini,* presento il Club dei Libri Banditi, un gruppo di eccentriche signore che passano le loro giornate a godersi la letteratura che è stata vietata o censurata in qualche momento della storia.

Ogni anno, quando si avvicina la Settimana del Libro Bandito, mi rattrista pensare alla quantità di libri ancora messi in discussione o banditi dalle nostre biblioteche. Secondo l'American Library Association, solo negli USA sono stati messi al bando più di 11.300 libri a partire dagli anni Ottanta!

Il Diario di Anna Frank è stato bandito per passaggi considerati "sessualmente offensivi". *La Campana di Vetro* di Sylvia Plath è stato ripetutamente vietato a causa del suo contenuto che tratta di malattie mentali e suicidio. Per una crudele ironia, *Fahrenheit 451* di Ray Bradbury, un libro che ha come tema centrale la censura e il rogo dei libri, è stato ripetutamente contestato.

Uomini e Topi di John Steinbeck, il libro che Mina legge e ama, è uno dei libri più contestati della storia. Di solito viene vietato a causa del linguaggio "volgare" e dei personaggi "offensivi".

Se si legge tra le righe, si capisce che questi libri sconvolgono le persone perché mettono in discussione le convinzioni e fanno luce su aspetti della società che i vertici vorrebbero ignorare. Sono potenti e questo potere li rende pericolosi.

Da scrittrice, ogni volta che ho la sensazione che le mie parole non abbiano un significato o che quello che faccio sia inutile, ripenso a tutti quei libri che sono stati banditi perché sfidavano lo status quo. Libri che hanno osato mostrare persone queer che si godono la vita, libri che hanno fatto luce sulla povertà, libri che hanno messo in discussione i codici morali religiosi, libri che hanno usato le parole per sconvolgere e indignare.

Se riuscirò a portare anche solo un po' di quel fuoco e di quella furia nei miei libri che parlano di una libreria maledetta, allora avrò fatto il mio lavoro.

È importante continuare a leggere i libri contestati, parlare dei loro temi e incoraggiare i nostri amici, le nostre famiglie e i nostri figli a guardare oltre le parole che riteniamo "sicure" e ad abbracciare nuove idee.

Leggiamo molto. Leggiamo libri che ci faranno fare bella figura se moriremo nel bel mezzo della loro lettura, leggiamo libri malvagi con pagine così roventi da ustionarci le dita. Leggiamo libri che ci aprono il cuore e la mente, in particolare i libri dell'autrice di bestseller *USA Today* Steffanie Holmes, perché ho sentito dire che sono molto belli.

Xxx
Steffanie

ESTRATTO

Orgoglio e premeditazione
Vuoi scoprire altri segreti della Libreria Nevermore? Leggi il libro 3: *Orgoglio e Premeditazione.*

http://books2read.com/prideandpremeditationitalian

«Ho i miei dubbi sulla sagacia di questo piano,» disse Morrie mentre si sistemava una pila di cuscini sotto il braccio.

«Se la tua sagacia è così offesa, non sei obbligato a venire con noi,» gli ricordai, legandomi i capelli e lisciando il davanti del mio pigiama di Snoopy. «Potresti tornare di sotto e finire l'allestimento che ho iniziato per Jane Austen Festival di Argleton.»

«Non scherzare, bellezza. Questa stanza mi ha confuso da quando sono arrivato nel vostro mondo. Non mi metterò a legare nastri intorno a libri frivoli mentre il resto di voi ne discerne i segreti.» Morrie mi mise una mano sotto la maglia e mi pizzicò un capezzolo. «Inoltre, non si dovrebbe mai trascurare l'opportunità di passare una notte con te.»

«Jane Austen non è frivola,» ribattei, afferrandogli il polso e torcendoglielo, in modo che mi lasciasse il capezzolo e io potessi tornare a ragionare. «Non dovresti dire cose del genere ad Argleton in questo momento. L'intero villaggio impazzisce per la Austen.»

Era vero. Dieci anni prima, un famoso studioso locale di nome Algernon Hathaway aveva scoperto che Jane Austen aveva trascorso un Natale a Baddesley Hall, la più grande delle dimore signorili che si affacciavano su Argleton, ora di proprietà dei Lachlan. Sin da tale scoperta, ogni anno in città si celebrava il Natale con un grande festival Regency, diventato sempre più elaborato nel corso degli anni. Erano stati organizzati tea party, letture recitate, una passeggiata in costume d'epoca e un ballo in stile Regency presso la sala comunitaria, oltre a una raccolta di libri nella quale gli abitanti del villaggio avevano donato materiale di lettura ai bambini poveri.

Quell'anno i Lachlan avevano ospitato anche la Jane Austen Experience, una conferenza accademica e un evento immersivo in cui gli ospiti pagavano centinaia di sterline per soggiornare a Baddesley Hall per un fine settimana, vestirsi con costumi ridicoli, partecipare a balli e tea party stravaganti e farsi proposte di matrimonio. Quell'anno, il famoso professor Hathaway in persona fu l'ospite d'onore.

Naturalmente, Heathcliff non voleva avere nulla a che fare con il Jane Austen Festival. Respinse tutte le mie idee intelligenti: ospitare il professor Hathaway per una conferenza pubblica gratuita nell'aula di Storia del Mondo, organizzare una serata quiz su *Orgoglio e Pregiudizio*, vestire Quoth con una cuffietta a dimensione di uccellino (in realtà, fu Quoth a porre il veto). La palese mancanza di interesse commerciale da parte di Heathcliff fu probabilmente il motivo per cui proprio la vigilia del festival aveva suggerito di mettere in pratica la mia idea di passare la notte nella stanza magica e cercare di scoprirne i segreti.

«Io dico quel che mi pare,» replicò Morrie strizzando l'occhio e assumendo un accento snob. La sua mano scivolò di nuovo sotto la mia maglia. «Prima non ti dispiaceva.»

No, non mi dispiace affatto. Le labbra di Morrie mi si posarono sul collo. La sua mano mi afferrò un seno e con le dita mi pizzicava e stuzzicava il capezzolo. *Se questo è un assaggio di ciò che potrebbe offrire questa notte, passato scansati!»*

«Toglietevi di mezzo, piccioncini,» sbraitò Heathcliff dalla sua camera da letto. Un istante dopo, un enorme piumino marrone attraversò la porta e andò a sbattere contro il muro sopra le nostre teste. Mi strappai dall'abbraccio di Morrie e saltai via mentre il piumino scivolava a terra per andare a unirsi alla grande pila di cose di Heathcliff già ammassate contro la porta.

Spera che non riemergiamo prima della prossima settimana.

«Faremmo meglio a spostarci, nel caso in cui Sir Permalosetto cominci a lanciarci le sue bottiglie di whisky.» Morrie mi prese da parte, con la mano che mi sfiorava la schiena in un modo così possessivo che mi fece battere forte il cuore.

Le labbra di Morrie avevano appena sfiorato le mie quando fummo interrotti di nuovo. Quoth scese rumorosamente dalla mansarda con tutta la sua attrezzatura. Come al solito, indossava il minimo indispensabile: in quel caso, un paio di boxer neri che non lasciavano nulla all'immaginazione. Mi bagnai il labbro inferiore. Come avrei fatto a sopravvivere alla notte con tutti e tre senza che la situazione degenerasse in un'orgia?

Perché il pensiero di un'orgia con loro tre mi faceva salire il calore tra le gambe?

Ricorda perché lo stiamo facendo. Non farti distrarre dai bellissimi occhi di Quoth o dalle mani forti di Heathcliff o dalla lingua sapiente di Morrie...

«A me serve solo questo.» Quoth mi porse un sacchetto di bacche. Lo infilai tra le scorte di emergenza.

«Sei sicura che dobbiamo portare tutte queste cose?» Morrie si accigliò guardando le borse che avevo riempito con cibo disidratato, un fornello da campeggio, bottiglie d'acqua, razzi di emergenza e scatole di assorbenti. Heathcliff non era l'unico in modalità boy scout. «Non mi sembrano cose particolarmente importanti, né legate al passato.»

«Non possiamo sapere cosa incontreremo dall'altra parte e quanto tempo ci vorrà per riaprire la porta nel presente. Voglio essere preparata a tutto.»

«Sono d'accordo.» Heathcliff uscì dalla stanza incespicando. Sotto un braccio portava tre bottiglie di whisky e una confezione di biscotti. Sotto l'altro, una lunga spada appuntita con un'elsa elaborata.

«Cos'hai intenzione di fare con quella cosa?» Morrie guardò la spada con aria accigliata.

«Arrostirci i marshmallow,» grugnì Heathcliff. Infilò le bottiglie nella mia borsa e la spada nel fodero della cintura, poi tirò fuori la chiave. «Siamo pronti o no?»

Io annuii. Avevamo bisogno di risposte e l'unico modo per trovarle era svelare i segreti della Libreria Nevermore, a partire dalla stanza che viaggiava nel tempo... o qualcosa del genere.

Morrie si lisciò il colletto del pigiama Armani. «Che tipo di stanza pensate che troveremo dall'altra parte? Propongo una scommessa: chi perde pulisce il bagno. Io spero in un boudoir in stile Regency, con tanto di famigerata sedia del sesso Le Chabanais di Edoardo VII.»

«Io voto una soffitta vuota,» disse Heathcliff.

«Ovvio.»

«Io voglio gli uffici di Herman Strepel,» aggiunsi. «Ma non parteciperò a questa scommessa, perché non riuscirete a farmi mettere piede in quel bagno.»

«Io spero di trovarci i dinosauri,» aggiunse Quoth.

«*Speri* nei dinosauri? Sei un idiota. Per fortuna Heathcliff ha la spada.» Morrie prese la chiave di Heathcliff e la infilò nella serratura. Io sbiancai per il suo insulto, anche se Quoth non sembrò preoccuparsene. Nelle ultime due settimane, le stoccatine amichevoli che Morrie era solito lanciarci erano diventate commenti più pungenti. Era come se volesse continuare a rassicurarci che a lui non importava nulla di noi, che si riteneva superiore in tutto e per tutto. Stava iniziando a stancarmi un po', soprattutto quando lo faceva con Quoth, che non rispondeva mai e sembrava incassare ogni commento.

La porta si aprì con uno scatto inquietante. Morrie fece un passo indietro e la indicò. «Dopo di te, bellezza. È stata una tua idea *intelligente*.»

Sì, vero. E se ci avvicinerà a capire cosa sta succedendo in questo negozio, mi ringrazierai.

Inspirai e aprii la porta con una spinta.

CONTINUA

Vuoi scoprire altri segreti della Libreria Nevermore? Leggi il libro 3, *Orgoglio e Premeditazione*.

http://books2read.com/prideandpremeditationitalian

LIBRERIA NEVERMORE 3

Orgoglio e premeditazione
Vuoi scoprire altri segreti della Libreria Nevermore? Leggi il libro 3, *Orgoglio e Premeditazione*.

http://books2read.com/prideandpremeditationitalian

È una verità universalmente riconosciuta che uno scapolo provvisto di un ingente patrimonio sarà orribilmente assassinato al ballo.

Mina è entusiasta di partecipare all'annuale Jane Austen Experience di Argleton presso l'imponente tenuta Lachlan. È proprio ciò di cui ha bisogno dopo i recenti omicidi: un intero weekend per ballare con Morrie, assistere a letture di poesie con Quoth e aiutare Heathcliff a ricevere proposte di matrimonio da fan adoranti.

Ma omicidi e intrighi seguono Mina ovunque. Quando un eminente studioso di Jane Austen viene trafitto con la sua stessa spada, Mina e i suoi amici devono risolvere il mistero prima che l'assassino colpisca di nuovo.

I Misteri della Libreria Nevermore sono ciò che si ottiene quando i fidanzati del mondo dei libri prendono vita. Questo libro, scritto da Steffanie Holmes, autrice bestseller *USA Today*, è ricco di sottovesti e complotti, scene bollenti e relazioni scandalose, buone maniere e misteri, libri magici e stanze che viaggiano nel tempo e una sana dose di ironia alla Jane Austen. Continua a leggere solo se ritieni che un solo eroe sexy non sia abbastanza.

Leggi il libro 3, *Orgoglio e Premeditazione*.
http://books2read.com/prideandpremeditationitalian

INFORMAZIONI SULL'AUTRICE

Steffanie Holmes è autrice bestseller di *USA Today* e scrive romanzi dark, gotici e peccaminosi. I suoi libri sono caratterizzati da eroine intelligenti e spiritose, società segrete, antiche dimore da brivido e maschi alfa che ottengono *sempre* ciò che vogliono.

Ipovedente dalla nascita, Steffanie ha ricevuto il premio Attitude Award for Artistic Achievement nel 2017. È stata anche finalista del premio Women of Influence 2018.

Steff è anche la creatrice di *Rage Against the Manuscript*: una fonte di contenuti, libri e corsi gratuiti per aiutare gli scrittori a raccontare storie, a trovare lettori e a costruirsi una carriera di scrittori rampanti.

Steffanie vive in Nuova Zelanda con suo marito, un'orda di gatti irascibili e la loro collezione di spade medievali.

Newsletter di Steffanie Holmes

Se ti iscrivi alla newsletter di Steffanie Holmes riceverai una copia gratuita di *Cabinet of Curiosities:* un compendio di racconti e scene bonus scritte da Steffanie Holmes, compresa una scena bonus della Libreria Nevermore.

INFORMAZIONI SULL'AUTRICE

http://www.steffanieholmes.com/newsletteritalian
Segui Steffanie
www.steffanieholmes.com
steff@steffanieholmes.com